PINWEI HENGDONG

品味衡东

王月华 著

北方联合出版传媒（集团）股份有限公司

万卷出版公司

© 王月华 2020

图书在版编目(CIP)数据

品味衡东 / 王月华著. -- 沈阳：万卷出版公司，
2020.11

ISBN 978-7-5470-5305-8

Ⅰ. ①品… Ⅱ. ①王… Ⅲ. ①散文集–中国–当代
Ⅳ. ①I267

中国版本图书馆 CIP 数据核字(2020)第 018288 号

出版发行：北方联合出版传媒(集团)股份有限公司
　　　　　万卷出版公司
　　　　　(地址:沈阳市和平区十一纬路 25 号　邮编:110003)
印 刷 者：长沙市精宏印务有限公司
经 销 者：全国新华书店
开本尺寸：170mm×240mm
字　　数：220 千字
印　　张：15
出版时间：2020 年 11 月第 1 版
印刷时间：2020 年 11 月第 1 次印刷
责任编辑：张冬梅
责任校对：高　辉
策　　划：张立云
装帧设计：潇湘悦读
I S B N：978-7-5470-5305-8
定　　价：78.00 元
联系电话：024-23284090
传　　真：024-23284448

序

XU

嗯，就是这个味！

刘运仕

衡东是个好地方。文有状元彭浚，武有元帅罗荣桓。晋谢灵运在衡东观光于仙洞岩壁题诗，明徐霞客来衡东"游玩"三天两夜。衡东，确实值得一"品"，十分有"味"。

读懂一个地方，需要细细咀嚼，越嚼越津津有味。王月华先生的《品味衡东》，讲的是衡东人物、衡东山水、衡东集市、衡东节日、衡东民俗、衡东吃货、衡东文化中的故事。

状元的考卷怎么写的，元帅回家乡为什么去"赶场"，堰城到底是座什么城，什么是衡东六胡抢，石湾烧壳子饼卖了几百年，何克明到底中没中状元……这些故事，上至天文地理，下至山村原野；小可修身齐家，大可治国安邦平天下；有的为百姓所乐道，有的被世人所称道，有的是人间正道。反正，有独特的衡东味。

衡东之"味"，地域性非常明显。这个味，是"怪石咽流泉"的灵山，是"仙隐不可别"的金觉峰，是"疑为天外来物"的鸡公岩；这个味，是草市的"市"，是霞流的"流",是停不住的"亭";这个味,是"三月三地菜子煮鸡蛋",是"过年拜寿来场衡东花鼓戏",是"端午节洣水上的龙船调";这个味,是"皇帝爱上三樟黄贡椒",是"党内圣人罗元帅",是"衡东土菜文化旅游节"……这些味,别具风味,看似个个是故事,其实篇篇是历史,烙着衡东的印记,轻松读过,却难以忘怀。站在今天看历史,透过历史看今天,抚卷而思,个中滋味令人回味,耐人寻味。

一本书的气质里,藏着作者走过的路、读过的书和爱过的人。月华先生出身科班,朴实无华,教书、摄影、写文章,乐此不疲,乐在其中。大家都说他讲的课有味,写的书有味,拍的照有味。每逢重大节日、民间活动,那个背着相机左拍右拍、逮着个人东问西问、常年四季嘴上挂着笑意的,十有八九就是他。他写的衡东故事多,不是他形象思维好,会想会编,而是"走出来、问出来"的。他走过的衡东路多、越过的衡东山多、蹚过的衡东水多,问过的衡东人多……他的故事大多是历史的复制,岁月的还原,不疾不徐,娓娓道来,如故友相谈,和盘托出,原汁原味,不走味。

讲好衡东故事,要的就是这个味!这种味,是汗水浸出来的,脚板踩出来的,甚至还冒着泥土星子。这不打紧,放嘴里嚼一嚼,在心里淀一淀,洗去铅华,至少还有历史的体温,至少还有赤子的情怀,至少还有乡愁的念想。《品味衡东》,有幸先睹为快,令人回味无穷。结集出版之际,月华先生请我写几句,我深感惶恐,生怕对衡东了解不深,写不出那个味。盛情难却,也是宣传思想工作的需要,只好"懂味""不懂味"都写了。只想与先生一样,做个地地道道、堂堂正正的衡东人,在衡东尽责履职,尽力为衡东的建设添砖加瓦,愿衡东人的日子越过越有味!

乡愁衡东,念兹在兹。寻味衡东,嗯,就是这个味。闲话少叙,既然月华先生挑起了我们的味蕾,我们还是一起来慢慢品味,细细咀嚼,好好咂摸吧。

2019 年 11 月 20 日

(作者为中共衡东县委宣传部部长)

目录
MULU

085　衡东集市

衡东人物志

HENG DONG REN WU ZHI

　　衡东这片热土上,钟灵毓秀,人杰地灵。一代代的英雄豪杰横空出世,艳压群芳。有"名魁天下,化振燕京"的清代状元彭浚;有"有了一个罗荣桓,山东这盘棋就活了"的开国元帅罗荣桓;有"赋赡而雅,足以称第一之选"的墨客文人何克明;有"殁后,士民佥请建祠,(皇上)从之"的甘肃提督李辉武。营养丰富的灵山秀水,底蕴深厚的湖湘文化,养育了这块土地上的一代又一代名人。

衡东有个状元叫彭浚

∨
∨
∨

一、聪慧的伢子 >>>

乾隆三十八年（1773）的七月十九日夜，月亮迟迟地爬上对面的山头，淡淡的月光飘洒在还未收获的稻穗上，像撒上了一层碎银，晶亮闪光。躲藏在草丛中的青蛙也开始放肆了起来，"呱呱呱"地叫个不停；依附在树干上的蝉也不认输，"知知知"地在叫。也不知什么时候萤火虫也飞出来乘凉，在树上一闪一闪地，夏天的夜晚总是那么令人陶醉，特别是从背后鱼形山顶吹来的风格外清新、凉爽。

夜很深了，劳累一天的人们都已经进入了梦乡。黄梓塘村背里湾的彭家传来了婴儿的啼哭声。随着一声响亮的哭啼，彭传诗的长子降生了。

传诗已经有了两个女孩，虽然没有初为人父的喜悦，但长子的降生，让父亲还是高兴得手舞足蹈的。

彭家的祖辈都是读书人，传诗的祖父士周、伯父士商均为清进士，人称"湖广才子"，父亲彭陛、兄长彭陆都为举人。只是自己怀才不遇，没有功名，只是一个太学生。孩子降生了，自己的科举梦就靠他来完成了。于是给男孩取名为"浚"，字映旗，号宝臣。希望男孩能疏通彭家的文脉，成为国家的宝贵人才。

彭浚天资聪敏，记忆力超强，能过目不忘，父亲甚是喜欢。父亲也是读书人，因家庭衰落，家境贫寒，靠耕种几亩薄田度日，只有在闲时读点圣贤书。彭浚4岁

时，开蒙入学，父亲亲自当他的家塾先生。

因为家教好，家风严，彭浚从小就养成了生活俭朴、读书勤奋的优良习惯。

彭浚聪明勤奋，很小的时候就表现出了聪慧的天赋。吟诗作赋，即兴应对，挥洒自如，声名远播。当地有一渔夫李三，也最喜欢作对子，经常向彭浚学习作对子。一次，李三以洣水打渔船为题出一上句："轻舟如梭，编织江中锦绣，"彭浚望着洋塘塘坝上的惜字炉即兴对句："宝塔似笔，倒写天下文章。"彭浚不但出口成对，而且还表达出了少年的远大志向。

彭浚12岁的时候，父亲把他送到了一家私塾读书。一天，先生的客人来造访，先生正在上课，客人就在厅屋休息。这时，几只老鼠趁安静爬在屋梁上乘凉。客人无聊，就在两面墙上各画一只大猫，以惊吓梁上老鼠，并在一面墙上题写一上联："鼠暑凉梁，有客描猫惊暑鼠"，待下课后让先生的学生来对。先生下课了，学生一窝蜂冲出教室，到屋外操场追赶打闹。彭浚慢慢走出教室，脑子里还在回放老师刚才讲课内容。走到厅屋，一看墙上的猫和上联，又抬头往门外一瞧，只见一群鸡在啄稻田里成熟的稻穗,于是灵机一动,迅速对出下联:"鸡饥盗稻,无人拾石击饥鸡。"那位客人伸出拇指对彭浚说:"对得好!对得妙!好一个文学神童!"

衡山县城郊,聂翰林家的五少爷聂铣敏,好以作对取乐。彭浚已是满腹经纶,但他仍然求知似渴。他听说衡山的聂翰林家是名门望族,人文荟萃于一门,决定前往讨教学问。那年冬天,他来到了衡山聂府。一进门就碰上聂家少爷聂铣敏。这位聂少爷很有才华,也很自负,目空一切。他见前来的不速之客与自己年纪相仿,未问来历,就指着门前一株苍翠的大树说:"树大根深,不落无名燕雀。"彭浚见聂少爷如此傲慢,也不道明来意,毫不客气地指着门前一口小塘,大声说:"塘干水浅,难藏有道蛟龙。"聂少爷见来客才思敏捷,不禁暗暗佩服,但还得一试,看他学问如何?他见门前池塘水被风吹得叠起涟漪,便说道:"水本无愁,因风皱面",彭浚朝白雪皑皑的衡山祝融峰一望:"山原不老,为雪白头。"应声而答,妥贴工稳。

停步在门后的聂老翰林,见儿子与来客赛对联各显才华,不由心花怒放。于是,他热情接见了这位小客人,盛情款待。了解小客人的来意后,很高兴地把他收在门下。

从此,彭浚与聂铣敏经常无事之时聚在一起吟诗作赋,切磋学识,文思大进。他俩的赛联故事,也成为衡山周边的艺林佳话。

某年的七月,彭浚与聂铣敏在衡山紫巾峰紫巾台禅院修学。紫巾台禅院位于紫巾峰东北方向半山腰上,禅院四周古柏巨松参天,环境极其雅静,南北两侧用竹篱围有菜园,有僧尼多人。站在禅院前坪眺望,衡山县城尽收眼底,南来北去的湘江如白色练带从东面绕城而过,几经曲折,形成五龙朝圣壮美景观。河对岸三座山峰,左右峰较低,中峰较高,称为"笔架山"。中峰上的文峰塔直插云霄,气势非凡。浙江杭州灵隐寺至今留着一副古代牌匾:"杭州有座灵隐寺,衡山有个紫巾台。"可见当年灵隐寺与紫巾台禅院齐为天下名刹。彭、聂两人在此修学,订有章法:黎明前习武,上午读经阅典、议策论政,下午琴棋书画、谈诗唱和,或与高僧参禅互相切磋,铆足马力,准备进京折桂。

一日晚餐后,俩人一起研读贾谊的《过秦论》,就王道与霸道、治国方略进行一番探讨争论后,两个人走出书房。时值中秋佳节,皓月当空,山下县城万家灯光,湘江河面渔火点点,船上渔歌互答,一片升平景象。

彭浚的心情极好,对聂铣敏说:"贤弟,刚才我们只顾读书争论,差点忘却今天是中秋佳节。何不进城沽酒买饼来赏月?你快下山去打壶酒来,好好享受这美妙时光。"聂铣敏满口答应,用一根竹竿挑着一个装酒的葫芦,沿着羊肠小道走下山来。走到豆芽菜巷子中段一棵大凉粉树下时,一个黑衣大汉突然闪出来挡在聂的面前。

聂不慌不惊,沉着应对,大声说:"壮士,为何拦我?"

大汉说:"你半夜三更,为何到此?"

聂说:"学兄叫我下山打酒。"

大汉说:"要想半夜打酒,先要对上对联才能让你打酒去。"

聂说:"好,你出联,我来对。"

壮士说:"上联是:半夜三更半,下山何事?"

这个九字联,聂铣敏初看平常,仔细一想,却未曾想出贴切下联,只得挑着空葫芦回到禅院。

彭浚见聂回来,就问:"酒打回来没有?"

聂告之黑衣壮士拦住要对对联之事。

彭浚听了上联,就在聂的耳边如此如此说了一句。聂听了大喜,趁着月色,快步来到大凉粉树下,黑衣大汉果然还在此等候。遂问道:"我出的对联你对出来了没有?"

聂右手一扬,朗声答道:"中秋八月中,打酒赏月!"

黑衣大汉问:"是你对出来的吗?"

聂实言相告:"是彭浚对出来的。"

黑衣大汉说:"彭浚才思敏捷,扣趣紧凑。下次进京赴试,定点状元。你才学稍逊,但遇事不惊,胆略超人,能上皇榜,中进士。"

第二天,他俩把这事给老师和同学讲了,大家甚以为奇。后来,彭浚与聂铣敏一同进京赴考,果然彭被点为状元,聂也中了进士,入了翰林。后来,这事就被当地神化为"魁星点斗",黑衣大汉就是魁星爷,并越传越神。

一年冬天,正值小阳春,气温回暖,阳光和煦。彭浚倚坐窗前读书,忽见窗外有芙蓉和牡丹影子在晃动,以为是邻居少年在捉弄自己,便踮起脚尖悄悄走出屋外,想吓一吓邻居少年。刚走出屋门,不意惊飞了正落在窗台上的黄鹂和彩蝶。原来,芙蓉和牡丹竟是黄鹂和彩蝶翻飞的影子。他一时文思泉涌,提笔写出上联:"日照纱窗莺蝶飞来,映出芙蓉牡丹"。正待挥笔续写下联,却一时找不到恰当词语,只好搁笔。当日风云突变,半夜雪花纷飞。第二天早晨,彭浚早起,见屋外寒梅怒放,田野白茫茫一片。他去邻村访友,途经小石桥,见积雪上鸡和狗的脚印交错成趣,灵感突发,随即吟出昨天对子的下联:"雪落石桥鸡犬走过,踏成竹叶梅花"。上下联工稳巧妙,意趣横生,不日传遍城乡异地。

随着彭浚的年龄长大和学识的增长,父亲决定送彭浚到岳麓书院读书,师从罗典。罗典,湘潭人,进士。授编修官,督学四川,后转任御史,官至鸿胪寺少卿,学识渊博,乾隆四十七年(1782)始聘为岳麓书院山长。彭浚在岳麓书院学到了不少知识,深得山长赏识。彭浚高中状元后,岳麓书院为彭浚状元及第张灯结彩,庆贺三天。

学富五车,穷经待问,为的就是报效朝廷。彭浚决心动身去北京学习、考试。

彭浚临行之际,继母正在门口纺丝,见状便赶快让开一条路,并笑着说:"我让条宽广路给儿子走!"彭浚接着高兴地说:"谢母好意,儿定争取高高点中,坐八抬八座大轿回来。"

他的父亲把自己科举梦全部寄托在儿子身上,从黄梓塘送到衡山码头。彭浚背着行李正踏上船时,两只乌鸦从彭浚上空飞过,并发出乌呀乌呀的叫声。父亲满脸愁云,认为这是不好的征兆,因为本地的传统旧俗,"乌鸦叫,凶事到"。彭浚见父亲不高兴,就立即吟诗一首:"双脚踏船头,吾父不需愁。乌鸦来报喜,必中状元头。"不久,喜讯传来,彭浚果然高中头名状元。大家都认为彭浚是文曲星下凡,开金口,露银牙,气魄大,能逢凶化吉,遇难呈祥!至今衡山周边还在流传这一佳话。

彭浚家境贫寒、生活清苦。进京后,有人问他家境,他都能巧妙对答,以言藏拙。

有人问:"你家境怎样?"

彭浚答:"家里人喝半边港的水"——实为半边破缸装水喝。

有人问:"家里收入如何?"

彭浚答:"家里有两条船在江中驮盐。"——实为靠两只鸭子下蛋兑油盐。

有人问:"你家有多少人吃饭啊?"彭浚答:"要打锣吃饭。"——实为把箩倒扣过来当饭桌。

有人问:"你家府上是否亮丽堂皇?"

彭浚说:"家有千根廊柱,根根都落地。"——实为茅草房,稻草盖顶下垂,像廊柱落地。

有人问:"父母在家是做什么的?"

彭浚答:"肩挑日月,手推乾坤。"——实为父母除种田外,还兼做点豆腐买卖,补贴家用。

有人问:"你家这么富有,那你的日常生活应该不错啊?"

彭浚答:"一年四季,不定时地吃点海参、人参、太子参。怎么吃呢?海参熬膏,人参开汤,太子参晒干挂蜜糖浆。"——实为魔芋磨成浆再煮熟吃像膏一样,白萝卜煮水喝像人参汤一样,红薯晒干吃像太子参一样。

彭浚聪慧好学,勤奋用心。4岁入塾学习,6岁已能吟诗作对,20岁补博士弟子员,29岁考优贡,31岁中举人。清嘉庆三年(1798)以优贡生入国子监。嘉庆五年(1800)恩科庚申在顺天府(今北京)参加乡试第六十名。嘉庆十年(1805)乙丑会试中第二百零四名,复试一等第十六名,殿试一甲第一名。从来皇天不负用功人,彭浚的努力,终于换来了蟾宫折桂,状元高中!

二、重文的家族 >>>

明清科举制度,乡、会试卷考生用墨笔书写,叫作墨卷;然后由专门誊录的人用朱笔誊写,不书姓名,只编号码,使阅卷者不能辨认笔迹,叫作朱卷。发榜后墨卷保存,朱卷发还考生。新中举的学子们,大都会把发还的朱卷自行刊印后,分送给亲戚朋友,以彰显自己的才华。这种刊印试卷虽然是墨印,也被称为朱卷。

这类分送给亲友的朱卷,有一定的格式。它由考生的履历、科份页和答卷三部分组成。

履历页是朱卷的第一部分内容,记载本人姓名字号、排行、生年、籍贯及本族谱系,上至始迁祖,下至子女、同族尊长、兄弟辈以及母系、妻系无不载入。附载师承传授,如受业师、问业师、受知师之姓名、字号、科名、官阶,以示学问渊源有自。清代科举,履历皆为考生本人填写,且需原籍地方官核对盖印确认,可信度极高。履历页最显著的特点,是对本族凡有科举功名者全部列出,凡有科名、官阶、封典、著作,亦注入名下,朱卷中的履历资料非常珍贵,是后人研究该生家族背景的重要资料。

科份页是朱卷的第二部分内容,内容包括会试年份性质、取中名次、各考官姓氏、官阶与批语等。

文章页是朱卷的最后一部分内容,其内容是考生的应试文章,这也是朱卷中最重要和篇幅最大的内容。

从台北成文出版社印行的《清代朱卷集成》里,找到了衡东彭浚状元的朱卷。彭浚的朱卷中把彭氏家族人物,上自唐朝的远祖,下至子侄辈皆载入履历中。

下面是彭浚朱卷履历页中的内容:

彭浚,字映旗,号宝臣。行三。乾隆癸巳七月十九日吉时(生),湖南衡州府衡山县优贡生,民籍,镶黄旗官学教习。戊午本省优贡第一名,恩科庚申顺天乡试第六十名,会试第二百四名,复试一等第十六名,殿试一甲第一名,朝考入选,钦授翰林院修撰。

远祖:云,字构云,唐赠征君。

二世:兹,进士,任洪州进贤令。

三世:伉,进士。倜,进士。仪,进士。

四世:辋,明经。辅,进士。霁,进士。

五世:玕,官至太尉,爵封安定。

六世:彦昭,官至太尉。

迁泰和始祖：九，授奉郎，徙自庐陵。

二世：逮，授承事郎，徙居月池。

三世：述，授宣义郎。

四世：琮，授朝奉郎。

五世：仲文，宋进士，官茶陵州守，因家茶陵。

六世：思贤，宋进士，官侍御史。

迁衡山始祖：友良，徙自茶陵。

二世祖：子端，世居黄子堂。

太高祖：学孟，敕赠文林郎。

高祖：龄，邑庠生，敕赠文林郎，著有《駮园诗集》行世，《湖广通志》入《文苑传》，省志、郡志入《儒林传》。

高祖妣：阳氏，敕赠孺人。

曾祖：仕周，雍正壬子科经魁，乾隆丁巳恩科明通进士，任永州府宁远县教谕，敕封修.职郎，著有《耕德堂时文稿》行世。

曾祖妣：罗氏，敕封孺人。

祖：阶，太学生，储赠儒林郎，著有《亦步所诗文稿》，藏于家。

祖妣：胡氏，储赠安人，太学生讳又筠公女。

父：传诗，太学生，储封儒林郎。

母氏：欧阳，储封安人，文学阳公讳翁孙女，名思陶公胞妹。

继母：董氏，储封安人，邑庠生，讳道篇公女，太学生名德醇公，邑庠生名德观公，太学生名德溢公，恩贡生名德秀公胞姊。

胞伯曾祖：士商，康熙庚子科举人，辛丑科进士，任湖北黄州府教授，著《恒农堂时文稿》《衡陬古文集》《晓松吟鞭后集》行世。

胞伯叔祖：陆，乾隆丁卯科举人，任宝庆府邵阳县教谕，著有《云亭时文稿》《步耕山房古文诗集课孙草》行世。隆。陟。

嫡堂伯叔祖：城，邑庠生。坊，乾隆甲子科举人，任浙江湖州、长兴县知县，金华府浦江县知县，著有《瓦卮集》六卷行世。墉。

胞伯：传信。

胞叔：传恭。

嫡堂伯叔：传章，邑增生。传书。传易。传敬，太学生。传忠，撰有《通谱源流》《火门心法》行世。传经。传图，从九品，例授登仕郎。

堂伯叔：仍璨。仍璜。仍珍。仍理，邑庠生。仍璞，恩贡生，候选教谕。仍珣，邑增生。仍球。

同怀弟：汲，业儒，考取供事。潮，业儒，考取供事。

嫡堂弟：治。

堂兄弟：濬，邑庠生。瀚，从九品，例授登仕郎。源，邑优生。凌、资、法、河、浣、洛、淮，俱业儒。

女弟：一，适岁贡生，候选训导，陈公名绳武次子鸿龄。

娶饶氏：太学生，饶公名添点女，邑庠生培祚，业儒培祐胞妹。

子：兆榜，业儒，聘邑廪生王公名绍芬女，现任云南腾越州龙川司巡检名之抡公孙女。兆棣，业儒，聘州同罗公讳逢柽女，布政司理问逢圣公侄女。兆柄。

侄：兆桂，业儒。兆桊、兆樾，俱幼。

女：一，许字邑廪生谭公名兰岳第四子，太学生名之苞公孙。

从彭浚的朱卷中，可以看出：

彭浚的家世从远祖彭构云开始，历经数迁，由宜春徙庐陵再迁泰和，后又迁茶陵，最后定居衡山黄子堂。

家族不断扩大，他们奉尊的是宜春祖彭云、泰和始祖彭九、茶陵开基祖彭仲文、衡山始祖友良，脉络分明。迁居衡山以后，人才隆兴，彭浚嫡系祖上有邑庠生高祖、经魁曾祖，太学生祖父、父亲，仕宦仅有曾祖为教谕，呈现出功名仕宦雏形。在堂系家族范围里已有 1 名进士、2 名举人、8 名生员、2 名教官、1 名知县、1 名从九品、1 名候选教谕，余大多业儒，可谓人才济济。

可贵的是，彭浚上三世族人中 4 人有著作行世，显示了书香家族的成型。通过联姻社会关系圈逐渐扩大，而在地方绅士层次中联姻，为自己家族的社会地位巩固打下根基，成为大衡山彭氏，乃至衡山儒林之核心。彭浚从默默无闻到大魁天下，理当是泰和派和湖南彭姓的佼佼者，也是湖南人才的标志性人物，现在岳麓书院的人才介绍中还有他。

彭浚嫡堂叔彭传忠，字华诚，号勉耘，行十六。著有《火门心法》行世，《勉耘草人物摘要》，惜未梓。传忠历时八年，呕心沥血写出了"前无古人，后无来者"的《彭氏源流序》。该《序》全面系统地介绍了泰和派，兼顾其他派系在湘、赣西的世系及分布情况。被80万江西泰和月池始祖朝奉郎九公的后裔捧为谱学里的"圣经"。但传忠仅48岁而英年早逝，正如其在该《序》里所言："人能行此家庭不朽之事，世即奉彼为天壤不朽之人。而不朽之文，遂与之而永。"

彭浚及其家族五代书香，四代官宦，成为泰和桃源、月池派显赫的家族之一。但其取得的功名并非偶然，而是有着儒家思想素养。"牢记夫家门之兴败，由子孙之贤不贤，不由子孙之显不显之格律。是族由吴入楚，历数百年，农者、秀者、衿者、宦者，古义蟠固，蔚为地望。意茶陵始祖仲文公，宅心慈祥，爱民利物，多阴德欤！抑征君公隐居宜春，秉节蹈义，而裕后者远欤，不然何以几经代更，愈久愈盛。若是后之人尚务忠信以培之、问学以充之：修于家为孝子、为顺孙；行于乡为端人、为善士；仕于国，为忠臣、为廉吏。则百世而下，表为我氏之贤、光斯谱矣。"

光绪三十一年谭延闿为茶陵秩堂《彭氏宗谱》撰序言："彭氏于东南为巨姓，然东南族姓之蕃，推湖湘最盛，而湖湘支派之出，又推茶陵秩堂最多。余在长沙总祠见同姓应试士子，秩堂派十尝六、七，其后游都城者秩堂近半也"。黄子堂彭氏来自秩堂，良好的求学之风得以传承。

又据彭传忠撰写的《彭氏源流序》曰："次思贤，登进士官监察御史，徙居秩堂。明内阁学士解文毅公过秩堂作诗云'莫道秩溪无好景，五更犹听读书声'。洪武时，我友良祖犹住秩堂，丁兵燹、差赋重，祖茹茶聂檗，勤课读每至夜分。文毅公之言盖记实也。"

由此可见，彭浚家族的崛起，是由少到多的积累，从量到质的变化。友良公徙居黄子堂时，基本是一个农民，只有在劳动的余暇才能读书。过了两三代，随着积累走向耕读之路。再经几代人的努力，只从事农业生产管理，而大部分的时间和精力投入读书以求取功名。充分说明一个家族的兴起,非一两代的努力就可以心想事成的,而是要经过五六代,甚至有的要经十余代的奋斗才会有结果!"彭家出状元",这份结果因为积淀深厚而变得沉甸甸的!

除此以外,彭氏家族受庐陵文化影响也不小。

彭氏家族从唐到清1000余年的历史上获得功名和做官最高者是迁泰和五世祖仲文,"宋进士,官茶陵州守。"

庐陵,今江西吉安市的古称,位于江西省中部。是古代著名的"江南望郡"和"文章节义之邦"。

名人荟萃,文风鼎盛,是庐陵文化的一大特色。

庐陵又被誉为"文献之邦"。古代庐陵乡邦文献几乎涵盖了文化科学的所有领域,在某些领域还处于当时的前沿,取得了很高的成就,出现了在全国有相当影响的大家和名著。

自始祖彭九迁入庐陵,历二世、三世、四世,到五世彭仲文官迁茶陵,彭家在庐陵有五代一百多年,庐陵文化已经浸润到彭家的骨髓里,对彭家崇尚科举的家风影响极大。

彭家出状元,偶然中的必然。庐陵文化的滋润功不可灭!

三、霸气的京官 >>>

彭浚从嘉庆十年钦赐一甲一名进士及第,授职翰林院修撰,掌修国史开始,到道光十二年,因脚疾辞官回乡养老,共为官27年。

彭浚的为官履历很简单:

嘉庆十年(1805),乙丑科进士第一名,钦赐一甲一名进士及第,授翰林院修撰,掌修国史。(翰林院相当于中央书记处、中央办公厅和政策研究室,修撰是负责人,修编是秘书。官级从六品,相当于正处级。)

嘉庆十六年(1811),彭浚任会考考官,协助会考。(会试考官,出题监考,负责人才选拔,责任重大。)

嘉庆十八年(1813)任顺天府乡试同考官,后任右春坊、左春坊赞善,中允,翰林院侍讲,咸安宫总裁,教习庶吉士等职。(右春坊、左春坊赞善,中允为太子官。翰林院侍讲,咸安宫总裁,教习庶吉士是翰林官员升迁过渡职务。)

嘉庆二十三年(1818)散馆考试时列为三等,因此降职为吏部员外郎。(吏部员外郎,从五品,相当于财政部副司局级官员。)

道光元年(1821)出任福建乡试主考官。

道光三年(1823)大考后升为内阁侍读学士,太常寺少卿,官至奉天府丞兼奉天学政。出任奉天学政时,改革陈规陋习,捐银建棚,学风为之一振。(内阁侍读学士,从四品,相当于中央司局级官员,主要是管文件收发、翻译之类的工作。太常寺少卿、奉天府丞,相当于直辖市副市长。顺天府丞兼学政,相当于北京市副市长兼教育局长。)

道光四年(1824)彭浚回乡服丧。

道光七年(1827)复职起用。

道光十一年(1831)充顺天府丞兼学政,官至太常寺少卿。

道光十二年(1832),因脚疾辞官回乡。

道光十三年(1833)病故,享年60岁。

彭浚为官27年(其间丁忧3),主要工作是选才、撰文、修史。多次典试、督学,为朝廷选拔了许多人才。嘉庆年间,他协助乡试,"前后三甲皆出其门"。河南祝庆蕃兄弟三人同登科第,也出其手。

为官期间,官德高尚,让人钦佩!就是家庭美德,也让世人敬仰!结发妻子饶氏,跟随左右,夫唱妇随,相敬如宾,家庭和睦,人丁兴旺!为官之前,已生有三子一女:兆榜、兆棣、兆柄及小女;为官期间又添四丁:兆松、兆桢、兆樾、兆械。彭状元家是一个官宦大家庭,但彭浚严守祖训,严以律己,严肃家风。恪守"自奉节俭,一丝一粟,备深顾惜,非宴宾客,食无兼味",亲书"勤、俭、忠、恕、忍、让、公、和"告诫家人。

辞官回乡后,还重视人才的培养。以自己为官20多年的积蓄置义田租364石(担),以田获利资助学子。济人利物,尽其所能,倾其所有,深得百姓称赞。

京城为官，霸道大气，更多的是渊博、智睿。

就在彭浚考试前一年，纪晓岚因病辞世；考试的那一年（嘉庆十），"刘罗锅"刘墉也离开了人间；扳倒和珅的状元王杰这一年也走了。在这个时候，彭浚带着江南人的才气来到了皇上的身边。

皇上首先也得了解了解他钦点的这个状元，该问问彭浚的家境了。同僚们的询问，彭浚以言藏拙，应付了过去。对皇上又该怎么说呢？

一天早朝后，皇上留下几名大员，说要一起与彭浚拉拉家常，彭浚小心应对侍候。不一会，皇上问道："彭浚，你家住湖南衡山，说说当地情况。"

彭浚答道："我是湖南衡山人。那里风景秀美，物产丰富，地灵人杰。地名叫珍珠堆，左有金花桥，右有银花桥，山冈不高而秀丽，田野不广而肥沃，溪水不深而澄清。春夏秋冬四季分明，雨而不涝，晴而不旱。"

皇上赞道："那真是个好地方。"随即问道："你家境如何？住房咋样？"

彭浚很要面子，贫穷家境不能当着文武官员说贫穷。于是说："家境尚可，住的房子有七十二廊柱落地，三十六屋栋朝天。"

皇上问："这么大的房屋盖的什么瓦？"

彭浚低头轻声答道："我家房屋上盖的是金条。"

众官员听了大吃一惊："皇宫尚不能用金条盖房，你一个百姓家哪能用金条盖屋？"

皇上不动声色地继续问："你家如此富裕，钱从何来？"

彭浚答道："家里喝半边港的水，有两只船在河里驮盐。"

有一江浙出身的大员马上插话道："盐是官家货物，你家怎能如此大量驮盐？"

彭浚答道："我家船上驮盐，没有盐卖，没犯法。"

皇上话锋一转，再问道："你家乡如此秀美，家庭如此富裕，民风如何？"

彭浚朗声答道："家乡蒙皇恩浩荡，民风淳朴，勤劳和睦，人人安居乐业，户户日不锁门，夜不闭户，道不拾遗，一片升平景象。"

皇上听了大喜，说将择日派人前往衡山彭浚家乡踏看。

过了几个月，皇上在养心殿再次召见彭浚，开门见山问彭浚："你家里如此贫穷,上次你为何说富得流油?"

彭浚坦然答道:"我家里虽然贫穷,但我不能在众大臣面前讲家丑。那样也是对皇上的不恭,但我讲的句句是实情。"

皇上说:"你家乡的情况基本属实,但家里的情况不属实。"

彭浚答道:"我家住的草棚是用九根木条撑起来的,七加二是九,三加六也是九,这个数没有错。"

皇上问:"草棚盖的是稻草,怎么说是金条?"

彭浚答道:"稻草是金黄色的,稻草盖棚子不漏,与盖金条无异。"

皇上又问:"喝半边港的水,两只船驮盐,总是没有的吧?"

彭浚答道:"我离家赴京赶考前,一只祖先传下来的旧水缸不慎碰破,只剩下半边缸装水,为筹足赴京路费又没花钱买新的,所以喝半边缸的水。母亲因为没有钱买盐,就喂了两只鸭子,靠鸭子生蛋卖钱再去买盐,这两只鸭子就是驮盐的两条船,这都是实情。"

皇上听了彭浚的解答,不仅没有责怪彭浚说谎,反而对彭浚家贫产生怜恤,也对彭浚的自强、机敏更加爱惜,当即赏赐给彭浚一些金银。

彭浚以自己的机敏,把难堪的问题回答得漂亮体面。

嘉庆时期,是清朝由盛转衰的转折时期。乾隆五十八年(1793),清廷百官共祝皇帝万寿,一派歌舞升平的背后,衰败景象已经呈现,用西方英国使团旁观者的话说:好比是破烂不堪的头等战舰。西南数省的白莲教民反乱;人口大量增加,人均耕地减少,主佃矛盾突出;无业游民剧增,盗抢事件时常发生,社会问题严重。政府方面,吏治败坏,财政亏空,武备废弛,陋规盛行。

嘉庆皇帝登基之初,很想扭转乾坤。下诏咨询,广泛征求革新建议,勤政且有图治之心,但缺乏锐气,不具备实行严猛政治的魄力。清朝这艘破烂不堪的头等战舰没有得到修复,甚至连油漆都没有刷上一遍。

就在彭浚考取状元后的第三年,发生了李毓昌案。李毓昌为嘉庆十三年新科进士,授知县,于江苏待缺候补。在此期间,受命查核江苏省山阳县财务。山阳县令王伸汉,曾虚报灾情而冒领赈灾银,据为己有。李将此事查出后欲将举报,王行贿被李严辞拒绝。王买通李仆从李祥,下毒药将李毒死,并以绳勒颈,造成李上吊自杀假象,且烧毁揭发证据,又贿通淮安知府及验尸者,以自缢结案。李毓昌叔李泰清大疑,亲自开棺验尸,见尸身青黑,知被毒杀致死,遂赴京城都察院诉冤。后重审此案,还原真相,涉案人员被判极刑。

李毓昌案,虽然皇上下谕,从重从严,处置了涉案人员,但清朝官场腐败已经成为了一种政治常态。

这个时期恰是彭浚为国家出力,把书本知识转化为生产力的时期。但彭浚作为状元,在满清这艘破烂不堪的头等战舰里,"书到用时方恨少,想为之处不能为"。在一个国力走下坡路,政治走向衰亡之时,为官之道,虽能尽心,但不能尽力,还必须应对各种政治挑战。彭浚只有在宫中斗智,在朝野斗才。倾其所学,培育英才。

彭浚开启了人生最辉煌的时光,尽其能力,尽心为官。在 20 多年的官宦生涯中,虽然不是像纪晓岚、刘墉那么大有作为,但恪守中国传统的为官文化,严以律己,宽以待人,留下了许多斗智斗勇、除恶安民的佳话。彰显了湖南人的霸气:名魁天下,化振燕京!

嘉庆十年,彭浚高中状元。此前,已经有 183 年湖南没有出过状元了,彭浚大魁天下后,不仅让湖南人士刮目相看,整个京城亦大为震动,皇上更是高兴。在金銮殿上,皇上问及彭浚籍贯住址时,状元彭浚把家乡描绘得美丽动人。他说我那住的地方是"头顶珍珠堆,脚踏双凤桥,左有金花桥,右有银花桥,手提大印厢(湘),住在黄子堂"。皇帝听后嘉许:"是个出人才的地方。"

当时有人刁难新科状元,上奏曰"湖南有七十二洞,洞洞出强人",出强人,就是出强盗,这不只是给新科状元难堪,更是对湖南人的诬蔑毁谤。皇帝问彭浚有无其事,彭浚对答说:"臣的家乡湖南衡山,只有七十二峰,峰峰出贤人。"皇帝听了很高兴,便说:"哪七十二峰?说说看。"彭浚便动用他的超强大脑,"祝融峰、紫盖峰、密云峰、天柱峰、烟霞峰、喜阳峰、莲花峰、白石峰……"一口气就数出了 71 峰。

"还有一个……"彭浚一时应答不上,缓口气说,"还有一个……"

"怎么了？你低着头在说什么？"皇帝问道。

"还有一个勾头峰！"彭浚灵机一动，大声应对。

彭浚机智敏捷，廷对圆满结束。

据说，彭浚说完"勾头峰"后，南岳有座峰真的勾下了头，这就是在衡阳县境的岣嵝峰。

进了京城，皇帝得知彭浚多才善对，便问家乡是否盛行对对子。彭浚点头道：男女老少，人人精通。朝廷命官们很是不以为然，便奏请皇上，要进行实地考察。

数月之后考察官员复命，说在衡州府地，连出几联，无一人启齿，彭状元是在撒谎。彭胸有成竹地恭请考察官员详述其情，看是否属实。考察官员说，在回雁峰前，他们以寺塔出句，问一挑大粪的农夫："宝塔尖尖，一耸七层八角；"可农夫手一挥，不辞而别。

彭浚哈哈大笑道，他已经对上了，你还蒙在鼓里。考察官员眉头一皱，还是费解。彭竣接着说，农夫是以手代言，他的意思是说："手掌平平，五指两短三长。"

考察官员"哦"了一声，又说在青草桥见一少女，出联请对："青草桥，青草鱼，口衔青草"，少女并不理睬，只顾自己摘一朵黄花插到头上，转身就不见了。可见她是"擀面杖吹火——一窍不通"。

彭浚说，人家一个黄花闺女，怎能随便同陌生男人说话呢？她同那位老农夫一样，也是用形体动作在答对："黄花地，黄花女，头戴黄花。你们说，是也不是？"

面对彭浚的机智灵活，考察官员连败两阵，这才低下头来，默不作声。

彭浚用才气征服了大家，以后再也没人难为彭状元了。

嘉庆辛巳年的春天，彭浚告假回乡祭祖。在长沙弃轿登船，逆湘江而上。船到湘潭易俗河，突遇狂风大雨，河面波涛翻滚，船不能前行，只好就近码头靠岸，暂且休息。

上得岸来，只见码头上人来人往，有洗菜的、有刨猪皮的……彭浚上前一打听，原来是穆大人150岁寿诞，他们都是赶过来帮忙的。彭浚一听，好不高兴，人间百岁，已非凡寿，今遇150岁之人，倒要前去拜贺。彭浚穿着便服，备份薄礼，一人顺着人们指的路线，到了穆家。

哈！真气派，只见穆家张灯结彩，华烛通明，筵席大开。达官贵人、族兄亲友围席而坐，热闹非凡。老寿星耳聪目明，见多识广，见彭浚仪表堂堂，衣冠楚楚，认定是位贵人，虽然素不相识，还是把他当作贵宾招待，将彭浚推上首席。彭浚左推右推不脱，只好恭敬不如从命，向各位拱手致谢后，大大方方坐在首席位置上。

众宾客哗然，惊诧不已。入座者不谦不恭，这是何人，胆敢坐上席？真是不知天高地厚！

有一年少气盛的书生走了过来，不怀好意地问："请问相公，一生坐过几回头席？"

彭浚知少年书生是挖苦自己，却宽容一笑："不多，不多，只坐过三回？"

书生又问："哪三回？"

彭浚一本正经地说："第一回是新婚之日第三天，与贤妻回门在老丈人家坐的上席。"

众人哄堂大笑，都说："那是的，那是的。"

书生接着问："那么二回呢？"

彭浚不慌不忙地说："第二回是皇上御宴，我一连喝了九杯御酒未曾醉倒。"

有人嚷起来："吹牛！吹牛！"

彭浚当作没听见，继续说道："今天承蒙寿星厚爱，把我推上首席，这是第三回。"

彭浚这么一说，知书达理的懂得来者不是等闲之辈，不敢多言乱语。而当过九品小官的乡绅却站了起来，手指大门口的石狮子，指桑骂槐："门口狮子，脸上冒血！"

彭浚望着墙上的"龟寿图"，绵里藏刀："缩头乌龟，不得无礼！"

酒过三巡，又有一地方官员要人送来笔墨纸砚文房四宝，在院中石桌上铺开宣纸，推彭浚题诗祝寿。醉翁之意不在酒，显然是想让彭浚当场出丑。

彭浚欣然应允，左手端起酒杯，右手悬腕运笔，在宣纸上从右向左写下四个大字："寿眼巧文"。

老寿星摇头苦笑，不知其意。那些达官贵人、族兄亲友窃窃私语，嘲笑他："原

来是个混吃混喝的冒牌货"。彭浚若无其事,面带微笑,一气呵成一首五言诗:

寿高两甲半,眼观七代孙。巧遇狂风阻,文星拜寿星。

最后落款"衡山晚生彭浚"。

众宾客见了落款名,惊诧不已。那位出言不逊的书生不由自主地扑通跪在地上,磕头请罪。彭浚将他扶起,然后撩起长袍,向老寿星行起了三叩九拜的大礼,真来了个"文星拜寿星"。

道光初年,彭浚为学生皇帝旻宁所倚重,要他巡学奉天。他风雨兼程,冒雨来到了奉天街头。当时,在奉天的山东才子很多,都想见识见识这位被皇帝看重的状元郎。他们在城门口扎起了高大的牌坊,牌坊的上边贴上了上联:"大雨淋漓,洗尽街头迎学士"。满城文武百官、墨客骚人、平民百姓早已恭迎等候在牌坊前。待彭浚到来,个个抱拳打躬,笑脸相迎。迎宾官出列作揖道:"彭状元来得这么神速,又值天公不作美,连牌坊的欢迎联还只贴了上联呢!敝城官员百姓,实有失敬,万望海涵!"彭浚早就看破他们的心机,一面和大家亲热寒暄,一面要来文房四宝欣然命笔,一气呵成"惊雷霹雳,打开天窗看文章"。此联对句,文思如此敏捷,在场众人无不咂舌称赞,彭浚的霸气才气也彰显无遗。

彭浚曾主持过山东的乡试。乡试结束后,要回京城复命。动身回京的那天,新考中的举子们敲锣打鼓,列队欢送。那些名落孙山的学生却心怀不满,纠集几十人,拦轿闹事,口口声声要"讨个说法"。

他们拦住了主考官彭浚的轿,你一言,我一语,都说自己是熟读经书,饱学多才,文章写得如何如何好,怎么不能中举?你们这些考官,有眼不识泰山,胡乱判卷,不知埋没了多少栋梁之材?

彭浚走下轿来,问了问在最前面的几个人的名字后,就将他们考场上所作的文章背了一遍,并分析哪段写得好,哪段有哪些毛病,一针见血,句句在理。彭浚言辞恳切,说得那些闹事的考生口服心服,想不到世上有如此奇才,阅卷几百张,竟然过目不忘,将考生文章熟记在心。

与君一席话,胜读十年书。彭状元渊博的知识和惊人的记忆力,令落第学子们一个个佩服得五体投地。他们不但不再拦轿叫屈，而且依依不舍地送了状元一程又一程。

彭浚精于书法，楷书融合了欧、颜、虞、褚多家优点，具有稳重、端庄、大方、俊秀等特色。嘉庆皇帝曾一度要他做太子旻宁（后来的道光皇帝）的书法老师，故有"天子门生，门生天子"之誉。他的学生、后来的皇帝对彭浚老师的书法非常尊崇，对老师也非常尊重。嘉庆二十三年（1818），彭浚散馆考试时列为三等，因此，降职为户部员外郎。道光元年（1821），学生旻宁一上任，就要老师彭浚出任福建乡试主考官。道光三年，大考之后升为内阁侍读学士，太常寺少卿，官至奉天府丞兼奉天学政。

旻宁曾赐他一个砚池。皇上赐砚池，是对文人高规格的奖赏，他把自己的住宅叫"赐砚堂"。可见，他与道光皇帝关系不一般。

旻宁做太子时，嘉庆要彭浚给他当书法老师，既教他书法，也教他为官之道。旻宁是嘉庆的二儿子，因哥哥几岁就夭折，他就是皇家的长子了。母亲喜塔腊氏韶华早逝，继母钮祜禄氏被册封为皇后。钮祜禄氏生有两个皇子——皇三子、皇四子。谁的孩子当皇帝，谁就是皇太后，这个道理钮祜禄氏非常懂。

嘉庆给旻宁请老师，看来就是把他当接班人培养。已被册封为皇后的钮祜禄氏心中肯定是羡慕嫉妒恨。谁不想让自己的孩子被当作接班人培养呢。

彭浚在当旻宁老师时，这个钮祜禄氏用计几次召见彭浚。因为按旧制，任何人见皇后是不能抬头的，抬头望皇后必定要杀头。她想让彭浚因自己的某次疏漏招来杀头之罪而中止教皇太子的书。"最毒皇后心"，这是中国封建社会宫廷里最常见的一幕。

有一天，彭浚来到坤宁宫觐见皇后。彭浚心有所备，进来后，见宫内墙壁上有诗108首，彭浚好学，又有过目不忘之特长，就认真阅读起来。正当他聚精会神地观看时，皇后突然大咳一声，想用计惊动彭浚，使彭浚转移视线，目视皇后。彭浚虽心有准备，但突如其来的响声还是让他视线产生了偏移。在场的几个太监大呼小叫地对彭浚说："你抬头望皇后，罪该当斩！"彭浚辩道："我全神贯注在看墙上诗文，哪有抬头？"

此事闹到嘉庆皇帝那里,皇帝责问彭浚,彭浚还是说我在观阅墙上诗文。

皇帝说:"既然如此,朕命你把墙上诗文全部背诵出来,恕你无罪。"

彭浚一口气顺畅背完,皇上不但免罪,还称赞彭浚好学博记。

这个故事在彭浚的后人中流传,估计是彭浚辞官后,与家人谈起皇宫那种"伴君如伴虎"的危险感而说漏嘴的,有一定的可信度。也说明了彭浚在京城为官不易,要靠智慧才能生存下来。

除了智慧,彭浚还爱民若子,疾恶如仇。

他视学奉天,见其考棚露天,考生备受日晒雨淋之苦,便慷慨解囊,援建了东西考房,添置了40套课桌椅。

晚年辞归故里,他将多年积蓄尽数倾出,置义田364石合218亩,又购义房,办起了"文成公所",以资乡试、会试清贫学子之用。真正是"于济人利物之事,无不慷慨为之"。

道光年间,皇上要他回乡巡视官场。回乡后听说宜章知县鱼肉百姓,无恶不作,便打轿直奔郴州,决心申奏严惩。巧的是去郴州的路上恰与宜章知县途中相遇。知县坐的是大轿,仪仗开路,衙役、打手前呼后拥一大溜,好不威风。彭浚故意将小轿停放路中,他要亲眼见识一下这位横行乡里的知县大人。一贯作恶多端的知县,哪容得下小轿挡他的路,即令衙役动手,扬言要掀翻小轿,将主人和轿夫往死里打。彭浚从轿里亮出"天子门生,门生天子"的红字灯笼,走出轿来,正色道:"知县大人官不大,威风不小啊!"知县这才知道来者是内阁大学士彭浚,吓得面如土色,冷汗淋漓,赶紧磕头求饶。彭浚说,你不是嫌这条路窄了吗?你自己出钱把路加宽就行了。知县哪敢不依,只好用自己搜刮来的不义之财把宜章到郴州90里山路扩宽修好。

这条古道现今还在,它已经成为了中国官场惩治腐败的活教材。

彭浚凭他的霸气、才气、机敏、豁达,在官场打拼了20多年,为清王朝选拔了一大批人才,掀起了官场廉政新风,处理了一批棘手事务,深得两位皇帝(特别是道光皇帝)的青睐。彭浚病逝后,道光皇帝亲写文祭奠,痛呼:"朕为太子,先生师也,朕为天子,先生友也。先生逝矣,何师何友?"并敕为乡贤。

彭浚的德行、才华、文风一起被庙堂江湖传为佳话;他的为人、为学、为官一直备受后人崇尚。彭浚无愧于"乡贤"称号。

四、流失的文物 >>>

文物,是人类活动过程中遗留下来的遗物、遗迹。彭浚状元文物是彭浚所遗留下来的物件与痕迹,包括出生的地方、用过的东西、赏赐的宝物、自己的墨宝、死后的安葬等。彭浚离开我们只有 180 年,作为状元文化载体的状元文物,应该保存得比较完备,但结果让人惋惜痛心,彭状元文物有的消亡殆尽,有的正在逝去。

气势恢宏的状元府已经不复存在了。

状元府位于衡东县珍珠乡黄子堂村(现在的洣水镇状元村),距县城 10 公里,为清嘉庆十年(1805)彭浚钦点状元后所建。状元府建在"睏牛山"下,坐西朝东,占地约 5 亩。

整个府院结构为四进四横,高两层。

一进为状元第牌坊,高 8 米,宽 6 米,青砖结构,顶部飞檐挑角,气势雄伟,远观似一块屏风。上有人物浮雕故事"八仙庆寿""文王访贤""双凤朝阳"等,玲珑剔透,细致精巧。二进为住房,中间小厅屋,厅屋阶基两旁各有一座祁阳大白石狮。大门上方竖悬"诰封五代"紫檀木牌,木牌高约 3.6 尺,宽约 2 尺。厅屋两壁悬挂彭浚手书的"勤、俭、敬、恕、忍、让、公、和"八个正楷大字。楼上是戏台;三进为大广厅,可开百桌席宴。四进也是住房,主要为招待客人住宿所用。

横屋南北两边各两排,共四横。

整栋府院共有 48 个廊柱,9 个大厅,12 个天井。

大广厅内前面悬挂"赐砚堂"大匾,中间悬挂彭浚长辈八十寿诞"福德延年"寿匾。地面为四方火砖铺设,古朴平整。墙壁全是双层火砖到栋。

府前有一口古井,叫状元井;有一口塘,叫状元塘;有一座桥,叫状元桥。

1951 年土改时,状元府两边横屋房子大都分给了原在本屋居住的状元后代,外姓贫农也分了一部分。二进正厅、三进广厅充公。1958年到1960年,人民公社办食堂,大广厅办起了公共食堂。1966年,状元府被毁,大广厅被拆。

1990年,县政府对状元第牌坊进行了维修,基本还原,让状元文化还存有一丝印记。但状元府难以恢复,因为整个原址上已经建满了建筑,居住着上百号人。

状元府毁了,不可复原,但状元府里的小物件也是文物之一,有些散落在民间,只是没有组织出面收集,慢慢就丢失了。其中最重要的文物要算皇上赏赐的徽砚了,此砚珍贵不只因皇上赏赐,其本身就很宝贵。听老辈人说,干净的砚池,只要对其吹一口气,砚池就会湿润,可润笔书写。这件宝物现在下落不明。状元第门前一对祁阳白石狮,失踪也只有几十年,这么大的物件,一定还藏在民间,只是不知流落在哪个角落。

彭浚的出生地,在黄子堂村二组的背里湾。背里湾是鱼形山的一个山湾。站在对面来看鱼形山,就好像一条大鲤鱼冲破水面,弯尾发力,跃出龙门。背里湾就在鱼尾弯曲处。现在山湾还在,彭浚出生的房屋已经不在,在原址上彭氏后人建有新房。但老房子大门下的基石还在,并且位置也没动,只是两百多年的风雨把基石磨蚀得光溜圆滑。

彭浚去世后,葬在金峨村十二组的"铁岗山"上,距状元出生的老屋大约五里路程。周围群众可能想借"状元"之气,在铁岗山上出现了乱葬现象。上个世纪80年代,政府下文"周围50米内不准任何人葬坟",才让铁岗山乱葬现象有所收敛。1989年,以彭浚状元第七代孙彭丙甲为首,组织彭浚状元后裔近百人清明节上山扫墓、祭拜。2000年,彭氏家族用修谱余款对彭浚状元的坟墓进行一次大的维修。2015年12月,衡阳市人民政府在彭浚墓地边立了一块市级文物保护的牌子,牌子立在不锈钢管上,与墓地和周围环境不相协调。

彭浚葬后不久,他的后人在墓地山脚下建起了"状元祠"。当时的状元祠也非常气派,三进两横。状元祠门上有一联:"名魁天下,化振燕京",把彭状元为官为学的霸气才气表达得淋漓尽致。状元祠现只存有小部分建筑,但已破败不堪。祠内正墙上贴了用红纸书写的"彭氏祖先神位",下有条桌一张,没有神龛。祠内住着一位老先生,是彭浚的六代孙,叫彭宽。老先生终生教书,培育无数学子,老年寄居祠内，坚守状元遗风，喜欢书法涂鸦，祠内一面墙上都是他写的劝人劝世警句名言。2015 年，老人过完 90 春秋后，撒手人寰，留下一间空荡荡的房子和他那些语句在风中飘荡。

状元祠的左右两边建有房屋，为彭姓和苏姓人家。典型的现代江南农村建筑风格，把状元祠挤得矮矮的、窄窄的。状元祠墙上挂着由衡阳市颁发的"衡阳市级文物保护单位"，但牌匾并不能阻止文物的老化衰败。摇摇欲坠的墙体，很有可能在一场风雨中轰然倒下。

还有一些文物被彭浚状元后裔保存着。如彭浚所书石刻《滕王阁序》《岳阳楼记》和木刻《韩文公五箴并序》与匾额"赐砚堂""福德延年""诰封五代"等。只是政府没有去做收藏征集工作。

最近网上还出现过彭浚的题匾、题联、字帖等，这些文物散落在民间，搜集起来非常困难。

衡山县贯塘乡一不愿公开姓名的收藏人士幸得彭浚状元亲书的"牒演星源"的红底金字匾额。此匾长 340 厘米、高 110 厘米，红底金字，十分庄重。彭浚高中状元的喜报传到衡山（当时衡东县属衡山），家乡亲朋好友即请木匠做大匾，并请彭浚书写，以炫耀自己的权势。这是古代贵族、高官、名士们趋炎附势的一种习俗。彭浚卷袖扼腕，大笔一挥，在匾额上书写"牒演星源"四个苍劲有力的金字，落款：右边为"嘉庆乙丑孟冬日"；左边是"彭浚立"。

"牒演星源"匾词再现了当时中状元后的盛况，同时是希望后人通过科举考试多出文曲星。此匾距今已有 203 年的历史，又由状元亲书，并署名、落款，是极为珍贵的文物。

"翠柏冬荣"为女性寿匾。是彭浚存世较少的手迹之一，弥足珍贵。我国历来有以松柏喻人品格与操守的传统。唐代魏徵的《道观内柏树赋》写道："唯丸丸之庭柏，禀自然而醇粹。涉青阳不增其华，历玄英不减其翠。"匾文"翠柏"，即"历玄英不减其翠"，这里隐喻贞女的高洁。"冬荣"喻高寿。

"成均硕彦"匾，受匾人：太学生曾思祖。此匾书写于嘉庆十四年（1809），至今保留完整。成均：国子监代称。彦：有学问的人。成均硕彦：意赞美曾思祖是学校中的佼佼者。

衡东杨林的车头村中大屋,是彭浚的外婆家。"威板显灵"就发生在这里。中大屋是一典型的清式民居,大屋有三进,在一进的大厅里挂着彭浚亲笔书写的"穷经待问"的匾额。彭状元是告诫后人要好好读书,储备着知识,随时等待国家的召唤。国家兴亡,匹夫有责。匹夫尽责,能力至上。只可惜此匾额被董族后人把彭浚的落款锯掉了,匾额短了一截。

"威板显灵"时鱼跃的池塘还在,但已被新建的房屋填埋得只剩下一个小水凼了。

台北成文出版社印行的《清代朱卷集成》里,能找到衡东彭浚状元的朱卷。这是一个了解彭浚家族非常重要的文物。

至于殿试时的皇上问策、彭浚答卷等,这些是非常重要的状元文物,估计故宫博物院里存有真迹。广东湛江状元林召棠,在他的家乡保存完整的林状元文化,有状元第、状元祠、状元墓、状元纪念馆等。最吸引人的就是状元纪念馆墙上那张被放大的皇上问策与状元答卷了。虽然是影印件,但很有震撼力。

彭浚状元文物是还原彭浚的最好载体,也是状元文化在教化中最好的媒介,能搜集复原是最好的,但对于已经消亡的、没有办法去恢复重现的状元文物,也不必强求。

作为旅游资源的状元文化,需要用心去体验。到状元府来旅游,你心中有状元文化,你就能见到你心中的状元,状元就会与你对话,解你疑惑。拜菩萨,心诚则灵;拜状元,心诚则活!

五、传承的文化 >>>

科举是朝廷通过考试选拔官吏的办法。科举制从隋朝大业元年(605)开始实行,到清朝光绪三十一年(1905)举行最后一科进士考试为止,经历了1300年。

状元是中国科举的特殊产物,是古代读书人梦寐以求的最高境界,也是古往今来人们推崇备至的"偶像"和津津乐道的话题。

从唐武德五年(622)的第一个状元孙伏伽,到清光绪(1904)最后一位状元刘春霖止,1300年数以亿计的考生只产生700多名状元,可见登上这座宝塔塔尖何等艰难。他们从童生到生员(秀才)要经过县试、府试和院试三级考试;考中生员后,还要经过乡试、会试和殿试。有人统计,从童生到状元要经过数十次的具体考试。自宋代以后,乡试、会试和殿试三年举办一次,三年中只产生一名状元。考取状元的艰难程度可想而知。

现代高考,一试定终身。试题对味、知识点恰好撞在自己的兴奋点上,都有可能成为黑马,这与科举考试不可同日而语。科举考试中,从童生到状元要通过数十次具体考试。三年一次的会试,全国各地考生成千上万,一般录取只有二三百人。中式者称为贡士,经会试取中的贡士,接着要参加复试。复试成绩分一、二、三等,只有列等者方可参加殿试。殿试由皇上亲自主持,名次分为三甲,一甲共三名,一甲一名为状元。经过无数次筛选后,剩下的就是佼佼者中的佼佼者,没有一点运气在里面。

考试的内容和科目以儒家经典文献的解释、诗文写作、对国家大政的策问为主。科举考试中获得进士乃至状元的文人,必须具有深厚的经学、文学功底,对国家大政、治国治民方略有敏锐观察力和独到见解。

从彭浚状元的考试成绩来看,会试第二百四名,复试一等第十六名,殿试一甲第一名,他知识扎实,心理稳定,越战越勇。

倘若没有超人的才华、坚强的毅力、健康的体魄,高中状元是不可能的。

状元文化所体现的人文内核,正是一种勤学自强、坚韧不拔、善于超越、敢争天下先的奋斗精神。这种精神表现在求学上的勤学拼搏,精神上的与时俱进,学术上的经世致用,行为上的"兼济天下",艺术上的情操陶冶,品德上的守己律身等内涵。状元文化是一种让人崇拜的高雅文化,也是一个国家一个民族所追捧的文化。

彭浚后代以祖族出了一个状元为荣耀,黄子堂这个地方以出了一个状元为骄傲,这就是状元文化对后人和地方的影响。状元实物能勾起人们的好奇心、引发人们的注意力。状元文化则能激发人们的上进心、培养人们的拼搏精神。搜集、整理、传播状元文化，是一件利在千秋的大好事。

状元文物已经流失，但状元文化正在传承。

在衡东周边、状元故里，流传着许多关于彭浚状元的传说、典故。

故事一　威板显灵

大家知道，彭浚家境贫寒，他的继母董氏，出身于杨林的大户人家。外公是一位秀才，叫董道篇，家境殷厚，把四个儿子都培养成太学生。女儿嫁给彭传诗后，经常接济女婿。彭浚聪明好学，董秀才非常喜欢，虽然不是自己的亲外孙，但对彭浚比亲外孙还亲。彭浚喜欢继母，也喜欢外公，每年都要到外公家拜年。彭浚中状元后，还跟过去一样，大年初二就去给外公拜年。

外公住在杨林车头的中大屋，从黄梓塘坐船溯水而上，一天就可以到。

一到外公家，四个太学生舅舅就围了过来，半开玩笑半认真地说："你中上状元了，又教皇太子的书，皇上五旬寿诞，你拟诗百首，艺压群芳，深得皇上喜爱。你这个状元的名气肯定比其他状元要高一个档次啊。皇上对你恩赐不菲，能不能用皇上赐给你的威板显现一下啊？"

彭浚经不起舅舅们的软磨硬泡，只好说："我今天是来给外公舅舅拜年，未带皇上赐给的宝物。不行，不行！"

大舅德醇说："我帮你去拿，行了吧？"

大舅坐船顺流而下赶往黄子堂。

第二天，大舅把宝物递给了彭浚。彭浚只好吩咐打台摆案。

案台架好后，彭浚沐浴更衣，身着状元服，诚心正意，默念皇帝秘谕后，突然开口大声说："天开皇道日，皇帝赐威灵，威板震天响，鲤鱼跃龙门！"把威板往案台上一拍，"啪"地一声响，门前池塘的鱼真的跃跳飞舞。把外公、舅舅和左邻右舍看热闹的人们看得目瞪口呆。

这是"威板显灵"的故事。这个故事一直流传至今，表现了状元彭浚作为"文曲星下凡"，其影响不只是人类社会，连自然界的动物们也得敬服。

彭浚后应外公的请求，为董氏宗祠题写了一块匾额，上书四个大字"穷经待问",告诉董家人,努力读书,随时准备为朝廷出力做贡献。

故事二　尊敬贤德

道光四年至道光七年,彭浚丁忧为亡母守孝。家乡的程有喜夫妇八十大寿,彭浚为寿星书写"偕老磻溪"匾额祝贺。"磻溪"二字,典出周朝姜子牙出山旧事。姜子牙未遇文王时,常在磻溪垂钓。磻溪源出秦岭,距宝鸡不远,河水清澈,北流入渭水。两岸陡峰峭立,树木森森,风光壮美。周文王入秦岭访贤,遇上姜子牙,文王真诚相邀,子牙情愿相助,于是才有了惊天地泣鬼神的《封神榜》。彭浚题写"偕老磻溪",一是表明程有喜夫妇是甘为恬淡之人,祝愿夫妇二人相敬如宾,在宁静安适的生活中安享晚年。二是表明彭浚在朝中被道光看重,有子牙遇文王之感觉,也表明决心为大清王朝鞠躬尽瘁、死而后已的志愿。

这个故事,可以看出彭浚尊老敬贤的品德和为朝廷尽心尽力的情怀来。

故事三　高手如林

乙丑科考试,与彭浚一同参考的还有他的好朋友、衡山聂族少爷聂铣敏,两个人既是好朋友,也是一对积极上进的好青年。会试双双榜上有名,一同中了进士,取得了殿试资格。殿试这天,二人早早离开湖南会馆,嘻嘻哈哈赶到太和殿。当试卷打开,俩人就进入了考试模式。彭浚答题字斟句酌,细致推敲,沉着答卷;聂铣敏踌躇满志,笔走龙蛇,激情飞扬。

交卷出殿后,两人来到大街上,聂铣敏神采奕奕,首先开口:"彭兄,这次策问的题目果然被我猜中了。我是仿照董仲舒的《对贤良策》一气呵成的。看来还是有希望的。你呢?考得怎么样?"

彭浚平静地说:"题目虽然难,我没有按古贤范文答题,完全凭自己的认识作文,自我感觉还可以。"

聂铣敏来了兴趣,神秘地问道:"你猜猜看,这次的新科状元会是谁?"

彭浚摇摇头:"高手如林,皇上对谁最青睐,很难说的。"

聂铣敏依然是那么高傲自负,半开玩笑半认真地说:"依老弟愚见,这新科状元,七成是我,三成是你。"

彭浚不好坏他的兴趣,只好答道:"但愿如此,但愿如此。"

放榜那天,俩人不等天亮就起床,一路谈笑风生赶到太和殿。金榜早已高挂墙头,榜前人山人海。他俩挤了进去,只见榜首写道:"第一甲赐进士及第,第一名彭浚,湖南衡山县人",聂铣敏没有在第一甲中,他在后面的"第二甲赐进士出身"的前几名中。

聂铣敏回想当初夸下海口,感到无脸见人,一溜烟跑开了。彭浚连忙追上去,好言相劝:"贤弟,考场如战场,高手如林,谁能料定?你能赐进士出身,也不容易,我们能为家乡争光,算是努力没有白费。来日方长,今后在官场为百姓多办几件好事,留点政绩吧。"

从此,聂铣敏改掉了清高自负、自吹自擂的毛病。在以后的官场生涯中,他俩谦虚、谨慎、沉稳、豁达,成为当朝的好官、清官。

彭浚与好友聂铣敏同场考试心态迥异,表现出状元沉稳成熟的人生态度。

故事四 借人美言

彭浚中了状元后,皇上派钦差到他家报喜。钦差快马加鞭赶往湖南衡山,一路上,钦差想:"这个新科状元家境如何?是富甲一方还是一贫如洗?"

日夜兼程,不知不觉赶到了衡山县界。钦差三问四问,七拐八弯来到了黄子堂。他来到一农舍前,农舍低矮,泥砖砌墙,楠竹做楼枕,稻草盖屋顶。再用菽米秆子把土砖屋隔成三大间,中间是堂屋,放着农具和一架纺车;左边一间是卧室,两条高凳几块木板就成了床,床上有一床补丁叠补丁的花布被;右边一间是厨房,半边水缸半边锅,旧的方桌上有三只碗,碗里还有吃剩的野菜粑粑。门前是一块晒谷坪,旁边一口水塘,几只鸭子在水中戏水。

钦差房前屋后转了一圈,对这是新科状元的家表示极大的怀疑。恰好这时,一对老年夫妇从野外归来。钦差上前施礼,小心地问道:

"请问老伯,这贵府是……"

老伯接腔说:"正是敝人寒舍,客官请进屋坐。"

钦差又问："您老尊姓？家中还有哪些人？"

老伯说："在下姓彭，吾儿彭浚进京赶考，一去几个月，至今未归，不知客官从何来？"

真是新科状元之家！钦差怀疑变成惊喜，总算找到了。他连忙掏出喜报，向彭浚父母报喜。老伯听说儿子中了状元，顿时高兴得手舞足蹈，两行热泪夺眶而出。彭浚的继母董氏也乐得忙向左邻右舍报信：

"中了，中了！浚伢子中状元了！"

当晚，钦差就睡在彭家，他辗转反侧睡不着，一是因为彭浚家的住宿条件差，更重要的是回去怎么向皇上报告新科状元的家境。皇上虽然不讨厌寒门学子中状元，但出身贫寒的状元今后为官会被同僚讥笑的，真还得好好想想回去怎么跟皇上说。

钦差回宫复命，皇帝果然询问彭浚家境，钦差成竹在胸，把那晚在彭浚家想好的打油诗念了一遍："黄子堂前开金花，珍珠堆中状元家。万根金条盖屋顶，千根廊柱撑大厦。绫罗绸缎当被盖，山珍海味做糍粑。这样的状元天下少，不是王侯胜似王侯家。"

皇帝听后，哈哈大笑，连声说："好人家，好人家！"安排彭浚当太子师——专门给太子讲四书五经、富国强兵之策和书法技法。

这个故事说明"昨日寒门士，今日状元郎"，科举考试重视的是考生学识和才干，而不是出身和门第。

故事五　祝贺新婚

彭浚中了状元当了官，心中总是惦记父老乡亲。一日早朝，他奏请皇上，告假回家探亲。

他路过衡山县城，没有惊动县衙，只是租了一顶四人抬的轿子，径直往黄子堂去。走着走着，迎面一顶小花轿在鼓乐声中款款而来。两顶小轿相逢在一条狭路上，前进，无法同时通过；后退，谁也不肯相让。双方轿夫争吵起来。

官轿轿夫说："你们让道，我们先过！"

花轿轿夫说："我们先过，你们让道！"

官轿轿夫狐假虎威："你们有眼不识泰山，我们抬的是彭大人！"

花轿轿夫毫不示弱："你们不能仗势欺人，我们抬的是新娘子！"

彭浚坐在轿里，正在闭目养神，听到轿夫的争吵声，他掀开轿帘，探出头来一瞧：嗬，对面来的是一顶好漂亮精巧的花轿。轿前七八个挑夫，抬着大红大紫的嫁妆，轿后五六位吹鼓手，吹奏着欢快的乐曲。

彭浚想起家乡的婚俗，新娘出嫁是万万不可坐回头轿的。于是，下令轿夫，赶快让道。

新娘的花轿过去了，官轿才重新上路。轿夫们嘀嘀咕咕，为彭浚鸣不平："彭大人，您贵为状元，怎么能给普通黎民百姓让道呢？"

彭浚温和地说："新娘出嫁，一生只坐一回花轿，要是坐了回头轿，娘家骂，婆家嫌，弄得不好，新娘子想不通会闹出人命案来。我一个做大人的，天天坐轿，让一让人家又何妨？"

新娘与新郎拜了天地，合家皆大欢喜。她十分感谢那位让道的相公，托人一打听，原来是新科状元彭浚。她感到过意不去，连忙安排小叔子备一份厚礼去赔情。小叔子正欲动身，彭状元已差人送来了贺屏，上有状元亲书的八个大字："白头偕老，好合百年"。

这个故事说明彭浚体恤民情，毫无官老爷架子。

故事六　厌恶官腐

彭浚中了状元，当了官，依然过着俭朴的生活。他经常叮嘱子女：一饭一粥，当思来之不易；一丝一缕，恒念物力维艰。并亲书"勤、俭、敬、恕、忍、让、公、和"八个大字，高悬正堂之上，警示自己，教化后人。他对于官场那种拉拉扯扯、吹吹拍拍的人际关系，请客送礼、行贿受贿的腐败作风深恶痛绝。

一天，朝廷一位位高权重的大臣逢六十大寿，文武百官纷纷争送重礼庆贺，许多封疆大吏、地方长官也乘机奉送重金巴结。大势所趋，彭浚不能一毛不拔。他左思右想，终于凑齐了四件礼品，装在红漆描金的礼盒中，先差人送去。

大臣见是状元送礼来了，以为是奇珍异宝，乐不可支地打开看看是何贵重礼物。打开礼盒一看，竟是一包猫屎薯，一包炒黄豆，一包花生米，一包茶叶。大臣大为不悦，正要对差人发作，彭浚恰好赶到。彭状元满脸笑容，口齿伶俐，拱手道："大人喜逢花甲，晚生前来祝贺！土人参、黄金豆、长寿果、富贵茶，祝大人长寿富贵！礼物虽小，都是我们湖南的名贵特产哟，大人不会嫌弃吧？"

大臣尽管心有不悦，脸上还是挤出几丝笑意，连忙回答："千里送鸿毛，礼轻仁义重。状元的心意，我承受了，承受了。"

这个故事说明彭浚为人正直清廉，厌恶官场腐败。

故事七　为民作主

道光年间，彭浚出任福建乡试主考官，完成任务后，回京复旨，途经湖南茶陵。

那是清明节的前一天，彭浚的轿子来到了茶陵城外。路旁跪着一民女，拦轿喊冤。彭浚接过状子一看，原来这喊冤民女也姓彭，家住茶陵城外东乡，丈夫已去世几年，留有一对年幼子女和一块祖山。一家三口全靠祖山上的杉木和楠竹艰难度日。当地有一个贪得无厌的李乡绅，早就对这块山垂涎三尺。他见彭寡妇身单力薄，孱弱可欺，便步步紧逼，非把这块山弄到手不可。他伪造地契，买通县令，县令将祖山判给了李乡绅。

彭民妇几次进县衙申诉，都被县太爷赶了出来。听说清正廉明、刚正不阿的彭状元将要路过这里，便请人写了状纸，早早来到大路拦路喊冤。

彭浚在茶陵县城住了下来，派随从到东乡去调查彭女所诉一事，随从调查回复，彭女状言，完全属实。

"真是岂有此理！"彭浚一掌重重拍在案头上，决心为民女作主，把山要回来。可是，这次不同于上次惩办宜章知县。那次是奉旨微服私访，惩办贪官污吏，名正言顺。这次，只是个放了学的考官，路过此地而已，出手"名不正，言不顺"，弄得不好，地方官参你"不务正业，好管闲事""干预地方政务"。没有尚方宝剑，斩不得为恶之人，这事办起来还有点棘手，得想个两全其美的方法。

第二天清早，彭浚时而打发人去买香烛，时而打发人去购三牲，弄得动作很大。惊动了住在隔壁的县太爷。他小心翼翼地打听："彭大人，你兴师动众买三牲香烛，是祭祀谁啊？"

彭大人淡淡一笑："上祖山，祭祀列祖列宗。"

县令还是小心谨慎地问："你族祖山在何处？"

彭浚右手一指："贵县城郊的东乡啊。"

县令讨好说："今天正好清明节，彭大人扫墓祭祖，难得一片孝心。下官今日正好有空，陪您一同前往，可好？"

彭浚顺水推舟说："有劳县令大人了。"

两顶官轿径直上了彭民女的祖山，在半山坡停了下来。彭浚燃烛焚香，摆好供果三牲，便恭恭敬敬拜祭起来。县令也莫名其妙跟着拜祭，越拜越生疑，越拜越心慌："彭寡妇的祖山，怎么成了彭状元的地盘？彭状元和彭寡妇，莫非同姓同祖同宗？我如今把这块山判给了李乡绅，岂不是得罪了彭状元？彭状元是谁？当今皇上的老师，福建正考官啊。他若回京跟皇上一说，不但我这七品芝麻官的乌纱帽保不住，怕是连戴帽子的脑袋也保不住。"他越想越害怕，不由得吓出了一身冷汗。

彭浚见县太爷一副狼狈相，暗暗好笑，却明知故问道："县令大人，你是不是病了？"

县令不好意思说出他的心病，只好打马虎眼说："受不了风寒，惭愧惭愧。"

回到县衙，县令马上升堂，传李乡绅到案。李乡绅被押进大堂，县令大声喊道："你这个李痞子，绞尽脑汁巧夺豪取，把彭女祖山据为己有，还差点害了本官。给我重重地打！"李乡绅当众挨了四十大板后，只好乖乖地把霸占的山地退了出来。

这表现了彭浚为民作主，惩恶扬善。

故事八　疾恶如仇

衡州城里有一个名叫贾介福的商人，为人狠毒习钻，明开绸缎铺，暗中设妓院，逼良为娼，害得许多人妻离子散，家破人亡。周边群众对他恨之入骨。

一日，彭浚巡视衡州府。贾介福曲意巴结，把彭状元请到自己家中，热情款待。彭浚对贾介福的所作所为早有耳闻，话不投机，言不相和，随便聊了几句就要走。贾介福不好强留，嬉皮笑脸恳请状元赐一副对联。彭浚也不好推辞，眉头一皱，提笔书写了一副对联："人情尽在两腿间，衣食全靠一口田"。横批：介福。

这贾介福是一个不学无术的大饭桶，以为彭状元是在褒扬自己，一本正经地把彭状元书写的对联贴在大门边。过往行人见了，一个个笑弯了腰。从此，贾介福的绸缎店门可罗雀，生意真的越做越"黄"了。

这说明彭浚疾恶如仇，痛恨不良之人。

在彭浚的家乡及彭浚为官的地方，还有许多传说与典故。"鸟过留声，人过留名"。状元，代言了成功与优秀，是众多读书人的追求与梦想。作为一代文人，必定有许许多多的故事流散在民间。搜集整理这些故事，就是充实、弘扬状元文化。

"天子重英豪，文章教尔曹。万般皆下品，唯有读书高。""朝为田舍郎，暮登天子堂。将相本无种，男儿当自强。"科举制度所生成的状元文化，早已渗透到中国人的思想和灵魂中。古今中国人都把读书当作头等大事，每一个家庭无论贫贱富贵都希望后代通过读书成就人生。读书应举是科举时代绝大多数中国知识分子入仕的必由之路，科举考试也成为当时士人生活的主要内容。

对每一个中国人（特别是读书人）而言，考取状元是一种目标、一种激励、一种境界，进而演变成为一种社会情结、一种美好向往，浸润着历代中国人的精神世界。这就是状元文化的本质：一种勤学自强、坚韧不拔、善于超越、敢为天下先的奋斗精神。状元文化，是一种积极向上的文化。

一方山水养一方人，一位贤人影响一地人。一个人考取了状元，肯定是光宗耀祖、显亲扬名的事，是一个家族的荣耀和骄傲，同时，也是一个地方的自信和自豪。人们常称家乡人杰地灵，这状元就是家乡"地灵"的最好注脚。因此，能引以为豪的状元也是地方上有头有脸之人攀附的对象。

彭浚考取状元后，地方上经常有人登门认亲叙友。雷溪市的雷四爹，与彭浚父亲彭传诗是学友。彭浚考取状元时，老先生已七十有八了，为了给家族增添一些风雅韵事,也攀亲附友,捎去书信,请状元为其作七十大寿祝词。彭浚欣然应允,作《否去雷四爹先生七十寿序》,祝愿雷四爹否去泰来,晚年幸福,和泰安康。

其祝词说:

先生浚父执也,其为人以真率胜今。其寿七十有八矣!乙丑,浚忝第一人及第,奉旨南旋。明年有友寓书,来索文为先生补祝七十寿序。家君阅书,曰:"汝非知先生者,知先生者莫余若也。"先生就外传时距余家塾不里许,余时虽幼,推先生甚悉。余尝概览古之传人。其人也,孝而友恭不必言;其出也,弟而诚信不必言。其发为诗歌,有关大节,则蚍肝虮脑之不为;其著为文章,自抒性灵,则高髻广眉之不效。而其气骨则又若夏鼎、商盘,超然缜密,不任耳目。近玩者曾于先生一一遇之。先生近状未知何似,然闻讲课不倦,不减壮年,而子若孙辈又皆有父祖风。殆陶元亮所谓任真无所先者乎!汝其为先生寿也,浚之真也。无妄之谓限。无妄也者,诚之谓也,诚固不二,诚则不息。是先生出则有以寿世,处则有以寿身。是为补祝当年之寿序,即为预祝他年寿序云。

状元年家眷侄宝臣彭浚顿撰

《否去雷四爹先生七十寿序》译文如下:

雷四爹是彭浚父亲的好友,他为人直率真诚,胜过当今许多人。是一个七十八岁的老人了。乙丑岁(1805),彭浚参加殿试,获一甲一名。状元及第后,奉皇帝圣旨南归,既了解民情,也考察官员。第二年,有友人寄来书信,要彭浚为雷四爹补写一篇七十大寿的祝寿文章。父亲看了书信后,对彭浚说:"你并不了解雷四爹,对雷四爹的了解没有人超过我!"雷四爹在外传授知识作先生时,距我家不到一里远。我虽然年幼,对先生还是比较熟悉的。我曾经概略地观览了古代道德学问等能传于后世的人。不管出身如何,这些人都能对长辈孝悌,兄弟和睦。不管发达如何,都能诚实守信。有关诗歌的高尚节操,则注重到细微之处。信马由缰地思考,是为文章表现出自己的精神性格。不效仿高髻广眉的外在美,但讲求夏鼎、商盘的傲然骨气。对事情细致周密思考,不受外界言行的干扰。这些先人的品德,雷四爹都具备。

先生近来状况不知怎么样？然而听说，他讲学课子，诲人不倦，犹如壮年雄风。而子孙又都有父祖辈的遗风。这就是陶渊明所说的"没有比听其自然、率真任情更重要的了"。你们为先生祝寿，彭浚也真情实意地祝贺先生。朱熹先生说："然诚者，真实无妄，安得有恶！"一个讲诚信的人，于社会能造福世人，于自己能长命百岁。这文是为先生补写七十大寿的祝寿词。也祝他寿命延绵，长生不老。

年家眷侄子状元彭浚顿首撰写

彭浚写的《否去雷四爹先生七十寿序》收集在《湘衡雷氏六修族谱》和《湘衡雷氏七修族谱》中，成了雷家通好清代状元的铁证，表明了雷家曾是一个书香门第之家，"谈笑有鸿儒，往来无白丁"。

雷家索要祝寿词，说明在中国传统文化中，文人是社会地位最高的一个阶层，状元是备受社会尊崇的。在社会交往中，以结交文人为骄傲。

彭浚亲自为雷四爹作祝寿词，又同时说明了文人也喜欢凑这些热闹，让人尊重，让人敬仰。用现代的话来说，文人也喜欢"圈粉"，粉丝越多，感觉越好，面子越大！不然哪来"唯有读书高"？这不，彭浚老爹说，对雷四爹的了解"莫若余"，但彭浚却说"余时虽幼，推先生甚悉"，就是不放过为七十八岁的雷四爹作七十岁的祝寿词的机会。

这就是文人需要的舞台。达官贵人附庸风雅，文人骚客舞文弄墨，成就了一种文人文化、明星效应。这也应了那句"十年清苦无人问，一朝名扬有远亲"，显亲扬名，唯有读书！这是古代科举长盛不衰的原动力。

文化最大的作用就是教化，状元文化是一个地方的品牌文化，它内涵丰富、特色鲜明、影响深远。我们挖掘地方历史文化资源，推崇状元文化，决不是为科举制评功摆好，而是开发利用这些文化遗产，给地方树形象、兴文风、崇道德、尚正气，为整体提升地方的政治经济文化综合实力作贡献。

附：

一、资料来源

嘉庆皇帝	周文佳　著
嘉庆皇帝私密档案全揭秘	圣　烨　著
道光皇帝私密档案全揭秘	圣　烨　著
清史稿	中州古籍出版社
衡东从远古走来	许松槐
民间传说	彭浚后人讲述
彭浚生平轶事集锦	彭丙甲

二、关于彭浚生平

据《黄子堂彭氏 2000 年淮阳堂六修族谱》齿录彭浚条记载：其生于清乾隆三十四年乙丑（公元 1769）七月十九日寅时，道光十三年癸巳（1833）十月初七日申时殁。而据彭浚自己填写的乙丑科会试朱卷出身里，其生日是"乾隆癸巳七月十九"即乾隆三十八年，公元 1773 年，日月一致，年份相差 4 年。一般情况下年份自己是不会记错的，故应该以后者为准。享寿 60 岁。

从彭浚的朱卷中看到的……

∨

∨

∨

从台北成文出版社印行的《清代朱卷集成》里，找出衡东彭浚状元的朱卷，认真阅读，可解读出许多重要的内容来。

一、彭浚的科举状元，靠的是自己的实力 >>>

彭氏家族从唐到清 1000 余年的历史上，获得功名和做官最高者是迁泰和五世祖仲文，"宋进士，官茶陵州守"。彭浚家族直系从"徙自茶陵"的迁衡山始祖友良至彭浚本人共历七代，获得最高功名和官职的是曾祖仕周，他是"雍正壬子科经魁，乾隆丁巳恩科明通进士，任永州府宁远县教谕"。明通进士是清雍正、康熙时期为甄别年老体衰的教授，使之休致，然后从当年会试落第的举子选优者补授其职采取的措施，所以，明通进士实际上只是举人，还不是真正意义上的进士。他所任的县教谕在清代虽然属正八品官，但却是个既无实权也无地位的低级教职，仅能勉强养家糊口而已。其迁横山始祖、二世祖、太高祖、高祖、祖和父获得功名最高的也只是太学生。彭浚家族旁系亲族中，获得功名和官职最高的是"康熙辛丑科进士，任湖北黄州府教授"的胞伯曾祖彭士商和"任浙江湖州、长兴县知县，金华府浦江县知县"的嫡堂伯叔祖彭坊，他们的官品属于正七品，但也处于低级官员行列。在每三年一次由皇帝主持的殿试中，来自全国各地的举子精英，为获取状元激烈角逐。因此，既非豪门大族又非高官显贵、皇亲国戚的彭氏族人不可能对彭浚提供特殊的关照。

二、科举考试制度是一项好的选人制度 >>>

科举考试始于隋唐,历经宋元,发展到明清已经完全烂熟。他与西周春秋时代的世卿世禄制、战国时代的养士和客卿制、两汉时期的察举制、魏晋南北朝时期的九品中正制相比,科举考试在人类历史上第一次以制度的形式抛开了血缘、门第、出身、家世等先赋因素,而将无法世袭的学问作为官员录用的标准。所以,不拘门第、平等竞争,正是不限家庭出身的科举考试的基本特征。

科举考试是清代最基本、最重要的选官方式。《清史稿·选举一》云:"有清一沿明制,二百余年,虽有以他途进者,终不得与科举出身者相比。"清代科举制度规定,全国各地童生经县、府、院试合格为生员;生员参加各直省举行的乡试,录取者为举人;各省举人到京师参加由礼部主持的会试,中式为贡士;贡士再参加由皇帝象征性地主持的殿试,即成进士。进士名分一、二、三甲:一甲三人曰状元、榜眼、探花,赐进士及第;二甲若干人,赐进士出身;三甲若干人,赐同进士出身。举子一旦考中举人、进士就获得做官资格,特别是进士一般可直接授官,状元更是钦点翰林院修撰。一甲进士和经过朝考后的二、三甲进士入选者成为庶吉士,被人们视作"储相",即未来的宰相,其地位、威望比一般进士要高。可以说,进士是科举考试的终点,状元就是所能达到的极致。能带来巨大的荣耀和实利的状元极端难考是不言而喻的。

三、彭氏家庭曾受庐陵文化熏陶 >>>

彭氏家族从唐到清1000余年的历史上获得功名和做官最高者是迁泰和五世祖仲文,"宋进士,官茶陵州守"。

庐陵,今江西吉安市的古称,位于江西省中部,是古代著名的"江南望郡"和"文章节义之邦"。

这块历史文化底蕴深厚的土壤,既有可与中原文化媲美的以新干商代墓葬遗址为代表的青铜文化,又有以青原山佛教禅宗青原派系为主体的宗教文化;既有以吉州窑黑釉天目瓷为标志的陶瓷文化,又有以人才辈出的白鹭洲书院为代表的书院文化;既有钓源、渼陂、卢家洲等众多古韵犹存的古民居文化,又有节庆、灯彩、饮食等多种风情独特的民俗文化。名人荟萃,文风鼎盛,名胜遍布是吉安文化历史的一大特色。从唐宋至明清,吉安先后出了 18 位状元(仅次于苏州)、16 位榜眼、14 位探花、2823 位进士(全国之冠),仅明朝一代就出进士993 位,特别是明代建文二年(1400)的庚辰科和永乐二年(1404)的甲申科,鼎甲 3 人均为吉安人,这种"团体双连冠"现象在中国科举史上绝无仅有。因而吉安有"隔河两宰相,五里三状元"的美誉。著名的"唐宋八大家"之一欧阳修、爱国英雄文天祥、《永乐大典》主编解缙、著名文学家杨万里等是这块土地的骄傲。当代伟人毛泽东、刘少奇、邓小平的祖籍也在吉安,为吉安的文化历史增添了许多人文色彩。

庐陵自古被誉为"文献之邦"。古代庐陵乡邦文献几乎涵盖了文化科学的所有领域,在某些领域还处于当时的前沿,取得了很高的成就,出现了在全国有相当影响的大家和名著,既是中华文化中耀眼的明珠,也是庐陵乡邦文献的精髓。

从彭浚殿试看科举时代申论怎么考

∨
∨
∨

国考马上就要开始了,考生最头痛的是申论。为什么申论让考生头痛,主要是考生们在象牙塔里待了快 20 年,与社会有点距离,而作为申论,最基本的就是考学子们治国理政的一些事。说实在的,自己的一些生活小事都还理不清,要去高大上地处理国家大事,还真有点难为他们了。许多考生对申论的复习,也就在于找案例,背处置方式方法,运气好的,考的是背的;运气差的,背的都没考。

还有许多人,认为过去的科举考试,就是死记硬背,读读读,背背背,结果出来的都是些书呆子。

今天,找到了清代嘉庆十年,湖南衡山考生彭浚殿试时的考卷。考生从乡试、会试到殿试要考好几年,能够参加殿试的都是些学霸考霸。殿试与乡试会试不同,前期主要考文才,殿试主要考申论。考生考到这个层次,皇帝就需要他们给出一些治国理政的思想、理念、方法。大家看看彭浚参加殿试考试时,皇上给他出了什么样的考题? 也看看彭浚是如何对这份申论进行答辩的。

从中,也看看古代科举取士真是取了一些书呆子吗?

殿试策问 >>>

【嘉庆十年四月二十一日,策试天下贡士】制曰:

朕仰膺昊眷,统驭寰区,十年于兹。朝乾夕惕,不遑暇逸,以冀绍古帝执两用中之治，保大定功之谟，黜陟以严考课，宣防以利转输，期臻上理，爰待嘉谟。

《尚书》综帝王之治道，二《典》必始"钦恭"，《洪范》九畴，亦必原于五事之敏，而要皆本于一诚。《书》言精一，《中庸》言所以行之者一。一者，诚也。盖诚则必敬，敬则必勤。君人在上，缉熙单心，所以敬天位；人臣在下，精白敬事，所以亮天工。故敬天即以勤民，至诚即以格天，其致一也。六籍所著，其与敬勤之旨相印合者，可综贯而条举欤？《大宝》《丹扆》之箴，典矣茂矣。朱子《或问》所言治道，《皇极经世书》言君道、臣道十二则，《大学衍义》纲举四条，皆本心传以发明治道，能详述之欤？

古者寓兵于农，伍、两、卒、旅、蒐、苗、狝、狩，制善法良，有明征已。汉设郡国材官、骑士。唐置府兵，后更彍骑，其制已异于古。宋有禁、厢、乡、蕃之目。苏轼言被边百姓，自相保聚，可收爪牙之利；司马光复言其害。可悉指欤？盖兵于事之时，训练为尤急，勤练则可使有勇，教训则可使知方。《孙子》所谓"练士"、《吴子》所谓"治军"，可备举欤？太宗与李靖《问对》中所言足法、手法，可通于古步伐止齐之义欤？若平时以游惰之民募补，又以杂色服役之人滥充，是岂国家设兵卫民之意欤？膺所任者，宜何如督率而振厉之也？

《书》曰：知人则哲，安民则惠。尧舜犹兢兢于察吏，考绩之典所自昉也。《周官》弊吏，一以"廉"为本。汉时取士曰"兴廉"，察吏曰"廉察"，其亦本此意欤？朕乙夜批章，是戾不遑。内而卿尹，外而疆吏，共矢法廉，以襄予治。果何以僚属咸知励职，吏胥不致逞奸？乃或甘优逸而案有积延，避吏议而多多消弭，是岂惠养吾民之意欤？《书》言无旷庶官，《传》言民生在勤。夫循名责实，则人不旷言；朝考夕稽，则吏皆勤职。其果何道之从欤？

古之治河道，治一河而止耳，今则合淮与漕治之。黄河自失故道，遂累代为患。《史记》谓水行平地，数为败，故禹厮二渠，北载之高地。夫水性趋下，引之高地，转不为害，何也？河之变迁屡矣，唐一代河患最少，其故安在？论者谓水性北行，折之东南，故易决溢。此修防所宜亟讲也。元明以来，余阙、邱浚、潘季驯诸人之议，孰为得失？国家岁漕四百万粟，以供天庾，必取道于黄、运两河，而以清刷黄，尤为鞔渡利漕要法。今于束清御黄两坝之外，别有长策可臻一劳永逸欤？

若此者：稽古而讲求治理，饬戎而绥靖嘉师，官方叙而纲纪毕张，漕运利而堤防永固。有典有则，是经是程，伫望谠言，籍资启沃。毋泛毋隐，朕将亲览焉。

试题这么长，看得人脑袋也大了，皇上到底说了些什么？提了几个问题？静下心来认真看，原来是四个问题：

一是考察古制以讲求治国理政的办法。

二是怎么整建一支好的军队保家卫国。

三是如何让官员恪尽职守、百姓遵德守规而国泰民安。

四是如何让河运通畅而河堤永固。

四个问题，既要有理论依据，又要有事例论证，还要引典据经，并要对决策者有指导意义。

当然，既然是求治国治军理政惠民的政策措施，也就不必有所忌讳，皇上在策问卷强调，考生可畅所欲言。

嘉庆皇帝为何提出这四个问题？因为这四个问题是让皇上寝食难安、影响国家长治久安的大问题。

清朝从入关到嘉庆，已经有150多年，社会政治生态变得很糟糕。嘉庆十年，是嘉庆皇帝亲政的第六个年头，康乾盛世到了嘉庆即位时已是危机四伏、内政疲败、经济凋敝、内乱频仍。亲政六年来，以清除和珅为契机，打出"咸与维新"旗号，广开言路，祛邪扶正，但收效甚微。

那时国家面临着四大困境。

一是吏治腐败。官场上贪婪之辈、无能无知之辈、野蛮残忍之辈、钻营逢迎之辈比比皆是。他们贪污腐化，酷烈虐民，坑蒙拐骗，消极怠工，致使贪婪与权力结合产生腐败，无能与权力结合产生平庸，无知与权力结合产生昏聩，野蛮与权力结合产生虐政。封建统治机构日益腐朽，纲纪堕废，内政不修，严重影响国家机器的运行。

二是武备松弛。八旗军队日渐颓废，丧失锐气。军营中吸食鸦片、聚赌嫖娼、无所事事、无心训练，军队将领则不再专注于整顿军纪和训练。

三是民变频繁。"康乾盛世"的繁荣景象也孕育了人口激增，到了嘉庆末年，人口达到了三亿五千万，人地关系极为紧张，土地兼并严重，阶层分化明显，贫者无立锥之地，富者占有大量良田。土地的高度集中造成了大量流民，社会矛盾激化，起义不断。

四是灾害频发、漕运淤塞。人口剧增，盲目开发，水土流失，江河淤塞。旱灾、震灾、风灾、霜灾、雹灾、蝗灾、瘟灾……灾灾相连，人祸相加。特别是水灾，据资料记载，1791年开始，华中和山东地区平均气温骤降，低温会使气流停留，导致华东地区雨水明显增多，造成了大面积的水灾。黄河多次决堤，淮河多次改道，京杭大运河淤塞严重，漕运十分困难。而漕运是我国历史上关系到国计民生的重要方式，宫廷消费，百官俸禄，军饷支付，民食调剂，都在等着京杭大运河的漕运。

皇上挑选这四个问题让考生来回答，目的明确，意义重大。科举取士，殿试选才，就是要选拔一批治国安邦的栋梁之材，就是要选拔一批为皇上分忧解困的能臣良相。

殿试，虽然不是真正面皇上而考，但天子脚下考场的威严还是蛮吓人的，据说有许多考生，还没考就尿裤子了，被抬出考场。

能参加考试的，坐在一小屋，没有电视，没有WiFi，一桌一椅，一笔一砚，屙屎屙尿在桌前，天亮考到黑，吃饭有人送。想想这场景，还能凝神静心答卷吗？

可就是有那么一些考生，不但能静下心来，还能飞快转动脑筋，快速搜索大脑记忆，对考卷所提的问题，旁征博引，说得头头是道、句句在理。

这就是科举进士们，这就是中国的学霸考霸们。

阅卷老师看后，分出一、二、三等，交给皇上圈阅，皇上朱笔一点，状元、探花、榜眼、赐进士出身……这就是考生寒窗苦读所要的结果。

只见衡东考生彭浚眉头一皱，凝神静气，提笔一气呵成，一篇长文，送到皇上案头，被皇上朱笔批为一甲一等。

臣对：臣闻大德之懋，典学而安民；郅治之隆，厘工而利运，稽古帝王，建用皇极,丕奏肤功,庶绩咸熙,万世永赖,莫不以敷政宁人之本,致延洪纯佑之符。《管子》曰:"圣人精德立中以生正",言崇圣敬教也。《蔚缭子》曰:"人君有必胜之道,故能兼并广大",言修武备也,《鬻子》曰:"功最于吏,福勤考于君",言勤考课也。《庄子》曰:"河润百里,泽及三族",言兴水利也。盖惟基命宥密而严律靖边,澄叙官方而众流顺轨,醇洪鬯之德,丰茂世之规,所以凝宝命而迓鸿庥者,恃有此道耳。

钦惟皇帝陛下,阐极法天,含元育物,固已夙夜阐性道之精,而率土咸绥以大定,官职昭法廉之式,而薄海永庆夫安澜矣。乃圣德渊冲,勤思上理,惟枢机之是察,至莞菲之无遗。进臣等于廷,而策之以稽古、饬戎、察吏、治河诸大政。臣之梼昧,何足以知体要所存?顾当对扬伊始,敬念古者敷奏以言之义,敢不竭刍荛之愚,勉述所闻,用效土壤细流之一助乎?

伏读制策有曰:"《尚书》综帝王之治道,二《典》始'钦恭',《九畴》言'敬用',其要皆本于一诚。"此诚圣德王道之全功也。臣愚以为执中授受之原,著于《尚书》,而其微词奥旨,莫切于《大学》《中庸》。诚意之戒欺求慊,至诚之尽性达天,实能剖析乎人道危言之界,尧舜之精一,尧舜之诚也。诚则必敬,故尧以钦明同天,舜以温恭协命。敬则必勤,故尧称圣神广运,舜称兢业万几。人君之建极保极,臣民之会极归极,胥是道也。即此《易》之立诚以乾惕而体法健行,《诗》之主敬在旦明而戒申游衍。俨若首曲台而存"庄敬日强"之训,体元重鲁史而录"民生在勤"之箴。六籍所陈,同条共贯。朱子《大学或问》谓格致以及治平,始终不外乎敬;《中庸或问》谓中和极于位育,枢纽不外乎诚。诚敬立,而慎独以清好恶之源,笃恭以全圣神之化,赅洽无遗矣。真德秀《大学衍义》纲举四条,曰格致、诚正、修身、齐家。意在于以本贯末,故略治平而不言。明邱浚补之,体用兼备。外如张蕴古箴陈《大宝》,李德裕箴著《丹扆》,凛物侈声淫之鉴,庐宵衣正服之条。以及邵子《皇极经世书》,言君道、臣道十二则,皆本心传以发明之道者也。我皇上圣学高深,缉熙浚哲,举凡用人行政,无不根于诚敬,以绥猷于古帝王之心法,旷世相符,道统与治统一以贯之矣。

制策又曰:"古者寓兵于农,伍两卒旅,蒐苗狝狩,制善法良",而因及于训练之方。臣窃考汉初南军以卫宫城，北军以卫京师，得内外相制之道。唐置府兵，有事则命将以出，事解辄罢，后更彍骑，其制悉坏。宋统外兵于枢密，总内兵于三卫。明京畿兵约五十万，后于谦汰其老弱，改为十团营。夫兵，重事也，不勤练不能有勇，非教训无以知方。昔杨龟山曰："兵农不可复合，而伍两军师之制不可不讲，无事之时，使之相保相受，刑罚庆赏相及。用之于有事之际，则申之以卒伍之令，督之以旌旗指挥之节。"诚善言戎政也。若夫"身之使臂，臂之使指，屈伸往来，无不如意"，此孙子练士之谓。"一人学战，教成十人；万人学战，教成三军"，此吴子治军之谓。"画方以见步，点圆以见兵，步教足法，兵教手法"，则唐太宗与李卫公《问对》中语也。成规具在，而督率振厉之用，则在膺斯任者之实力奉行。平时游惰之民不以募补，杂色服役之人不至滥充。由是禁怠荒，程技艺，步伐止齐之义娴习既精，则信乎若手足之捍头目，如虎豹之有爪牙矣。圣朝化日光天，声教四讫，固可养兵不用矣。而整饬戎行，深于睿念，将弁体而行之，有以振作勿怠，不诚保大定功之宏谟哉！

制策又以安民必先知人，而兢兢于考绩之典，惠养之意。此诚肃清吏治之至计也。臣谨按，察吏之法始于唐虞，允厘黜陟，敷奏明试，尚矣。夏严木铎之徇，商著官刑之儆。周以八法治官府，八枋驭群臣，而尤严于弊吏之六计：善、能、敬、正、法、辨，皆冠以"廉"。廉固洁清之义，而亦训察，其即因操守以为综核欤？汉取士曰"兴廉"，察吏曰"廉察"，犹本《周官》遗意。刺史以六条按郡国，而察豪强者一，察二千石者五。晋以五条考郡县，唐分二十七最，差以九等，其法倍详。宋以七事考监司，九事考县令，皆试其材而程其功。夫循名责实，则人无旷官者；朝考夕稽，则吏皆勤职也。乃行之既久，视为具文，甘优逸而案有积延，避吏议而事多消弭，皆不能以实心行实效，是又不徒在立法之良，而在行法之人矣。我皇上乙夜批章，日昃不遑。内崦卿尹，外而疆吏，能率僚属以励职，惩吏胥无逞奸，有不蒸蒸日上。臻于亮工熙载之盛哉！

策制有曰："古之治河者，治一河而止耳，今则合淮与漕治之"，而因思夫一劳永逸之策。臣窃考《禹贡》之言水也，曰播，曰潴。盖水之性合则冲，骤则溢。别而疏之，所以杀其冲，"又北播为九河"是也。旁而蓄之，所以节其溢也。"大野既潴"是也。黄河自失故道，遂累代为患。汉时河决瓠子，武帝筑宣防宫，导河北行二渠，复禹旧迹，而梁、楚之地无水灾。王景修汴渠堤，河由东北入海，偶合禹迹，自东汉至唐无河患。元时决白茅、金堤等处，贾鲁以二策进。一议疏塞并与，脱脱赽之，此疏沦堤防之兼重者也。且夫治河必并治淮，淮治而河患息，斯漕运自利。今欲收其利，惟当加意清口。清口者，淮黄之会合也。淮力易弱，黄力常劲。淮不敌黄，湖口已患倒灌矣。黄逆入淮，河道转患淤垫矣。是则以清刷黄，所以輓渡利漕之法，务在因是度势，为疏为筑，修举无遗耳。国家岁赋正供，以修漕道，恬波济运，真亿万年之福也。

若此者：勤求治理，心学懋矣；绥靖嘉师，戎律娴矣；纲纪毕张，官职厘矣；堤防永固，转输利矣。猗欤盛哉！臣伏愿皇上安益求安，治益求治，明政贵有恒之要，深所其无逸之思。德已裕而弥切笃恭，民已宁而犹严捍卫，吏已察而愈饬几康，防已宣而更思利赖。敛福昭夫敷锡，慎宪于以省成。扇巍巍，显翼翼，总八方而为之极。至道大光谟烈，治功远轶勋华。由是协气旁流，淳风四溢，弥纶天地，荣镜宇宙，我国家亿载咸宁之庆，基于此矣。臣末学新进，罔识忌讳，干冒宸严，不胜战栗隕越之至。臣谨对。

文言文比较难懂，翻译成现代文，衡东考生彭浚是这么说的：

听说美好盛大的德行就要坚持学习又安抚百姓，国家太平至极的盛况就要吏治清明又便利漕运。考察古代的帝王，他们建立施政治国的最高标准，取得重大的功勋，各种事情都兴旺发达，万世都能得其好处，没有哪一个不是以施政宁人这个根本，招来上天保佑和洪福的。《管子》说："圣人精德立中以生正"，这讲的是尊崇圣教。《尉缭子》说："人君有必胜之道，故能兼并广大"，这讲的是修治军备。《鹖子》说："功最于吏，福归于君"，这讲的是勤于考课。《庄子》说："河润百里，泽及三族"，这讲的是兴修水利。大约国命基始于宽仁宁静，而严格纪律，安定边疆；澄清吏治，整顿官场，而各条河流顺畅。使洪大畅茂的德行更加淳厚，使盛世的规矩更为丰茂。用来巩固大命而迎至鸿福的，都是依靠这些措施。

敬思皇帝陛下，开创皇极，效法苍天，含念黎元，抚育万物，本已早起晚睡，以阐述性命道德之精华，普天之下都已非常安定；官职则向百僚昭示法治廉洁的准则，一直到天涯海角都欢庆河流不泛滥了。然而皇帝陛下圣德渊深又谦虚，经常想如何将国家治理得更好，达到最高水平。全心全意处理着国家的机枢重事，以至细微之处也不遗漏。将臣下等人召入朝廷，颁下制策，以稽古、饬戎、察吏、治河等国家大政向臣下等垂询。像臣下这样愚昧无知的人，怎么能知道政事体要？只是现在回答圣上的提问，称扬圣上的德行还刚刚开始，又敬念古时候"敷奏以言"的大义，臣下怎么敢不竭尽自己作为草野之民的粗浅愚见，勉力陈述自己的所见所闻，用以效献出如同土壤对泰山、细流对大海那样的微小辅助力量呢！

恭读制策上有这样的话："《尚书》综帝王之治道，二《典》始'钦恭'，《九畴》言'敬用'，其要皆本于一诚。"这些话确实概括了圣德王道的全部事功呀。臣下愚意以为，"执中"之说的授受渊源，鲜明地载录在《尚书》中，然而它的隐微言辞、深奥含义则没有比《大学》和《中庸》更切要的了。像《大学》"诚意"章所讲的戒欺求谦，《中庸》"至诚"章所讲的尽性达天，则确实能够剖析"人道危微"的彼此界限。尧舜的"精一"，即尧舜的诚心。有诚心则言行必敬，所以尧以"钦明"同于上天，舜以"温恭"协于大命。行为恭敬则必定勤勉，所以尧称"圣神广运"，舜称"兢业万几"。人君的建极保极，臣民的会极归极，都是遵循这个道理。这也就是为何《易经》以朝乾夕惕来树立诚心，而体悟效法皇天的强健运行；《诗经》的主敬在旦明，而申诚纵意游乐。《曲礼》一开篇就讲"俨若"，而保存了"庄敬日强"这样的训词；《春秋》以体法天地之德为重，记载了"民生在勤"这样的箴言。"六经"所陈述的，事理相通，脉络连贯。朱子的《大学或问》认为，从格物致知一直到治国、平天下，其中心内容始终不外乎一个"敬"字；他的《中庸或问》又认为，从中和一直到"天地位，万物育"，其中的枢纽关键不外乎一个"诚"字。诚敬确立了就用慎于独处的方式以清除好恶之源，用笃诚恭敬的态度以成全圣神的教化，这的确是完备无遗了。南宋人真德秀的《大学衍义》列举了四条大纲，叫作格致、诚正、修身、齐家。他的本意在于以本贯末，所以略去治国平天下而不言。明人邱浚将这两点补充进去了，于是体用兼备。此外如唐人张蕴古陈献了

《大宝箴》,李德裕撰著了《丹扆六箴》,其中警示了"物侈声淫"的明鉴,胪举了"宵衣正服"的戒条。以及北宋人邵雍的《皇极经世书》讲论君道、臣道十二则等,都是依据十六字心传以阐明发挥治道的。我皇上圣学高深渊博,光明睿哲。举凡任用人才,推行政治,无不植根于诚敬,用来安定天下,与古代帝王的心法永远相符合,道统和治统都贯通如一了。

制策又说:"古者寓兵于农,伍两卒旅,蒐苗狝狩,制善法良",因而又询及训练之方。臣私下考察,汉代初年以南军保卫宫城,以北军保卫京师,得到了内外相制的好处。唐代设置府兵,一旦有事,则命将统兵出征,战事一结束,兵将皆罢。后来改为彍骑,府兵制度就都被破坏了。宋代由枢密院统率京外之兵,由三卫总管京内禁军。明代京畿之兵约有五十万,后来于谦删汰那些老弱人员,改为十团营。建设国家军队,这是一件重要的事情。如果不勤加操练,将士们作战就没有勇气;如果不加强训导,他们就不懂得作战目的。以前杨龟山说过:"兵农不可复合,而伍、两、军、师之制不可不讲。无事之时,使之相保相受,刑罚庆赏相及。用之于有事之际,则申之以卒武之令,督之以旌旗指挥之节。"这真是善谈军政的人啊!至于所谓"身之使臂,臂之使指,屈伸往来,无不如意"的话,这是孙子讲的如何练士。"一人学战,教成十人;万人学战,教成三军",这是吴子讲的如何治军。"画方以见步,点圆以见兵,步教足法,兵教手法。"这是唐太宗与李卫公《问对》中的话。古人的成规俱在,足够我们效法。至于发挥督责、率领、振扬、激励士兵的作用,则在于具体担当这种任务的人实际去尽力奉行了。平时游手好闲、懒惰成性的老百姓不能招募到队伍中来,各种各样服役的人不至于滥竽充数。在此基础上再禁止怠慢荒忽,检查督促战斗技艺的操练情况,到将士们对进退步法、击刺动作的奥妙都领会得十分娴熟精通之后,那么这支军队对国家来说,就确实如同一个人的手足保护自己的脑袋、眼睛,如同虎豹有锋利的爪牙一样,能够起到自然的保卫作用了。我圣朝光照天下,声威远震,教化四达,本来是可以养兵不用的。然而对于整饬军队的问题,圣上却常常在深入地思考着。将士们一旦体会圣意并付诸行动,就可以保持旺盛的斗志,不至于松懈,这难道不是实现"保大定功"的一项宏伟战略吗!

制策又以为"安民必先知人",因而谨慎对待考绩的典制,思考着如何恩养百姓的问题。这确实是肃清吏治的一个最好的想法。据臣下细加考察,考核官吏的方法开始于唐虞时代。《尚书》中说"允厘""黜陟""敷奏""明试",这些都是很久以前的事了。夏代时每当颁布政令,就派人振木铎巡行于路,以警众官。商代时,颁布了《官刑》之典,用以惩戒官吏。周代时以八法治理官府,以爵、禄、废、诛等八种手段驾驭群臣,而要求特别严格的则是裁决官吏的"六计",即善、能、敬、正、法、辨,每一条的前面都加上一个"廉"字。廉字本来是廉洁的意思,它又可以解释为"察",不就是根据官吏的操守而进行综合考核吗?汉代取士叫"兴廉",察吏叫"廉察",还是依据了《周礼》的遗意。汉代刺史按照皇帝的六条诏令考察各郡国,其中考察豪强的只有一条,而考察二千石郡守却有五条。晋代以五条考察郡县。唐代将考核标准定为二十七个最,每一类又区分为九等,这种办法比起以前来加倍地详细了。宋代以七事考察监司,九奉考察县令,都是检试他们的才能而考核他们的功过。对官吏能循名责实,那么就不会荒废政事;朝夕进行考察,那么官吏就都会勤于职守。然而行之既久,官吏们会把这些规定看作是一纸空文而不加执行。他们沉迷于优游逸乐而对断案积滞拖延,因为畏避吏议,有些重要的事给掩盖起来。他们都不能以务实的态度来办好实际的政务。这又说明,要办好事情不只在于创立一种好法制,而在于要有好的执行这些法制的人。我皇上二更时分仍在批阅奏章,太阳偏西顾不上吃饭。京内有公卿大臣,京外有封疆大吏,能率领他们的僚属以尽忠职守,惩戒吏胥不使他们的奸谋得逞。难道国家不会更加蒸蒸日上,达到辅助天工的兴盛局面吗!

制策又说:"古代治河,只是治理一条黄河罢了,如今则要加上淮河和漕道一起治理",因而想要寻求一劳永逸的解决办法。臣下考查《禹贡》讲到治水的办法时提出两条,叫作"播",叫作"潴"。大概水性聚合起来就将冲击打漩儿,水势凶猛则会引起泛滥。对它分别加以疏导,这是消除水的冲击的办法。"又北播为九河",就是讲的这种情况。在洪道旁边将水蓄起来,这是节制洪水泛滥的办法。"大野既潴",就是讲的这种情况。黄河自从偏离故道之后,便累代为患。汉代时,黄河在瓠子口决堤,汉武帝筑宣防宫,开挖两道河渠引导黄河之水往北流,恢复大禹时黄河的故道,于是梁楚之地无水灾。王景修汴渠堤,黄河由东北入海,偶然同大禹的路线相吻合,于是自东汉至唐代没有黄河水患。元代时,黄河在白茅和金堤等处决口,贾鲁呈献了两条治河计策。一策建议又疏又塞,丞相脱脱认为是对的。这属于疏导洪水与构筑堤防并重的方法。况且治理黄河势必同时治理淮河,淮河一旦治理好了,黄河的水患也就止息了;这样漕运自然顺利畅通。如今若想得到这种利益,只应当看重清口的修治。清口是淮河和黄河的交汇之处。淮河水流的力量容易变弱,黄河水流的力量常常强劲。淮河水流抵挡不住黄河水流的冲击,所以湖口已出现了河水倒灌的祸患。黄河逆流进入淮河,反而给淮河河道造成了淤塞。因而以清刷黄,便是挽引船只、便利漕运的重要方法。其关键在于审时度势,或者进行疏浚,或者修筑堤防,两者并举无遗。国家从每年的常赋中,不惜拨出重金来修治河道,以平息水灾,有利漕运,这真是亿万年的福祉啊!

像以上所对答的这些问题:勤求治国之道,心学就昌盛了;安抚好军队,军纪和技艺就娴熟了;吏治纲举目张,百官就尽职了;堤防永固,航运就便利了。真是美好啊,兴盛啊!臣下希望皇上安益求安,治益求治,明了“政贵有恒”的重要性,深入思考“所其无逸”的话。圣德本已深厚而更加迫切要求笃厚恭谨,百姓本已安宁而仍然加强捍卫措施,官吏已经廉察而愈加居安思危,堤内洪水已经被宣泄而更加想着如何才更为有利。积聚五福,以昭示并广泛赐予给臣民,慎重对待祖宗法度,来考察旧时的事例。圣功多么炽盛高大,多么显赫宏伟,总揽八方而为之设立最高准则。至高的道德发扬光大古代帝王的谟烈,治国功勋远远超过放勋与重华。由此和谐之气周流兴合,淳朴之风充溢四方,包罗天地,照耀宇宙。我国家亿万年永远安宁的吉庆就奠基在这里了。臣下学识浅陋,新登科第,冒犯皇威,万分恐惧,几至跌倒。臣下敬答如上。

霞流"李打铁"

∨
∨
∨

在距霞流街十里远的孔字李家桥,有个叫辉武的细伢子,长得牛高马大,饭量十分了得,那揭不开的锅根本不能填饱他长身体的肚子。于是他就到街上跟人学打铁。过去学手艺,铁匠最好学。为什么?因为学木匠、裁缝等手艺,最怕把主家的材料下错了料,那是要赔的。只有铁匠,不怕把料下错,大不了再多打一次,反正力气是自己的,不用给主家赔东西。有的是力气的小辉武,很受师傅喜欢,不但教他技术,还教他做人。渐渐地,小辉武变成了大辉武。学打铁已经多年,每天抡大锤把自己练得臂力过人。每天听着叮当叮当的声音,心情也很烦闷。外面的世界很精彩,打铁的生活很无奈,好想出去闯一闯,苦于没有好机会。

咸丰三年(1853)冬,天气特别冷。湘江河面上每天都是帆影翩翩,桅杆如林。"江湘委输,万船连轴",比往年多出好多船。这是什么情况?原来船上载的是兵部右侍郎曾国藩在衡州府训练招募的水军和陆军兵。俗话说,好男不当兵,好铁不打钉。但他听说曾国藩招募的兵待遇很好,能吃饱饭,还有饷钱领。"我要当兵去!"李辉武大叫一声,把师傅吓一大跳。多年的磨炼,辉武已经成熟稳重。"是块当兵的好料子。"师傅心里赞许道。"去吧,去军营施展你的才华吧!师傅支持你!"

李辉武孔武有力,臂力过人,数九寒天披着一件外衣,双手握着一把自己打的大刀,立在霞流码头上,对靠岸补给的兵船说:"我要当兵,为国出力!"

站在船头的是左宗棠的虎将周达武。看到李辉武横刀拦船要当兵,周达武跳下船头,对着李辉武说:"小子,你有何看家本领,亮出来看看!"辉武黑着脸说:"我没有什么本领,只有一身力气。"达武挥拳过来,辉武侧身躲过,达武改拳为掌,辉武用左臂一挡,达武手掌一麻,后退两步。"嘿,嘿,好小子,这个兵我要了!"于是,就把李辉武带上了船送到了衡阳演武坪进行专业训练。

这样,李辉武从此就走上了一条不凡的军旅之路。

李辉武先是在广东等地,由于战功卓著,被提升为游击,从三品。后是在四川涪川,甘肃阶州,四川松潘,陕西沔阳、陇州、宝鸡,功劳多多的,被提升为副将、总兵记名、提督记名、擢甘肃提督。从咸丰三年(1853)入伍,咸丰十一年(1860)入川,光绪四年(1878)逝世,25个春秋驰骋沙场,战功卓越。

少小离家,老大不归,李辉武成为清政府一个不可多得的将领。清朝政府对他也不薄。在外为官,家里殷实。李辉武成为当时衡山县最大的官僚地主,兼并土地5500多亩,年收租谷9000多石,约合135万市斤。就在他离开霞流的那个码头上,从这里运到李家桥老家里的银元和铜钱,用土车整整运了一个月。这些钱建起了李家大屋,前后七进,房间在百间以上,外人进入李府如刘姥姥进入大观园。

李辉武被提升为甘肃提督后,留守汉中,其实就是屯军于边塞,以屯养军,以军隶卫。从同治十一年到光绪四年,他在汉中这一地方整整八年时间,管理社会治安,防备外来侵略,修渠筑路,发展生产。这一时期,陕西甘肃社会平安,军民融洽,生产发展,商旅兴旺。人们在感谢清政府的同时,对地方治理的父母官更是感恩戴德。1878年,李辉武逝世后,其部下和当地民众一致上书表其功绩,请建宗祠。光绪下旨,在陕西汉中府城及宝鸡县城建李氏祠庙,以便军民祭拜。

在其家乡,也建有李家大祠堂,以光宗耀祖,彰示乡民。

李辉武建军功,垦边屯,修水利,筑栈道,开商贸,护民众,所作所为都是远在千里之外的荒漠戈壁带,家乡湖南在历史上与那地方联系甚少,关注甚少,家乡人也就更少去研究李辉武在那遥远的年代发生在那遥远地方的人和事。李辉武在家乡20多个年头,就是个学打铁的细伢子,只知道他叫"李打铁",那个叫

"李辉武"的军官是他的士兵叫的,那个叫"李辉武"的功臣是官家叫的,与家乡的百姓何干?

家乡人忘记李辉武也是理所当然了。

以下是清史稿《列传二百十七》的原文:

李辉武,湖南衡山人。周达武部将。咸丰中,从剿粤匪,洊擢游击。十一年,从入四川,剿涪川鹤游坪踞贼,擒贼酋周绍勇、郭刀刀。辉武功为多,擢副将,赐号武勇巴图鲁。同治三年,从援阶州,辉武由伍家坪进军,扼州城外北山条竹垭。四年,攻破桥头里贼垒,又破贼於孟家庄,歼城外贼殆尽。穴地破城,辉武先登,擒贼目蔡四。巡部,以总兵记名。从讨松潘叛番,拔其巢。寻攻黑河番,焚芝麻第五寨,馀寨皆降。乘胜连破大松树及竹自三寨,以提督记名。

六年,捻匪窜陕西,辉武率步队五营赴援,剿破汧阳、陇州、宝鸡诸贼,西路肃清。八年,剿董志原窜匪,毙贼目王明章,晋号福凌阿巴图鲁,授汉中镇总兵。九年,偕提督刘端冕分击北山回匪,破翟三、禹得彦於县头镇、陈村。十一年,擢甘肃提督,仍留防汉中。光绪四年,卒,赐恤。

辉武在汉中久,军民相安。疏濬府城东河道达汉川,旁引沟渠以资灌溉,民食其利;又修复褒斜栈道,商旅便焉。没后,士民籥请建祠,从之。准于陕西汉中府城及宝鸡县城建祠。

衡东近代人文故事

∨
∨
∨

中国最早女篮主力队员向大威 >>>

向大威,著名歌唱家李谷一的母亲,1908 年出生在白莲寺寨下冲村,孩提时代就喜欢拳术、射箭等武功。1930 年考入上海两江(江苏、浙江)女子体育专科学校。当时办女子学校是一件了不起的大事,校长陆礼华女士是著名的教育家,她深受五四运动影响,率先提出"繁荣我中华民族,必先壮其母亲的体格,中国妇女的健康,关系到整个民族的子孙后代",她的体校专门培育女体育老师。向大威是学校的高才生,也是校长的得意门生。

两江女子篮球队在京、津、汉、广、杭等地与其他球队较量,所向披靡。

1930 年,日本商会邀请两江女子篮球队去日本比赛。在异国他乡,尽管受到主办方的多次刁难,最后以 10 战 9 胜 1 平的战绩笑傲东瀛。

后又到朝鲜参加比赛,朝鲜队员的技术、体力、心理与中国队相去甚远。

两江女篮声震东亚,但国民党政府忙于内战,体育被束之高阁,队员也就默默无闻。

新中国成立后,向大威就教于湖南师范学院,晋升为教授,培育了不少体育人才。

李待琛——杰出的兵器工业专家 >>>

李待琛，衡东大桥乡和平村人，1891年9月28日出生。1906年15岁的他随父母东渡日本，考入日本宏文书院学习，深受校长赏识。辛亥革命前回国旅居汉口。

1912年二渡日本学习，专攻兵器工业。

回家后应聘广东兵工厂，任咨议（业务副厂长）。

辛亥革命后国共第一次合作，湖南当局急需兵工人才，把他从广东挖了回来，聘请他为湖南铁工厂（兵工厂）总工程师。

1921年，受湖南省政府派遣，到美国考察冶炼精钢技术和兵器制造，在几个钢厂、炮厂、枪厂实习，半年后又到哈佛大学学习。

两年半后的1923年8月，任湖南铁厂厂长，生产汉阳造步枪。1926年1月，省工业专门学校、商业学校、法政专门学校合并，正式成立湖南大学，省政府正式任命李待琛为湖南大学校长。

1937年，河南巩县兵工厂试制山炮，上级一纸调令，将李待琛调任巩县兵工厂厂长。后日本多次轰炸巩县兵工厂。兵工厂被迫迁入怀化辰溪山洞中，为十一兵工厂。抗日战争胜利后，李待琛寄居东京，1959年客死台湾。

铁道专家刘铁岩 >>>

刘铁岩，1922年出生于横路乡云集村一个殷实家庭。父亲是读书人，不知农活事，家里雇了两个长工经营祖传的3亩水田。

1944年夏，刘铁岩正在衡山念高中，日本南下，衡山沦陷，刘铁岩只好逃回家。后受聘担任横路完小校长。

抗战胜利后的第二年，刘铁岩考上了唐山铁道学院，由刘家祠堂每年出谷100多石，帮助他顺利完成了学业。1950年他大学毕业，恰是共和国百废待兴的时候，他来到了铁道部第一勘测设计院工作。

共和国成立之初，中国铁路快速发展，西北也要建一条交通大动脉，兰新铁路拉开了大会战。兰新铁路，全长 1800 公里，要飞越黄河，横跨黄土高原，穿过茫茫戈壁、高山峻岭、陡崖深谷、大河冰川、荒凉沙漠，地形复杂，气候恶劣。

这条铁路，由苏联专家担任总设计师，刘铁岩担任助手。刘铁岩虚心向专家学习，深入实地调查研究，查阅大量资料，掌握了大量的一手资料。他感到苏联专家的设计有许多不合理的地方，就大胆地提出了自己的意见。苏联专家听了他的意见，不是虚心接受，修改方案，而是以大专家的口气教训他说："你修了几条铁路，是我说了算还是你说了算？"刘铁岩也是牛脾气，说："修铁路是百年大计，谁尊重科学谁说了算！""我不尊重科学？好，这铁路我不修了。"苏联专家居然以辞职相要挟。这一下捅了马蜂窝了，各种流言、指责冲着刘铁岩。刘铁岩偏不信邪，"我修就我修！"他把自己的设想呈报给铁道部和政务院。主持全国铁路建设的负责同志仔细分析研究了刘铁岩的方案，又找有关专家进行论证，最后决定让刘铁岩担任兰新铁路的总设计师。

刘铁岩果不负众望，重新进行勘察、选线、测点、绘图，最后设计的方案比苏联专家原设计方案缩短了 42 公里，为国家节约了 520 亿元。

由于设计有功，1951 年刘铁岩被评为全国劳动模范，1956 年当选为"八大"党代表。

1972 年病死家乡，享年 50 岁。

"铁面御史"陈嘉言 >>>

陈嘉言，衡东县霞流镇平田村人。清朝光绪十五年（1889）中进士，授翰林院编修，曾任顺天乡试同考官，江南道、福建道、京畿道监察御史，工科掌印给事中，漳州知府。民国后受聘民国国史馆编纂，被推举为国会议员。晚年又回到湖南主持衡阳船山书院。

陈嘉言处在清末民初时代，这是一个乱世时代，在贪腐成风的晚清官场，陈嘉言为官二十多年，从来不在正常俸禄外索取不义财物。任江南道、京畿道监察御史的时候，他以李白《古风十三首》中的诗句"松柏本孤直，难为桃李颜"作为自己的座右铭，并在书房撰写了一幅对联自勉："甘为拙吏安贫贱，不作贪官害子孙"。他对违法者决不留情，屡次上疏弹劾，很多贪官污吏一提到他，都是谈虎色变，因此获"铁面御史"之称。

陈嘉言为官三十多年，不仅没有添置家产，反倒卖掉了祖田几十亩，用于救济贫苦百姓和捐学治水。他常说："儿孙强过我，买田置地做什么？儿孙不如我，留给田租有何用？"

陈嘉言任漳州知府的第二年，也是晚清科举考试的最后一年。当时，漳州府下属有七县，按惯例府试名单都是要出钱买的，这样主事者和有关官员可以得到上万两白银，这在当时可是一大笔收入。陈嘉言却义正辞严地说："考试大典怎么能像商品一样买卖呢？"他打破惯例，严格考试，公平取士，选拔了一批真才实学者。他用自己的行动影响着清末的年轻人，得到了闽漳一带读书人的拥护和爱戴。

辛亥革命后，陈嘉言辞官回湖南老家，因为太穷，回家路费都凑不够，于是不得不将两个幼女托付在两名漳州士绅家寄养，得他们各400银元资助，才凑齐路费，带着其他家眷返乡。

船家担心陈嘉言没什么值钱的东西压舱，怕船太轻影响行船安全。却没想到，陈嘉言随身携带的十多箱书籍把船压得很沉稳。到了家乡的码头，亲友们争相上船抬那十多个沉甸甸的箱子，原以为"三年清知府，十万雪花银"，谁知道打开一看，却都是满满的书籍，既惊讶又敬重。这就是陈嘉言"廉书压舟"的故事，至今还被传为佳话。

陈嘉言家教甚严，其后代人才辈出，他的第五子陈少梅后来成为近代画坛的领军人物。陈嘉言的长女陈云凤，自始至终积极支持子女革命，1928年，陈云凤的三子一女夏明翰、夏明衡、夏明震、夏明霹，相继为革命献出了年轻的生命。

衡东山水

HENG DONG SHAN SHUI

　　衡东县地形以丘陵为主,岗地为辅,兼有小平原和山地。地势东高西低,东部为罗霄山脉余脉。境内最高峰是位于县东南的南湾乡与衡南县花桥镇的界山——天光山,海拔814米。境内最低点是位于县城西北的大桥镇的彭陂港,海拔只有39.2米。全县水系由湘江和洣水构成一个大"人"字,湘江擦西部而过,成为衡东衡山的界河,洣水横贯东西部,水流向西,在大源渡汇入湘江向北流。山不在高,有仙则名。衡东县境内一些山峰还是有许多故事的。比较有名气的有四方山、凤凰山、金龙山、二童攻书山,金觉峰、晓霞峰、采霞峰、青石峰,神仙岭、紫光岭、杨山岭、杨梓岭,马脑寨、翻龟寨、周田寨、北虎寨,鸡公岩、蓬源仙、白罩坳、十八弯……

衡东三峰

∨
∨
∨

晓霞峰 >>>

晓霞峰,在新塘镇内,为南岳七十二峰之一。主峰海拔346米,因"旭日含山,丹霞掩映"而称为晓霞峰。"晓霞晴岚"为"衡山八景"之一,《衡山县志》载:"诸山晴岚时有之,而晓霞独异,夏秋之交,轻霞方落,白练横披。"晓霞峰林木森森,流水潺潺,春天杜鹃花开红满山,秋日红枫似火染层林,一年四季景不同,早晚风光变无穷。清代御史王大经登晓霞峰,触景生情,赋诗称赞:"轻烟缥缈弄朝光,狮子岩前浴影凉。风动翠微浑似絮,却迷湘岸一峰巷。"

在晓霞峰"狮子岩"下曾建有"海月寺",是明万历中叶慈圣太后敕建。可惜的是该寺于1958年拆毁。海月寺拆毁前用"规模宏大"来形容一点也不为过。据老辈人回忆,海月寺为一栋两进两横两层的红墙黑瓦砖木结构建筑,楼上楼下共有房子40余间。前后两大殿,挂满了金字牌匾。寺庙四周建有围墙,有一挺拔的山门。山门与前殿之间是一开阔的大庭院,整个院落占地近3亩。院内古松、古柏、古枫、古樟粗壮挺拔,枝繁叶茂。寺内供有铜佛、观音、韦驮、十八罗汉。还有一口大古钟,晨暮钟响,五里开外都能听见。鼎盛时住僧侣百多人,每逢大法日,周边庵寺僧侣尼姑都会赶来参加。香火缭绕,经声瑟瑟,钟鼓琅琅,好不热闹。

现在晓霞峰下建有观音寺。

观音寺是一个新建的寺庙。寺庙为什么不叫"海月寺"而叫"观音寺"?名称源于下面来历：

潭泊宦塘村有座百年以上的"严静庵"，因年久失修，庵寺于2003年倒塌。

广东东莞贤隐寺比丘释恒智决心重建严静庵，在报批过程中，省市宗教局领导提议在海月寺遗址上建一座新庙。因严静庵、海月寺皆供奉观音菩萨，决定以"观音寺"为新寺庙名称。

观音寺占地30亩，依山势设计为四进四梯级。2003年筹划，2004年动工兴建，2006年年底，一期工程观音殿、地藏殿完工。由于资金短缺，工程进展缓慢。

虽然寺庙还没有全部建成，但香火旺盛。每年农历的二月十九、六月十九、九月十九都举行佛事活动，信徒上千人。

采霞峰 >>>

采霞峰，南岳七十二峰之一，位于珍珠印湘村，距县城北10公里。采霞峰高不过海拔150米，面积0.5平方公里，但山小名气大。

一是原山上有座庙，名"风仙庙"。

庙宇坐北朝南，分两进，东西为配房。前面为和尚的住房，后进是大殿，里面供的主神是观音菩萨，两边分列风、云、雨、电四仙，东西山墙上还有十八罗汉。庙四周古木参天，寺前多柏树，寺后多松树。周边白莲、潭泊、金花等地的信士，都来这里烧香。尤以农历七月为高潮，每日人数成百上千。庙里蓄有几亩田产，田租加香资，维持和尚生计不成问题。解放以后，这里还先后住过两位和尚，当地人呼吴斋公、谭斋公。1958年大跃进，庙宇被拆毁。

二是因褚伯玉曾隐居于此。

褚伯玉可不是一般的人物，他是我国南齐时代的著名道士和隐士。他自幼操行高洁，18岁那年，拒婚出家，在此隐居数十年。当地官员请他出山，他住了两晚就告辞。齐高祖封官许位，他以病推辞。于是，皇帝下令，建了一栋房子，让他安心修道。据说他在衡山修行十多年，不食五谷，以五彩云霞为食。

《道藏》载：褚伯玉，字元璩，吴郡钱塘人也。隐南岳瀑布山……齐高祖诏吴会二郡以礼资迎,又辞以疾。俄而高逝。高祖追悼,乃诏于瀑布山下立太平观。初,伯玉好读《太平经》,兼修其道,故为观名也。

《道藏》说他隐南岳瀑布山,怎么又说他到了采霞峰呢?据考证,20世纪70年代修建衡东县城到石湾镇的公路,在采霞峰东侧炸石头,炸到山顶的时候,看到一座石墓,上面刻有"褚伯玉之墓"字样。有人好奇,把墓炸掉,里面是整块岩石,无墓葬痕迹,似为疑冢。

采霞峰有褚伯玉冢墓,说明此峰与他有关。南宋人陈田夫是最早列出南岳七十二峰清单的,他在《南岳总胜集》里说采霞峰即"古应相峰也"。采霞峰下有一个印湘村,"印湘"与"应相",同音不同字,在古地名的变迁中是经常遇到的,如果"应相"就是"印湘"的字误,采霞峰应就是陈田夫所说的应相峰了。后因褚伯玉到此修炼,以五彩云霞为食,才改叫采霞峰。在此峰山下建一疑冢,也就合情合理了。

青石峰 >>>

青石峰,位于县城西北4公里处。山脉走向与洣水平行,海拔208米,与县城南边的杨山同高。相传主峰上有一块巨大青石,每年长三寸,故名青石峰。山上原有雷祖殿,为明万历年间(1573—1620)所建。雷祖是中国古代神话中主雷雨之神。道教认为,雷神不仅能施雨,而且还能主天之祸福,持物之权衡,掌物掌人,司生司杀。对"不忠君王,不孝父母,不敬师长"者,可"雷劈火烧"。六月二十四日为雷祖现身之日。每年这天,地方百姓和政府官员都要上殿致祭,以祈福消灾。庙宇规模宏大,建筑颇为精致。从外到内,共分四进,依次为雷祖殿、关圣殿、玄帝殿、观音殿。四殿之间由三个内院相隔,内院两边是过道,中间为天井。玄帝殿内二十四位天神列左右,观音殿内十八罗汉坐两旁,人物花草,神情兼具,栩栩如生。雷神、水神、财神于一寺,道教、佛教共一殿,实乃少见。周围古木竞插云天,风景格外迷人。只可惜寺庙已毁,古树无存,空留青石映明月。

衡东三岭

∨
∨
∨

紫岗岭 >>>

紫岗岭，又叫鸡公岩。位于吴集的紫光村，距县城6公里。是吴集与莫井的界山，海拔490多米。说是鸡公岩，其山形并不像鸡，而只是像公鸡的鸡冠，准确地说，应叫"鸡冠岩"。几千万年前，这里还是汪洋泽国，由于地质运动上升成山。山体为砾岩，坚硬无比，抗风化能力强。因多次内力作用，山体石头张裂破碎，峻峭奇伟，怪石林立，形态各异。有的像人，有的像物，有的俨若楼台廊阁，有的形似刀矛斧剑，形象逼真，惟妙惟肖。《衡山县志》载："上有衣架峰、飞来石、雷踏石，石有雷神蹴踏之迹。"悬岩上的"飞来石"，疑为天外来物，让人惊奇。峭壁中的石径，似巨斧劈成，攀越其间，顿觉毛骨悚然。中华人民共和国成立后，大兴造林之风，经过村民的精心培养，大批新林吐绿，老树添枝。溪环水绕，绿树红花，更添新色，登临其峰，嶙峋怪石，诉说着许多动人的传说。

杨山岭 >>>

杨山岭，位于吴集镇内，隔河与县城遥相呼应。海拔208米，面积3平方公里。相传杨山侯是一位随炎帝治理洣水而殉职的大臣，百姓景仰其功德，将他葬在殉职地高山上，山因而得名杨山。山体由砾岩组成，峭石林立。杨山岭是距县城最近的山,建县以来就进行了绿化,种植了不少树种,现在是绿树成荫,苍翠欲滴。相传吴三桂率部来此后,见前后左右有龙、象、猴、鹅、狮形诸山相簇,地势险峻,易守难攻,拟于此建立行辕,历兵秣马,作长远计。后因掘井不得水,便率部去衡阳。但此地处衡攸古驿道要冲,便在杨山脚下聚集成市。据《衡山县志》载:"吴集市后,广袤五里,为吴三桂集兵之处。"吴集因而得名。

吴集街北首的杨山庙,规模宏大,分为前后两殿,殿前建有戏台,殿内塑有太古灵侯神像,为明成化年(1466)建,后经康熙、雍正、乾隆、嘉庆朝几次重修。后神像无存,大殿保存完好。1998年,吴集人对大殿进行了修复。四根大石柱上,还保留着清嘉庆翰林、绍兴知府聂铣敏于道光二十一年(1841)撰写的长联:

"溯故老遗闻,令人思上古荩臣,勤扈跸,怅攀髯,生死望炎陵,真气一源通洣水;缅灵侯显佑,随地作斯民福主,助神风,恬逆浪,姓名昭泽国,化身千仞托杨山。"

前、后殿檐柱上有联语:"明德超千古,补天地化育之穷,不但为伊耆一代良弼;大泽沛三湘,应民物呼吁之急,岂徒作吴集万姓福神。"楹联表达了先人对杨山侯的无限敬重。

一座名山,一代良臣,一刹古庙,600多年后的今天却香火羸弱。何哉?现代人功利为主,敬神敬鬼,敬天敬地,求的就是一个利;庙里菩萨不论大与小,能带来福祉的就是好菩萨。功德卓著的一代名臣,可能因为送财送福送运迟延了点,信徒们就疏而远之,这已经与先民的意愿相去甚远。

杨梓岭 >>>

杨梓岭,在衡东县城西北9公里处的洋塘河坝边。因山上多为杨树、梓树,故名。海拔255.9米,面积2.5平方公里。山体为花岗岩构成。清光绪《衡山县志》载:"洣水至此中分,过岭复合,孤峰耸翠,清流夹而环之。"山麓东洣水河中有杨梓洲,以种花生、油菜著称。山麓西有京广铁路、京珠高速,南来北往的火车、汽车穿梭而过,打破了杨梓岭昔日的宁静。

衡东三寨

∨
∨
∨

周田寨 >>>

周田寨,在衡东县城西南6公里的栗木乡。四周为田,其峰突兀,海拔虽然只有240米,但"鹤立鸡群",山峰卓立,显得特别高峻。历史上,是衡攸旱路的必经之地,山北为栗木坪集市,地势险要,山下盛产稻谷。相传周、李、颜三姓凭借地势和资源条件,集众立寨,故名周田寨。山上原有龙福寺,传为唐朝所建,规模宏大,香火极盛一时,可惜后毁于山火。1970年修建的东阳公路(过去的省道1843线,

现今的省道 S315）沿山北麓穿行，2009 年通车的泉南高速衡炎段绕周田寨南麓而过。形似馒头的周田寨，挺立于高速公路和省道中间，俨如县城西大门的哨兵，更是西向进入县城的地标。从衡阳方向归来的衡东游子，一看到此山，就有了到家的感觉。周田寨就如家门口的一盏路灯，照亮游子的回家路。

翻龟寨 >>>

翻龟寨，在衡东县城东南 32 公里的杨林镇境内。因山形似翻过来的乌龟，故名。清光绪《衡山县志》载："一峰突起，四面陡峭，明末兵燹，乡民结寨于此，以拒流寇。"取翻龟、结寨两重意思，名翻龟寨。海拔 417 米，面积 3 平方公里，山体由变质岩构成，山势险峻，是杨林进出茶旺、塘江村的必经之地。山下北有杨林街，南有庙冲水库。

马脑寨 >>>

马脑寨，在衡东县城东南 45 公里的高塘乡境内。因山形似马脑，昔日有人在此聚众立寨，故名马脑寨。海拔 141 米，面积 2 平方公里。山体由红色砂岩构成，为丹霞地貌。山分大马脑、小马脑。大小马脑之间，有良田数十亩。大马脑旁，一石高耸，人称吊马墩。相传某年的一天晚上，周围禾苗被毁，疑为马脑作祟，乡民将大马脑的颈凿断，现尚留有 1 米宽、数十米深的刀迹石缝。山上有学堂岩，宽 30 米，深 15 米，原有寺庙，传为寨上读书之所，已毁。山南有点头岩，宽 150 米，深 20 米，原亦有寺庙，现部分残存。四周陡峭，是附近制高点，又处衡攸要道，历为兵家必争之地。石塘村有人堵岩建房居住洞内，冬暖夏凉，比较舒适。山上松、杉、油茶葱茏荫翳。

二童攻书山

∨
∨
∨

　　二童攻书山,在衡东县城西北 17 公里的新塘火车站东侧,与衡山县城相对。清光绪《衡山县志》载:"湘江东有山,正对县治","山有三峰,中峰稍低而平,宛同书案,左右两峰并峙,如二童端拱向案而立,故名二童攻书山。"二童攻书山的最高峰海拔 320 米,山体岩石为变质岩,长期的风化剥蚀,山顶怪石嶙峋,奇峰突兀。山腰松、杉葱郁。

　　山顶原有怀素塔。大约在公元 790 年左右,草书大家怀素在此种蕉万余株,以蕉叶代纸练习。圆寂后建有窣堵坡(舍利塔)。乾隆五十二年(1787),在时任衡山知县徐锦的倡导下,在怀素窣堵坡旧址上建崇文塔。嘉庆十四年(1809)重修崇文塔。道光二年(1822)增高崇文塔顶。同治六年(1867)再次对崇文塔进行了大修,修成高 24 米的七级楼角式砖塔,塔内有 223 级石阶盘旋而上,可达顶端,只可惜后来被毁。

　　山脚下有衡山火车站、京珠高速新塘出口、欧阳海烈士纪念碑。现建有一座很富现代特色的休闲农业生态园——欧阳海山庄。

　　二童攻书山北面为晓霞峰。

鸡公岩的传说

∨
∨
∨

　　一条起伏的山脉延伸十多公里,矗立的叫山峰,凹陷的叫山坳。最高峰并不高,也只有海拔500米左右。低矮的山峰多在海拔300米以下。山脉的四周地势低平,是肥田沃土。溯洣水而上的衡东先民们,逐水而居,逐地而耕,山脉周围的田土成了先民们生存的基础、发展的保障。

　　最高峰的山腰有岩洞,洞内有石佛,并非人工雕琢,而是自然成像。附近村民感到惊讶和神秘,村民把此佛洞视为心中的圣地,洞中石佛视为村民的保护神。

　　是年,久旱无雨,眼看庄稼就要颗粒无收。有一陈姓村民,夜得一梦,梦见祭石佛可得雨水。于是第二天早晨,捉上家中唯一的大公鸡前往山上祭祀石佛。陈老汉爬啊爬,快到半山腰时,遇上一片茂密的梓树林。陈老汉坐下来歇口气、抽袋烟,顺手把鸡放在树蔸下。陈老汉的一袋烟还没抽完,放在地上的公鸡不见了。是狐狸叼去了,还是公鸡自己跑了?陈老汉又急又气。家中唯一的公鸡不见了,用什么东西去祭祀石佛?石佛已经托梦,祭佛得雨。没有了祭品,祭不得佛,下不成雨,这岂不是要天绝人路,让我们活活饿死吗?陈老汉边急边寻,找啊找,太阳快落山了,陈老汉已在山上折腾了一天了,还是不见一根鸡毛。

　　怎么办?还是去石佛像前祭拜吧,去对石佛说明原因,许下来年的祭愿,也许大神不记小人过,会给他的子民一条活路吧。陈老汉急匆匆赶到岩洞石佛前。

　　出鬼了,还是眼花了?陈老汉一进岩洞就被眼前的景象惊呆了!只见他那只失踪的大公鸡,匍伏在石佛前,头不停地啄着,好像是对佛忏悔,又好像是对佛的旨意点头称是。

见神了!见怪了!见奇异了!陈老汉惊得夺路而逃,路上见人就说奇遇,见动物就叨异闻。山脚下的村民,有怀疑的,有感到惊异的,有感到神秘的,但大多数人是不相信的。

隔天,天空乌云密布,电闪雷鸣,大雨倾盆!好雨知时节,久旱贵如油。石佛托梦,公鸡自祭,老汉惊魂,大雨化旱情,几天发生的事,让村民不得不信!此事渐传开去,逢时过节,村民自发地提鸡上山祭佛。慢慢地,人们把此山取名"鸡公岩"。

鸡公岩现在还在,岩洞石佛也还在,但村民提鸡上山祭祀的习俗却没有了。这里已经成为了衡东探险旅游的一个好地方。鸡公岩山脉,被户外驴友誉为江南最美丽的山脊,鸡公岩的峻峭之美越来越被户外爱好者青睐。2018年,鸡公岩上建起了无数个风力发电塔,昔日陡峭的山脊修了一条宽广的公路。鸡公岩又以一种新姿态亮相于世人面前。

观背

ˇ
ˇ
ˇ

　　历史上从攸县到衡山，除了洣水这条黄金水道外，还有一条重要的旱路。旱路以洣水中游的太平寺为中转站。从攸县，经鸭塘铺，过荷叶塘，越盼儿岭，走龙王桥，奔长芬，到太平寺后上船顺洣水而下入湘江，再到衡山。这条旱路，北宋黄庭坚走过，明代徐霞客走过，历代达官贵人、贩夫走卒都走过。

　　中国古代的通商大路，每隔一段路必有凉亭和庙观，就如今天高速公路的服务区，衡攸大路也不例外。距攸县十五里的盼儿岭上有一个道佛合一的大庙——石头庙，洣水河畔有一个太平观音寺。不知从何时起，在石头庙和太平寺中间的大旺垅右岸，建有一个道观，叫"净真观"。道观建在山坡上，占地近5亩左右，按中轴线前后分三进，左右均衡对称分布。山门以内，正面建有主殿，两旁建有灵官、文昌殿。二进设有大小不等的玉皇殿和三清殿。三进是四御殿和杂屋。远近一些看破红尘、追求精神快乐的信徒，相信修道可以摆脱自身尘世的疾苦烦扰，还能给周边众生乞求生活安乐，于是集聚在此，精心修炼。鼎盛时期，道观内有常住道人七八人。附近许多居士、信众进观燃香点烛，祈福求财保安康，净真观那时道众云集，香火鼎盛，成为衡攸路上小有名气的道家宫观。

　　道观后面的村庄，低洼的地方易遭洪水淹，高处的地方又缺乏水源灌溉。靠天吃饭，三年两不收，几百村民世世代代守候几亩薄田，顽强地生存着。民不富，地无名，远近路过的达官贵人、贩夫走卒就把这个村子称为"观背"村。观背村——净真观背后的一个村子。

解放后,道观开始衰落。土改时,道观第三进的杂屋分给了两户无房的村民居住,正屋办起了学校。昔日参禅修炼的清净之地变成了娃娃们求学的热闹之所。1963年一场大风,给这座名观带来灭顶之灾,前面一、二进全部倒塌,只剩下后面摇摇欲坠的四御殿和两侧的厢房。经过村民的简单修缮,学校继续办了下去,直到20世纪70年代初新学校建成,残破的道观才被彻底拆毁。以"观"命名的村,也改成了"建设"村。特别是70年代后,原来的道观荡然无存,就连基石也被挖了出来,地面被深翻过,成了肥田沃土。"观"不在了,"观背"也就慢慢被人遗忘。

改革开放后,这里又恢复了原来的村名——观背村。只是"道观"无存,观"背"何来?年轻人想不清、弄不明。每每需要老一辈费尽口舌解释一番。

地名原是一种文化,更有一段乡情。虽然没有了"观","观背"村名在,那段历史的记忆就在。弄清了为什么叫"观背",也就记住了那段乡情。

堰城的"城"

∨
∨
∨

　　没并村前,大浦镇有一个村叫堰城,现在与城桥村合二为一,村名改称堰桥村。但在人们的心目中,堰城村就是堰城村,因为这个村有历史,有故事,有文化。合村后应称堰城村更妥。还是说说堰城吧。

　　堰城,应该有堰有城。堰,就是发源于德圳鸡公岩,流经德圳、石滩、岭茶、霞流,最后在白村流入湘江的白衣港。这条堰,全长大约45公里,有多个名字,上游叫金山溪、石滩溪,中游叫陈家堰、毛家堰,下游叫白衣港。堰城的堰,就是中游的陈家堰。堰城的城,就是堰城村5组的陈里院。陈里院近靠陈家堰,全院以土垒墙,围成半径约200米的椭圆,占地约160亩,土墙高3米,宽5米。

　　堰城的"城"是个谜。谜在何处? 谜在为何筑城? 什么时候筑的城? 城是怎么筑起来的? 城墙筑起来了,城到哪去了?

　　据现存的土墙计算,筑这些土墙,大约需要1.8万方土,取这1.8万方土,可挖出一个深3米、10亩大的水塘来。而从筑墙的土质来看,非本地的耕作土,而是来自周边山上的黄泥土。这是靠什么运力运过来的?

　　当地村民对于城墙是如何筑起来的这个谜,用了一个神话传说来解释。

　　说是炎帝治理洣水的时候,站在鸡公岩上,看到陈家堰边地势开阔,地形平坦,水源充足,有建城的有利条件,准备在治好洣水水患后来此建城居住。于是巨手一挥,从大浦新民的坨泥里用小手指的指甲运来了黄泥,一夜筑成城墙。可惜的是炎帝操劳过度,累死在治水岗位上,葬于洣水源头的炎陵山。陈里院也就成了有墙无城的千古谜。

神话终究是神话,千古之谜必有谜底。笔者经过对陈里院的走访考察,认为陈里院的城墙非为"城"而筑,而是为保护院内的耕地房屋而筑的挡水墙。

挡水墙就为防水患。发源于鸡公岩的陈家港,经常发山洪,每次山洪爆发,堰边的村民深受其害。据村民介绍,1959年德圳水库建成前,陈里院三年两遭灾,德圳水库建成后,还时不时遭遇水灾,直到1976年早禾冲水库建成后,陈里院才再也没有遭受过水灾。

据此推测,堰城的城并非城,城墙其实就是挡水墙。挡水墙的作用主要是抵挡山洪的冲击力,防止水田和房屋不被冲毁。挡水墙东西南北四处留有缺口,洪水还是可漫浸入院的。其目的一是洪水漫浸可以灌满院内几口水塘,以便干旱时灌溉农田;二是漫浸的洪水能给耕地带来肥沃的淤泥,有利庄稼生长。修筑挡水墙的土就取自于当地的土,现在陈家里院内的几口塘,就是当时取土挖出来的。之所以为黄土,是因为那时还未开发成耕地,为原生土壤,筑起挡水墙后,陈里院经过几百年的精耕细作,已经变成了熟土,与挡水墙的土完全两样。

挡水墙是何时建筑的呢?估计是明朝初。当时,朱元璋打下江山,听取谋士意见:高筑墙,广积粮,缓称王。广积粮,就要有大片的良田。大将徐达率领起义大军荡平江苏、浙江、江西,攻占湘北、湘东、湘南,横扫千军如卷席。每到一地,他都遵照朱统帅的"最高指示",不失时机地兴修水利,发展粮食生产。在皖、浙、赣等地,先后新修或改造了大大小小水利工程2000多处,垦荒开田十多万亩。徐达占领湖南后,他一边抓紧军事训练,枕戈待旦搞战备,一边因地制宜,采取军民合作的形式,兴修了长沙朱波塘、湘潭平山塘(今属株洲县)、衡山洋塘(今属衡东县)等一大批规模较大的水利工程。为发展农业生产、广积粮打下了坚实基础。岭茶的陈里院水源充足,水系发达,地势平坦,是理想的耕作之地。徐达的部队上马为兵,握锄为民,以军队之纪律,以屯兵之要求,几个月时间就挖土成塘,筑土为墙了。

这并非猜想,据年龄在50岁以上的人讲,小时候他们见到土墙上长着许多高大树木,其中有一棵大樟树,有七八人牵手才能合抱过来,树冠如伞,撑起了一片蓝天,站在 5 公里外的罾箕岭上都能看见,成为了陈里院的地方标志树,树龄在 500 年左右,为明朝时所栽种。大炼钢时代和七一五矿五工区修路时,土墙上的树慢慢被砍伐了。现在土墙上还有被开垦为菜地的,也有把房屋建在土墙上的。深厚的土墙文化慢慢被蚕食,甚为可惜。

至于陈里院的陈氏居民,来自于北方移民,在此居住也只有五代,一百多年历史。原来的居民因战乱或瘟疫,已经迁徙。

衡东众河溪

∨
∨
∨

衡东山岭多故事,衡东河水亦多情。湘江和洣水一撇一捺构成了衡东县的水系骨架。除此以外,还有总长 316.5 公里的 175 条大小溪涧滋润着衡东人,孕育着衡东风土人情。

湘江,从大浦镇的狮塘村入境,婉转曲流 85.1 公里,在大桥乡的彭陂港出境。流经了大浦镇、霞流镇、新塘镇、石湾镇、三樟乡、大桥镇。湘江在衡东县境内,除接纳最大支流洣水以外,主要的支流还有白衣港、石湾河等。

白衣港,源出衡东县德圳乡的鸡公岩,流经石滩、大浦,在霞流镇的白村入湘江。全长 45 公里,流域面积 180 平方公里。白衣港的名字来由,有三种说法:其一来自于《水经注》。《水经注》有"百一港"之称,后因谐音,演变为百衣港。其二,缘于当地的生产方式。昔日,白衣港外洪内溃严重,水稻种植三年两涝,生产收入很不稳定。老百姓多依靠沿港捕鱼为生,所以叫"百依港"。其三,缘于港边的一座庙。港边原有白衣大士庙,因此把港称为白衣港。白衣大士庙,供奉的就是白衣观世音菩萨。观世音菩萨有很多化身,最出名的就是白衣观音和千手观音。衡东人无论信不信佛,都喜欢念"阿弥陀佛",观世音菩萨,是当地人求财、求子、求福、求运最灵的菩萨。

不管名字是怎么来的,白衣港为德圳、石滩、大浦、霞流等乡镇的重要灌溉水源。特别是 1958 年在上游建起的德圳水库,1966 年在下游建起的防洪堤,让白衣港两岸上万水田旱涝保收,真正成了老百姓依靠的"百依港"。

石湾河,发源于杨桥的东烟和白莲镇,至石湾镇入湘江。集水面积171平方公里,流程27公里。取河口地石湾而得名,亦有人取河源地之一的白莲而称白莲河。1958年在上游建起了白莲水库,既发电又灌溉。

洣水是湘江一条重要的支流。据《水经注》载,洣水以"源出洣泉"得名。"……如米泔瀑涌,耆旧相传,疾者饮之多愈,今本无之一清。"洣水上游的炎陵县有"沔渡镇",推测"洣水"古时候叫"沔水",为区别汉江上游的"沔水",就生造了一个"洣"字,称"洣水"。洣水发源于炎陵县南境八面山,自攸县从草市江坪入境,与来自安仁的永乐江汇合于草市,流经杨林、高湖、甘溪、踏庄、吴集、新塘、霞流等乡镇,于新塘镇雷溪市汇入湘江。洣水全长296公里,衡东流程83.9公里。在衡东县境内54.8米落差,建有荣桓、甘溪、洋塘等三座中型水轮泵水电站,总装机容量3.3万千瓦。水能的梯级开发,让衡东成为全国小水电发展先进县。

洣水除接纳了最大的支流永乐江外,还接纳了许多支流。重要支流有莫井河、甘溪河、金花河。

莫井河,洣水的一级支流。始源于莫井乡的天霞坳。流过莫井乡的莫园、新开田、白沙、鹅形、三口井、何家园、贺家桥,在潭江口入洣水,全长27公里,流域面积126平方公里。河以流经莫井乡而得名。

甘溪河,洣水的一级支流。发源于杨桥小鹤岭。流经鹤岭、荷家、月山、金凤、香花、穰家垅、半边街、石桥、明桥等11个村,至甘溪街侧入洣水。长23公里,流域面积91.4平方公里,以出口处甘溪而得名。河流落差75米,有3处小水电站。

金花河,洣水的一级支流。始源于珍珠乡,在城关的金堰村汇入洣水,流程14公里,集雨面积36.6平方公里。因流经金花乡而得名。

石滩皇祝桥,幽怨五百年

∨
∨
∨

明朝建国之初,由于经过二十多年的战乱,满目疮痍,人口锐减,土地荒芜,一片凋敝。朱元璋为了恢复农业生产、发展经济,使人口均衡、天下太平,巩固明王朝的统治,采取了移民政策,按"四口之家留一;六口之家留二;八口之家留三"的比例迁移。

从洪武三年至永乐十五年,明朝政府先后从山西向全国广大地区移民十八次。

北方的邓姓人家,随着大规模的移民,来到了衡东的石滩乡。他们在此开荒种地,挖塘养鱼,过着自给自足的生活,虽不能荣华富贵,但也安居乐业。到了明武宗年间,已经在这里休养生息了一百多年。

明武宗皇帝朱厚照的一次南巡,打破了邓家的平和安祥,更让一个青春美少女玉殒香消在悠悠的怨恨里。

明朝的武宗皇帝朱厚照是一个怎么样的皇帝?他是一个让人争议的皇帝,荒淫无度,放荡不羁,一生偏爱女人。他信任太监,曾有"八虎"天天陪着他玩,斗狗、玩鹰、骑马、看戏小儿科,狎妓、娈童、乐工、舞伎等更是经常的事。

他喜欢民间美女,最爱官员妻妾,曾经乘夜溜出德胜门,出居庸关,到山西大同寻花问柳一月有余,让大同府的妇女们紧张得闭门不出,不敢上街。

有一日,他色胆包天,不要侍卫,孤身一人到酒肆喝酒寻欢,见当垆女子秀色可餐,便强行云雨,竟惊动官府捉拿强奸犯。

正德十四年（1519）夏，江西南昌宁王朱宸濠叛乱，明武宗帝朱厚照决定亲征。皇帝披挂上阵，好不威风，排兵点将，从京城向南方浩浩荡荡杀来。结果，御兵未到，叛贼已被提督南赣军务的御史王阳明擒获。叛贼既灭，天下无事，朱皇帝也不回京，一路向南，寻访南方美女，为京城豹房物色对象。

话说这一天，朱厚照皇帝祭拜南岳火神后，又要到炎陵祭拜炎帝。在路过衡山石滩地界时，石滩溪边有一民女在梳洗。只见那女子体态轻盈，面貌姣好，举止大方，谈吐优雅，厚照皇帝怦然心动，忙上前问及姓名。女人不卑不亢回答说："我叫邓贞梅，石滩金山人氏，家有父母兄弟，以种田为生。客官是路过此地，还是来此地寻亲访友？"朱厚照见女子如此大方，急忙回道："吾乃当今皇上，来此微服私访，见你优雅大方，欲纳你为妃。"女子妩媚一笑，说："你是当今皇上，谁信呢？"

皇帝急了，解下外衣，露金绣龙袍，又从袋中拿出一方白玉，色如羊脂，顶端有蟠龙纽，递与女子细观，只见玉底刻着八个小篆字："受命于天，既寿永昌"。

这是真正的玉玺！那他是真正的皇帝？邓贞梅还是不信："皇帝不坐金銮殿，跑到这穷地方来做甚？"

"告诉过你了，微服私访，视察民情啊。当然，顺便寻找民间美女，招纳进宫。"朱厚照嬉皮笑脸说道，并上前拉了拉邓贞梅的手，就想强行兴云布雨。

"男女授受不亲，客官放尊重些。"邓贞梅生气地说，"你皇不皇上，与民女无关，你走吧！"

皇帝不是高雅人，他是一个无赖、一个性变态、一个神经病。听女子拒绝他，更来了兴趣，对女子说："我要把你招入后宫，册封贵妃。"

邓贞梅回复说："女子自知福薄，不是妃子命，侍奉皇上，至死不从。皇上请回吧！"

"朕没有尝不到的果，没有办不到的事。你等着，我要用八抬大轿抬你进宫！"

许多天后，皇上真派人来抬邓贞梅进宫了。

迎亲队伍在邓家门前放了七响礼炮，而邓贞梅却因礼炮惊吓而亡。是真的红颜薄命，邓贞梅胆子极小，被礼炮惊吓而亡，还是性情刚烈，不愿侍君？只有邓家人自己知道了。但朱厚照皇帝是一个情种,对邓贞梅的死深感悲哀,命厚葬之,并为了思念溪边偶遇,在邓贞梅梳洗的溪边建起了一座石桥,称之为"皇祝桥",意思是皇上祝愿邓贞梅女子在上天快乐逍遥。此桥虽近 500 年,但经村民多次修缮,至今保存完好。

可能有人说这是瞎编撰,其实是有根据的。北方有戏剧说朱厚照皇帝《游龙戏凤》,难道就不能来南方唱一出《偶遇贞梅》? 更何况"皇祝桥"是实实在在地立在那儿。

伴君如伴虎 ,后宫深似海! 一家团聚欢乐笑,荣华富贵镜中花。对邓贞梅一个平凡女子来说,安康就是最大的幸福,田园就是自己的安乐窝。皇帝有"没有办不了的事"的能耐,女子也有"玉碎瓦不全"的气概!

邓贞梅不贪富贵荣华,宁死也不当妃子,为石滩这个小地方留下了一座古桥,一个辛酸故事,一段衡东人的气节表白。

凤凰峰上栖凤凰

∨

∨

∨

　　南岳七十二峰最东的一峰叫凤凰峰,海拔600余米,位于衡东杨桥、蓬源镇内,距衡东县城40公里。凤凰峰?是峰上落凤凰,还是山形像凤凰?人们常常问着同一问题。其实,清代光绪年间的《衡山县志》就有记载:"凤凰峰在县治河东,因有凤凰至得名。"《南岳志》也称凤凰峰"上有峻坡生梧桐,朱雀荐瑞来仪。"从县志和地方志可以得知,取名不因山形像,凤凰峰上落凤凰。凤凰峰延绵数十里,重岩叠嶂,奇峰簇拥,树木苍翠,隐天蔽日。真乃钟灵毓秀山、鸾翔凤集地!

　　凤凰山上栖凤凰,当地人们就把凤凰看作神鸟,尊称为凤凰老爷。凤凰峰山腰有一眼神泉,在泉水旁建有一座庙,供奉着凤凰老爷和观世音佛像,是当地人的重要的佛教场所。据说泉水可治百病,被神化为"仙水"。农历的六月初六,是凤凰老爷生日,这一天上山求取"仙水"的人,提桶携壶络绎不绝。"仙水"包治百病有些夸张,但是对于治疗皮肤病却是百验不爽。衡阳、株洲、湘潭等地的游客慕名而来,常住山上,养生修身。

　　为什么把凤凰峰归于南岳七十二峰之一,大概是南岳山上有凤凰,凤凰峰上也有凤凰,虽然两山相距几十里,但两山凤凰本一家,凤凰峰也就纳入了七十二峰之内了。唐代诗人杜甫到南岳,就写下两首咏南岳凤凰的诗。一首《望岳》,开篇首句说"南岳配朱鸟,秩礼自百王"。在《朱凤行》中,也于首句说"君不见潇湘之山衡山高,山巅朱凤声嗷嗷"。虽然,大诗人没到过凤凰峰,但来南岳说凤凰,让凤凰峰也充满了文学之气。特别是诗人在《朱凤行》里,以诗明志,以诗喻人,让凤凰峰具有了更高的人文情怀。公元769年,杜甫投奔其好友——衡州刺史韦之晋,路过南岳,杜甫借"朱凤",赞誉衡州刺史。韦之晋为衡州刺史时,励精图治,仁心仁政,惠及鳏寡,民众拥戴。然而,因损害贪暴人之利益,被小人所诋毁,终不得宠,被迁潭州。杜甫借"朱凤"来赞美好友"愿分竹实及蝼蚁,尽使鸱枭相怒号"。

凤凰峰也是一个有故事的地方!

相传,元朝末年有一支几千人马的起义军来此安营扎寨,统帅部有主将7人,个个武艺非凡,胆略过人,尤以王成仙更胜一筹,被拥戴为辅天大王。他们割据一方,劫富济贫,除暴安良,弄得朝廷惶惶不安,屡屡派兵围剿,次次被义军击溃。后来,调集一支王牌军再攻,义军寡不敌众,剩下两三百人退至山腰寺内,山腰寺三面绝壁,只有西边一条羊肠小道通山下,真是"一夫当关,万夫莫开"!虽元军人数多,武器精良,但义军凭借险要地势,与元军对峙两年多。后来,元军调来大量炸药,乘夜将东、北两个山口炸开,蜂拥而上,将起义军剿杀在凤凰峰,只有辅天大王王成仙骑着一匹骏马突出重围。

王成仙杀开一条血路,快马加鞭向西逃窜,元军一路穷追不舍。王成仙丢盔弃甲,狼狈不堪。经过一山头时,头盔被狂风吹落,后人称此山为"帽岭"。逃至白莲附近一座山峰时,王成仙的坐骑被元军乱刀劈死,此地后来被称为"斩马岭"。王成仙弃马狂奔,进入石湾甲枣村,夜深路迷,当地百姓用一盏小油灯护送转移,此地后来称为"小灯村"。天色微明,王成仙在路边一口小水塘边除污去垢,捧水洗面,该塘被称为"洗面塘"。王成仙逃到一山头,已是精疲力尽,卧地不起,元军追兵赶到,刀起头落,王成仙被砍下了首级,此山被当地人称为"截头岭",后来大家认为不吉利,改名为"铁头岭"。

元末农民起义军在凤凰山建立根据地,与元军周旋了好几年,为黎民百姓所传诵,也留下了许多起义作战地名和故事,虽然正史里找不到记载,但传闻的可信度还是很高的。

中国水电建设集团新能源资源开发部在衡东凤凰山安装了44台风力发电机,每台风力发电机24小时不间断发电,三片长长的风叶就如凤凰扇动的大翅,带动着发电机高速运行,日发电量可达3500千瓦时。风电机组昼夜不停地为地方经济发展输送电力资源,嗡嗡之音比凤凰的嗷嗷之声更悦耳动听。

荣桓镇　天生一个锡岩仙洞

∨
∨
∨

荣桓与夏浦交界处有一座山，叫金觉峰，海拔740米，为衡东县境内中部最高峰。山顶原有金觉碑、玉女庙。清光绪《衡山县志》载，以"唐封金觉而碑之"。"金觉碑长八尺许，露之山巅，剥蚀不可尽识，岁旱祈雨，手以推之，动则立应。"

金觉峰主峰由石灰岩构成，山下有石灰溶洞——锡岩洞。金觉峰孕育了锡岩仙洞，锡岩仙洞神化了金觉峰。锡岩仙洞是一处自然景观与人文景观融为一体的大型溶洞，"奇、险、幽、深"为特色，洞域面积10万平方米，由70多个洞厅组成，洞内钟乳石琳琅满目，传说故事美妙动人，目前可游览长度近千米。

锡岩仙洞洞口极小，被树木杂草掩盖，就是到了近处也难发现。为了让旅客能远远感受到洞口的存在，衡东县旅游公司对洞口进行了包装改造，建了一座仿木结构的小桥。洞口初极狭，只能容一个人进入，但洞内乾坤大，别有洞天。从窄小的洞门而入，一阵阵凉风扑面而来，脚下是隆隆作响的地下暗河，只闻其声，不见其踪。走过这段暗河，前面分为风洞和水洞，目前已经开发的是风洞，水洞还是原生态。

沿着风洞往前走，经过一条大约50米长的狭窄钟乳石长廊，便进入了洞内的第一个大厅——迎客厅。迎客厅宽广开阔，可容纳近千人。迎客厅四周布满了钟乳石，各式各样，千姿百态，拟人拟物，栩栩如生，有"牛肝马肺"，有"金龟迎宾"，有"松鹤百寿"，有"送子观音"，有"翠鸟扑水"，有"一箭三雕"。

再往前走，就是芙蓉宫、金鸡洞、仙人观、龙王宫。站在芙蓉宫，举头望洞顶，

只见一块硕大的钟乳石倒挂在头顶,恰如一朵含苞欲放的芙蓉,倒插在洞顶的钟乳石丛中,这"倒插芙蓉"真是天造地设,让人称奇赞叹!金鸡洞中一只足有两米多高的金鸡,"骨碌"一声,一不小心就把一个"金蛋"下在了路中央,游人触手可及,但望着还冒着热气的金蛋,谁也不忍心去玩弄它。仙人洞就是齐天大圣孙悟空大闹天宫的情景定格。那参差不齐的石笋,远远望去,或立或坐,或躺或倚,或正或侧,似猴狲又似神仙。销烟还未散去,零乱的钟乳石就是孙悟空打斗时的怒火体现,那根高高耸立的"擎天柱"就是悟空挥甩自如的"如意金箍棒"。

跨过龙宫桥往右走,绕过"一线泉"就到了"情人宫"了。"情人宫"布置非凡,这里有"渴龙饮泉""鱼跃龙门""金鸡报晓""鳄鱼捕食"等奇观,特别是背后还有"藏龙洞"和"葵花洞",由"将军把门"看护着,你要探寻里面的秘密还得要费一番功夫。情人宫的主角当然是"情人石"了,那座情人石,宛如一对相亲相爱、难舍难分的情人相拥而立,那如痴如醉的感人画面,人们真不忍心去打扰。

继续往前走,有一块巨石挡住了去路,有部分游客以为仙洞已经游完,可以就此返回,其实这是考验游客的耐心和毅力。你抬头仔细一看,巨石上方刻有三个大字"二重天",只要你低头弯腰,小心翼翼侧身向前,你就能看到另一方世界——后洞。

后洞果然又是一重天地。这里石钟、石笋、石幔及神态各异的动物钟乳石,让人拍手叫绝。一根下大上小的石笋,就如僧人双手合掌,盘腿而坐,念佛之态、虔诚之状,游人一看就说那是"唐僧"在"打坐"。

再往前走,你可以看到"千乳观音",你可能看到仙鹅池里一群仙鹅在追逐戏耍,你可以看到"金莲放彩",也可以看到凝固的瀑布上洒满了金粉,人们把它称为"金箔巾帘"奇观。

经过一番曲折,终于来到了"将军把门"的葵花洞。"葵花洞"为古人所取,并用毛笔题写在正面的岩壁上。洞比迎客厅大多了,也高多了,就是一个建造华丽的小剧场。对面舞台上正上演着"五女拜寿""二娘教子"呢。这里的景观还有"海市蜃楼""桃园仙境""八仙过海""犀牛望月""母子游春""仙姑出浴""天生桥""珍珠伞""会仙楼""聚仙台"……

相传,炎帝在洣水流域治水、采药、授耕时,常寝食劳作于锡岩洞内,故仙洞内有"帝寝台""洗药池""四十八丘田"等遗址。炎帝也把祸害洣水的孽龙带入洞内驯服,所以洞内有了"藏龙洞""龙饮泉"等胜景。当然,济公和尚云游到此,也在洞内降妖驱魔,其故事方园百里人尽皆知。历代文人墨客,趋之若鹜,纷纷题词作赋,疾书岩壁。锡岩仙洞是中国较早的摩岩石书的仙洞之一,东晋山水诗人谢灵运,游历仙洞后在岩壁上留下了《岩下赞》,距今已有 1600 多年。

整座仙洞,就是一座地下宫殿。洞厅气势宏伟,景观形象生动;景物神态奇特,天造地设,鬼斧神功;故事离奇曲折,文人景观丰富。锡岩仙洞以她的景美、洞奇、文厚饮誉三湘。

衡东集市

HENG DONG JI SHI

　　以水运交通为主的时代，衡东交通并不闭塞，湘江擦西部逶迤北去 85.1 公里，连通了中国黄金水道——长江；洣水流贯东西 83.9 公里，上接永乐江，下通湘江，沟通了衡东与外界的联系。两条重要河流，构成一个大大的"人"字。在这两条河流的两岸，形成了许多码头集市，湘江岸边就有大浦、霞流、大源渡、雷家市、石湾、油麻、三樟等集市，洣水从上到下，有草市、杨林、太平寺、夏浦、甘溪、吴集、潭泊。这些码头集市，是船员上岸打尖的驿站，也是南来北往货物的聚散地。有人就热闹，有热闹就有故事。霞流的"流"，草市的"市"，潭泊的"泊"，石湾的"湾"……解读的就是衡东集市的故事。

草市的"市"

草市镇位于县城东南43公里,地处洣水、永乐江汇合处,东与攸县接壤,南与安仁毗邻。两江相合,必成集镇,草市镇属洣水流域重镇。草市初起市时多为草房,因而得名"草市"。明清两个朝代都曾设巡检司,清咸丰三年(1853),巡司刘积厚响应太平军,在此起义,从那以后,草市集镇名气更大。

由于得天独厚的地理位置和水陆交通条件,镇内设圩场,历为衡东、攸县、安仁三县的商品集散地。每到春分时节宾客如云,商贩成群,俗称"赶分社"。"赶分社"是草市镇的商品交易会,主要以农副产品、日用品和中药材为主,草市人形容草市"赶分社"是"没有买不到的物品,也没有卖不出的产品"。

草市的名气,还因境内有许多名胜古迹。"灵山胜地""八仙下棋""猴子捞月""合福林寺"，都很有名。现在，保存最好的是"灵山胜地"。灵山胜地不但树林荫蔽，更有灵应的灵山庙。相传五代时，汉中山靖王后裔刘氏三兄弟奉母命偕隐江南，沿洣水而上，见此处小山壁立，洣水、永乐江两水汇其下，即以此山作为隐居之所。后兄弟三人于某年农历九月十三日坐化成石。乡人异之，立庙奉祀，是为灵山庙。灵山庙建后，凡有山贼寇境，疫疬伤民，乡人只要到庙中祷祈祭告，均能相安无事，灵应远响。后来朝廷知道了，兄弟三人被谥封了协应侯，千百年来享受乡人香火。坐化成仙之日，是为协应侯的生日。乡民为协应侯灵验感动，纷纷献戏庆生。每年从农历九月十三日起，举办为期半月的庙戏。草市灵山庙戏，也是草市镇非常重要的民俗活动。

草市老街是目前衡东县内保存较好的一条街。有建设、民主、跃进、前进四条主街，各宽约三米，共长 680 米，呈"片"字形分布。尽管吴南公路两边建设了新草市街，但还有许多老人舍不得离开生活过的老街道。逢年过节，老街上贴春联、挂灯笼，热闹、祥和！

吴集的"集"

∨
∨
∨

吴集形成集市,始于东晋。从明代在这里设立武阳乡杨山里行政机关起,就一直是地方的政治中心。长时间的政治经营,吴集也就成了洣水流域最重要的集市。吴集街道依山傍水,从南向北,穿山而过。主街中部地势较高,两头地势低。一条支街向西,长约一华里,形成"丁"字形。街道全部是由青石板铺就而成,从南到北,从东到西,整整齐齐,干干净净,风景独特。

据老人回忆说,街上原是一些不规则的青石板铺成的,大约在民国二十年(1931)改建成长条麻石街。吴集整个街道分为五段:福寿街、昇平街、中正街、河清街和文星街。吴集是粮食、茶油、生猪、篾货及其他农副土特产的集散地,商业、手工业在洣水流域是首屈一指的。商贾云集,制作红火,尤其以铁锅、犁头、油伞和包子名噪三湘。据1944年被日本侵略者占领前的调查,店铺、作坊有180多家,其中木器店就有22家,手工业、饮食业著名的有阳万和油行、泰丰药号、彭氏锅厂、周氏绸缎布庄等。可以说"人人有行业,户户开店铺"。

吴集,在历史上不叫吴集,因在杨山脚下,一直叫杨山里。清光绪《衡山县志》记载:"吴集市居,广袤五里,为吴三桂集兵之处。"吴集,吴集,吴三桂集兵称王之地。据《辞海》记载:"吴三桂在康熙十二年(1673)举兵叛乱,自称周王。十七年(1678),吴三桂在衡州(今衡阳)称帝。"这期间,吴三桂在杨山里这一带屯兵数万。他看中了这里物产丰富,也看中了这里地势险峻。这里四周有龙形、狮形、象形、鹅形和猴形的"五马归巢",群山环抱,退可以守,进可以攻。吴三桂

如果叛乱功成，那吴集就不是现在的"集"了，不是首都也是陪都。但吴三桂屯兵期间，四处找水，无论凿井多深，就是不出水，水源不足，只好移师衡阳。这大概是"反清复明，天理不容"吧。

吴集有名，还

在宗祠和庙宇。山不在高，有仙则名；街不在大，有神则灵。跟随炎帝治水的杨山侯，在洣水中游的吴集处劳累过度，因公殉职。人们把他葬于洣水江畔一座青山上，此山便成了杨山。人们为了纪念他，又在杨山脚下、吴集街尾建立杨山庙，视他为福主，长年祭祀，香火不绝。

除杨山庙外，吴集还有许多庙宇与宗祠。如秦家大祠堂、杨祠天符庙、寿福殿、祖师殿等。在历代的人口迁移中，吴集优越的交通和肥田沃土吸引了各路移民。移民在异地求生存、求发展，一方面修建祠堂，凭借其血缘关系，凝聚家族力量，应对各种繁杂的问题，同时寄托对故乡和亲人的怀念，寻求心灵的慰藉；另一方面修建庙宇，烧香拜佛，乞求神灵保佑。弹丸之地的吴集街就有祠堂神庙 20 多处。有宗祠庙宇，就有各种庙会、祭祀等节庆活动。例如，天符庙所供奉的"天符大帝"，吴集人称"天符老爷"，是位驱瘟神保平安的神医，为纪念其生辰，每年农历五月十五、十六、十七、十八都要举行庙会庆典。集市上 5 条街每街都要出几台故事，每台故事都有一个典故（即主题），如"辕门斩子""八仙漂海"等，由五到八个小孩化妆打扮成故事中的人物，然后由七到八个大人抬着小戏台出游，每街 4 台，共 20 台，尤其是"天符大帝生辰日"，要巡游十三境，鼓铳齐鸣，炮烛震天，场面盛大，热闹非凡。

交通便利，商业发达，底蕴深厚，福气盈盈，吴集也就成了远近闻名的集镇。1966 年，衡山分县，湘江之东为衡东，新县址就选在吴集的河对岸，与古镇吴集隔河相望，成为全县政治、经济、文化、交通的中心。1982 年，衡东大桥飞架南北，把古镇、新城连成一体，省道 315 擦街而过，吴集也就结束了他千年的水运历史，迎来了现代交通的辉煌。随着青壮人外出发展，敬神拜佛、游庙会抬故事，这些民俗文化也就慢慢消失了。

杨林埠的"埠"

˅

˅

˅

"埠",《现代汉语词典》解释为"水运码头"。杨林埠,洣水中游一个重要的水运码头,物资聚散地。洣水从草市接纳永乐江后,水流物流人流汇聚一起。顺流而下十五里,是攸县去衡阳的旱路相交点,在这里,水路旱路相交,物资客商相汇,于是在洣水左岸形成了物资聚散、商贾云集的重要的水运码头,因河段两岸杨树成林而称杨林埠。

杨林埠位于衡东县城东南部,距离县城 32 公里。杨林埠历史悠久,据清光绪《衡山县志》载,唐时就称杨林埠。现代人不称杨林埠而喜欢叫杨林老街。杨林老街傍水而建,为青砖青瓦木式结构,街道呈十字形,长 200 来米。昔日的杨林老街,人丁兴旺,财气冲天。短小狭窄的老街,挤住好几百户人家。裁缝铺、杂货店、理发店、包子铺、照相馆,还有酿酒的小作坊,一家挨着一家。街上人来人往,热闹非凡。一条青石板铺就的街道,被踩磨得溜光贼亮。街尾有一古戏台,在水运繁盛的时代,每到夜晚,戏台上唱着戏剧,台下商客聊着生意家常,好一派歌舞升平景象。

洣水虽小,但它通江达海,是衡东与外界联系的重要通道。历史上衡东东南部以及杨林上游的攸县、茶陵、酃县、安仁所产的木材和农副产品通过杨林埠运到了长沙、武汉和上海。

吴南公路通车后,老街上的人们陆续搬离易遭水灾的老街,傍公路建房,形成了今天的杨林新街。新街呈丁字形,面积较大,是镇政府驻地。衡东二中紧挨新街,占据了新街大半店铺,二中师生也成了杨林新街常居人口的重要组成部分。

石湾的"湾"

∨
∨
∨

　　湘江一路向北,流经石湾后折转向东流,经油麻、大桥,从彭陂港进入朱亭继续向北流。石湾下游的回澜山直插江中,回澜山石峰突兀于高岸,湘江百折至此潆洄,一泓江水旋回于石壁之下,人们称之为"石湾"。

　　石湾早在南北朝时就已形成集市。唐天宝六年(747)以前,湘潭县治就在石湾附近。天宝六年,县治北迁易俗河后,石湾的商业并没有萧条。明清时已经发展成为湘江流域重镇,民国时期更加繁荣。那时拥有中、小商户200余家,是湘东南最大的盐市、渔市,并左右当年衡山县城的市价涨落。旧时,石湾商贸铺面鳞次栉比,行业名目繁多,经营南货糕点的就有"协和祥""新泰福""万利春"等八大家,经营百货布匹的就有"同丰顺""庆丰祥""钟益泰"等六大家。此外还有中药铺三家、染坊五家、铁铺五家、瓷器店八家、木材厂三家。麻糖、烧饼、条丝烟饮誉湖广。贺家、坳上伙铺等酒店一家挨着一家,形成了吃住一条街。农历逢一、逢六,是石湾赶集的日子,天亮开市,货物山聚,人潮如流,买卖两旺。

　　清朝翰林学士聂铣敏对石湾赞不绝口:"神宗元武配离宫,岳色分明在眼中。秋水荻花沿岸白,夕阳枫叶晚天红。半湾酒肆停征棹,一带渔舟挂钩筒。惆怅石崖碑碣在,摩挲先迹恨无穷。"瓷业是石湾的传统产业,始于康熙二年(1663),到民国时期有11座碗窑。石湾瓷器随着湘江水运,远销到了武汉、上海。建县后,石湾工业发展更快,除了瓷器外,石湾布鞋、石湾油膏远近闻名,石湾成为了衡东县的工业重镇。随着湘江水运的衰落,石湾街的繁华也渐行渐远,传统产业也逐渐被淘汰出局。

霞流的"流"

v
v
v

  霞流市,古时候称霞流埠,是衡东县境内名字取得最具艺术美感的。霞流市座落在湘江之东,湘江流过霞流市后,拐了个大弯向西北流去,在霞流市的下游形成了一泓宽阔水面。每当太阳西斜之时,微风吹过江面,波光粼粼,天空彩霞如流,所以称作霞流。

  霞流街建于明代,鼎盛时期为民国。街的布局不沿湘江岸边走,而是沿着小山与湘江垂直布局,从河边码头到山边尽头,街道约500多米。街道随山势分为上下两段,地势高的叫上街,地势低的叫下街。上街下街,店铺林立,房屋一幢挨着一幢。街道麻石板铺就,岁月的磨蚀,光滑泛亮。上下街各有一条窄巷子与街外相通,下街的窄巷子还是下街居民取水通道。出小巷子口约100米,有一口水井,井口不很大,水味并非甘甜,水质也一般,但井水丰盈,不管干旱多么厉害,井水水位照样距井口约1米。人们都说这是一口福井,保佑着一街市民。

  霞流古街有三个码头、三座古戏台。靠河边的叫下码头,下码头最有名的是石牌坊。石牌坊建于清代乾隆年间,有九尺多高,牌坊顶端有八仙过海浮像、十八罗汉浮雕。牌坊两边有隶书对联,不知何人所书。1973年修筑防洪堤时,石牌坊被拆除。上码头的古戏台非常有名,只可惜在1944年7月日本鬼子占领霞流街时,一把火把古戏台烧过罄尽。中码头的戏台保存到了70年代,因为这个地方是霞流公社政府机关所在地,戏台是地方政府的文化舞台。1974年,霞流公社搞扩建,建大礼堂、电影院,古戏台终于被拆除。保存260多年、集古代建筑艺术与文学艺术于一体的霞流中码头古戏台消逝在人们的视野中,艺术瑰宝的古戏台在人们的记忆中渐行渐远……

解放后,霞流街仍是湘江中游地带重要的集市。集市日,吴集、双园、大浦、萱州、新塘、衡山、大源渡、沙泉、湘江等的商客云集霞流市,名气、商业气比上游的大浦街、萱州街,下游的大源渡、雷家市都要大。从湘江河沿爬上近百级的石级码头,左边是粮仓,右边是学校。这样的布局大概取意"仓廪实而后读书"吧。下街有名的店铺是收购门市,把附近的农副产品收购上来,通过京广铁路,源源不断地运往广东、香港等沿海地区。这条物资输送线,成为了改革开放后霞流人们经商之线。改革之初的霞流人顺着这条线,南下广州,贩卖大米、盐蛋、皮蛋、土鸡蛋。那时,广州三元里成了霞流人的物资聚散地,京广线上跑的火车几乎有了霞流专列。

老街靠近湘江,地势较低,三年五载必水淹一次。历代以来,水运交通,河流是运输大动脉,尽管经常遭水淹,人们傍水而居也乐此不彼。随着公路运输的兴起,霞流火车站就成了公路、铁路的交汇点。交汇点上交通便利,人流物流就跟着跑!霞流老街的繁华时代终于宣告结束,迅速衰落下去。

1989年,衡东撤区并乡,霞流乡与洋塘乡合并为霞流镇。1993年,镇政府抓住这个机会,集资20多万元,把行政中心从霞流老街搬到了霞流车站边的老茶场。新街长约3公里,两边房屋鳞次栉比,政府、学校、医院、邮政、商店、粮站、一应俱全。特别是还建起了面积近万平方米的室内市场。

在新市场进口处,矗立着"霞流集贸市场"的大牌坊,上有衡东书法家文新学老师撰写的一副长联:霞生七彩状元梓里万家财旺笼紫气;流汇两川提督故园百业兴隆展宏图。这联不但把霞流二字贯进了联中,更重要的是展示了霞流的文化底蕴:状元梓里、提督故园,也抒写了霞流人们的希望和梦想:万家财旺、百业兴隆。

街是新建的,联是表意的,愿望是美好的。但站在新街,却找不到昔日霞流老街那种街市情结了。

霞流真的"流"了?

大浦的"浦"

∨
∨
∨

　　大浦街是大浦镇人民政府驻地。在县城西南 15 公里处,紧挨湘江边。清光绪《衡山县志》就有记载,大浦街明、清两代是湘江水路重镇和军事要地。大浦街的取名也费了一番周折。明清时期,湘江边有船运的埠头,集市旁有据防的大碉堡,所以取名叫"大堡"。1935 年粤汉铁路建成通车在此设站,取名"大堡埠"。因沿线另有一个车站叫"大堡",遂改名为"大浦"。集镇亦随之更名。

　　大浦街随着水运的衰退,特别是大源渡水利枢纽工程的兴建,沿江而建的老街已经全部搬迁到了京广铁路沿线和省道 1843 线旁。初具规模的新街替代了老街。新街城区面积达 6.8 平方公里,城区人口 1.8 万人,已经成了区域性中心城镇。

　　现在的大浦,交通非常便利:省道 S315 线、北京——珠海的京珠高速、福建泉州——广西南宁的泉南高速均在此交汇;紧依湘江,四季通航;京广铁路复线穿境而过,距衡阳市仅 21 公里。

　　通畅的交通条件,迎来了衡东县工业园区的安家落户。大浦工业园区 2003 年启动,规划面积 19.82 平方公里,现已形成以宁国路、浦宁路、永旺路、旺园路等主干道为骨架的道路交通网络,道路基本实现美化、绿化、亮化。水、电、通信等基础设施齐全。重点打造出了衡东县机械制造、冶炼、化工三大支柱产业,产业集群效应明显,2011 年完成工业产值 60 多个亿,创税收 3 亿多。便利的交通,发达的经济,让大浦跻身于衡阳市的"西南云大"经济圈。但经济的腾飞,如果以牺牲环境为代价,那滴血的经济必将淘汰出局,大浦现在正面临着"凤凰涅槃"。

大源渡的"渡"

∨
∨
∨

    洣水弯弯曲曲流过 296 公里后,终于在一个叫肖家山的地方流入了湘江。两水相汇,洣水叫小源,湘江叫大源。在交汇处湘江上游三里处,有一个水运码头,因处在大源上,所以叫"大源渡"。

    湘江沿岸渡口诸多,为何这大源渡口就名声响亮呢?原来,河对岸是一个叫"老粮仓"的地方。"老粮仓",一听名字就知道是储粮的。南来北往的湘江在这里拐了一个弯,变成由西往东流,北岸的高坡正好成了抵挡北风的屏障。这里是船舶理想的避风港。"湖广熟,天下足",历史上湖南是粮食大产区,两江交汇处正是物资集散地,官府在盛产稻米的地方建粮库,必须选择交通便利、仓储方便的地方,对岸的江边一带也就成了粮库的不二选择。"老粮仓"随着湘江北去也就远扬四海。

    借着"老粮仓"的名气和财气,隔岸的大源渡也就理所当然地成为了衡州水道的驿站和货物的集散地。那时的大源渡江面上,帆影翩翩,川流不息,渔歌妙曼,纤号粗犷,一派热闹的景象。"江湘委输,万船连轴"就是对大源渡江面航运盛况的描述。有驿站就有船行、船帮,就有商业链,居民除了农耕、捕鱼外,还有许多从事商贸、航运的。他们闯荡江湖,走南闯北,财富随着江水滚滚而来,成就了他们当中许多人的发财梦。他们发了财,不忘家乡人的帮助,不忘滔滔江水的馈赠,纷纷捐款建石亭供行人避风雨,置渡船,募渡工免费为行人渡江。"大源渡"也就成了衡阳通往衡山、湘潭、长沙岸边的有名渡口。码头上贩夫走卒、迁任官员、南岳香客、撑船的、过渡的、挑货的摩肩接踵,熙熙攘攘。多少历史名人、文人墨客都

是这里的匆匆过客。宋代进士张浍与理学家朱熹同游雷溪、乌石、大源渡；明朝首辅
（相当于宰相）的张居正从这里路过；清代诗人彭曾禄，是从这里上溯到霞流市的。

　　大源渡，船来船往，这里也就成了船舶修理厂。每到下半年修船的季节，牛
头洲上别是一番景象，河滩上像街道一样排列着架起来的船只，旁边就是修船
工搭建的帐篷。刮船板的、抹桐油的、锯木板的、捣麻筋的、扎船缝的、烧火的、做
饭的……忙忙碌碌的身影在河滩上流动，"砰砰乓、砰砰乓"的响声在江水上荡
漾，好一曲船工交响乐！

　　有码头就有街道。大源渡这条小街也就是这一带的政治、商贸、文化中心。民
间举行什么活动，政府发布政令，四乡八里的乡民都要到这里来集会。这里逢五、
逢十赶集。集市日霞流、双园、雷市、老粮仓，甚至萱州河、新场市的人都来这里赶
集。翠之岭是牛市，猪场坪是猪市，街上是农副产品交易地。一丈多宽的街道石板
铺成，店铺林立。有饭铺、油货铺、肉铺、药铺、豆腐铺、南杂铺、裁缝铺、木匠铺、剃
头铺，还有染布坊、磨坊、油榨坊、扎花坊、弹花坊、纸马店等。沿河还有接连几家
铁匠铺、铜匠铺。喧嚣繁华绝不逊于霞流市、雷家市。

　　距小街200米的柏树园有一家茶楼酒肆，避开闹市的喧嚣，从树丛中伸出一
面酒旗，饶有情调，是最早的"田园酒家"。来此品茶饮酒的有长衫绅士，有草鞋白

丁。轿夫、船工、渔民、樵夫，心态不同，品相各异，小小的村店演绎着一个时代的百态人生。

有街必有庙，庙宇是中国传统文化的一个重要组成部分。登上码头不远有座杨泗庙，庙里供奉的杨泗将军，源于民间道教水神，因能斩除蛟龙，平定水患，被船民作为行船的保护神膜拜。当地人也向他祈求风调雨顺。居家乡民、过往船舶、旅途行人经常进庙烧香纳供。

踏上几级台阶是正殿的前廊，有两个粗大的廊柱。宽阔的正殿地面铺了青色地板砖，厅内有廊柱，顶上是斗拱。神台上供奉的杨泗将军如真人大小。旁边有几排供凳，这种供凳是整块木料做的，一般都有三寸来厚，一尺多宽，一丈多长，是举行祭祀典礼时摆放供品的。

正殿与后殿之间是一个长形天井。跨过天井就是后殿走廊，天井南边有一扇门通向生活区，这里有四间矮房，有菜园、鱼塘。历届专职守庙人员就住这里，负责勤杂事物，保证香火不断，初一、十五还要敲钟击鼓。

大年初一清早，街上居民会到庙里来"捞财"。他们带着祭品、纸钱香烛，在杨泗老爷面前烧香作揖。大堂挤挤挨挨，路上行人不断，但这一天有一个怪现象，哪怕是平日关系再好的人，互相都不打招呼，也不说话。这是一条潜规则：捞财不开口，开口不捞财，因为目中无人只有神！

农历六月初六是杨泗将军生日，庙里要举行祭祀典礼，由地方乡绅主祭，那场面甚是隆重。而且要请道士做法事、抬故事、办庙会、唱大戏。那戏往往一唱就是好几天，各家都会把亲戚接来看戏，户户高朋满座，戏台坪人头攒动，四周围摆满小食摊担。

那时杨泗庙有一些公田，如康屋场门前的杨泗大丘，每年收取的租谷作庙里专门的管理经费。一座庙就是一个社会。从设神、请神到敬神、护神，仪式庄重、步骤烦琐，但人们就是在这虚虚实实的宗教中，筑起了自己心中那道自律的篱笆。这些随着最后一个守庙人黄帮辉的离去而成为大源渡人的历史记忆。

大源渡，因粮仓而起，因渡口而兴。也随交通的变化而没落。京广铁路替代了湘江航运，老粮仓消失了，大源渡也就衰落了。

潭泊的"泊"

∨

∨

∨

潭泊,一个小集市,距衡东县城8公里的西北方。

洣水在入湘江前拐了一个弯,拐弯处形成了一个深潭,叫"杨梅潭",杨梅潭水流缓慢,江阔水深便于泊舟。在以水运为主的年代里,衡东、攸县、茶陵、安仁、酃县的旅客商人船只,在入湘江之前,或进洣水之后,都喜欢在此泊船,上岸打打牙祭,改善一下连日的船上单调乏味的生活;购买生活用品,补充船上日用,以便继续船行。于是,在杨梅潭附近形成了一个街市——取名"潭泊"。潭泊河面上有时停船上百只,逶迤好几里,蔚为壮观。

那时的潭泊街区呈"片"字形,有茶楼、酒肆,规模不大,但人气十足。日消费量很大。周围产稻谷、席草、辣椒、四时蔬菜,集市设圩场,三天一集,附近新塘、洋塘、白莲、珍珠、吴集村民来赶集,销售旺盛。集市著名小吃为"油坨子",与吴集包子、石湾烧壳子饼齐名。

1966年衡东从衡山划出,建镇在吴集,省道S314切潭泊而过。洣水水运被公路运输取代,潭泊集市因船"泊"减少而集市衰落。但成为了潭泊乡人民政府驻地,原街距离公路很近,居民只是对原街进行改造重建,离开的很少,集市上居民还有300多人,这与杨林"空壳街"迥然不同。不过,傍水而建的集市受洪水侵扰,集市居民纷纷择公路两旁高地建房,街道原貌破坏很大。

现在的潭泊街,只是一个圩场,逢三、六、九赶场。但赶集的人越来越少,街上生意慢慢萧条了。

太平寺的"寺"

∨
∨
∨

太平寺坐落在洣水杨林段的右岸，与湾头洲隔河相望，现是杨林镇的一个村，盛产柑橘和稻谷。

太平寺是一定有寺的。太平寺，其实是一个寺庙的名称，寺庙历史很悠久，可追溯到宋朝以前，据《衡州志》记载，北宋时太平寺就很有名气。凡寺庙都是建筑在风水宝地上，太平寺也不例外。从现在的太平寺遗迹可以看出，寺庙建于双龙合珠的位置上，南有虎形山，北有象形山，两条巨龙一东一西相对盘踞于山脚下，一颗大珠垂悬于双龙大口间。太平寺坐落在珠上，寺庙因灵性十足，有求必应，能保地方太平，而冠以"太平"名。当时来寺烧香的香客就有茶陵、攸县、安仁的，甚至还有江西香客。历史上的太平寺挑檐画栋，楼阁耸立，富丽堂皇，气度非凡。寺庙分为几进。大厅里观世音菩萨、地藏王菩萨、文殊菩萨、普贤菩萨、韦驮菩萨、伽蓝菩萨，个个睁眼怒目，面貌狰狞。十八罗汉，或喜或怒，或坐或卧，分列两边。慈氏阁宏伟壮观，登阁而望，洣水如白练般由南而来，奔北而去。

因为有了名寺，香客不断，香火旺盛，在太平寺这个地方也就自然而然形成了街道，街道名称当然还是太平寺，街道全长大约700米，呈东西走向，西街尽头靠近洣水，是洣水岸边一个重要的码头。

太平寺，是商贾旅人登舟上岸的好地方。当年交通不发达，攸县到衡山的旅客一般由旱路而来，到了太平寺乘船经水路而去，中转滞留使这里酒肆商号十分鼎盛。

元丰三年（1080），36岁的北宋大诗人、大书法家黄庭坚，因牵涉苏轼老师的"乌台诗案"，被改派到泰和任知县。这一年秋天，黄庭坚罢北京教授任，赶赴江西。经山西、过安徽，从北往南一路走来，到了武汉后沿长江逆流而上，进洞庭、过湘江、转洣水，从衡东太平寺弃船上岸，走旱路途经攸县到江西吉安。在太平寺看到了"慈氏阁"，放慢脚步登阁赋诗曰："青玻璃盆插千岑，湘江水清无古今。何处拭目穷表里？太平飞阁暂登临。朝阳不闻皂盖下，愚溪但见古木阴。谁与洗涤怀古恨？坐有佳客非孤斟！"一代文人在太平寺留下了千古咏叹，也引发了后人无限怀想："坐有佳客非孤斟。"大名人的粉丝们并非因黄哥被贬而离去，而是在太平寺酒店里高谈阔论，高调相随，这粉丝中一定有衡东籍的当地人。

明代大地理学家徐霞客于公元1637年农历正月游览过太平寺。

他从攸县县城出发，正月十九日傍晚赶到了太平寺，是夜宿于太平寺码头的船上。这位大地理学家为什么"夜泊舟间"呢？估计是当时商旅客人太多，怕难租到客船，头晚就把船租好了，所以只好夜宿舟间了。不然，出家和尚徐霞客应该是会宿于寺庙内的。

显灵的寺庙，繁忙的码头，打造出了一个繁华的太平寺街，街上酒楼林立，商铺密布，每逢三、八日，四周来赶集的、烧香拜佛的人络绎不绝。街道因太平寺而声名大振，寺庙因街道繁华而香火兴旺。

今天的太平寺，没有了寺；太平街，也没有了街；太平寺码头也没有了码头。太平寺的繁华，到了民国二十九年（1940）就戛然而止。寺庙香火少了，街上赶集断了，昔日的繁华只留在老人们的记忆里、年青人的疑问里。

什么原因让昔日繁荣的太平寺衰落了呢？有一个传说：

太平寺庙灵性十足是因为寺庙有一个大法师作过法的净坛。太平寺街有一谭姓女子出嫁到了荣桓长岭，夫家人听说了净坛的法力后，于晚上悄悄地来到太平寺把净坛偷出埋到了长岭某处，从此太平寺街道冷落，长岭建街成集，太平寺的繁华被长岭街所代替。

此处传说可信度不高，人们却都是这么认为，因为人们没有理由来解释太平寺街衰落的原因。时轮转到了公元 1958 年,大跃进、大炼钢,太平寺街树起了东西两座炼钢高炉,每天吞噬着许多废钢烂铁。太平寺被推倒了,寺庙里的观音菩萨、韦驮菩萨、十八罗汉统统丢进了炼钢炉,化作了一摊摊废铁水。只有一个师公老爷菩萨,被一村民偷出隐藏在牛栏的稻草里,才得以保存下来,成为现在唯一的寺内幸存文物。

现在的太平寺码头,由一个叫董春吾的老人看守,老人快 80 岁了,有时外出了,就由老婆婆替代他梢公的职务。一只小船,一把小桨吱吱呀呀地把人们渡过河来渡过河去。梢公梢婆也不常在船上待着,想要过河的或叫喊,或电话联系。

停不住的"亭"

∨

∨

∨

　　蒸汽机未发明之前,人类的交通工具除了畜力(旱路马车、骑马)和风力
(舟船)外,主要还是靠人力,或走路或坐轿,这叫步行时代。由于人力的局限
性,走不上几里要歇一歇。古代交通不便,地广人稀,往往数十里不见人烟。因
此,从前的通衢大道上,总是相隔一段路程就建有一座凉亭,特别是在山坳、桥
头,多建有凉亭。亭,就是供行人休息的地方,夏避酷暑,冬躲风寒。金文的亭,篆
文的亭,就是画着一个亭子的样子。《说文解字》:"亭,民所安定也。"《释名》曰:
"亭者,停也。人所停集也。"

　　许多凉亭兼有茶肆功能,茶肆主人就是凉亭管理者。凉亭有大有小,小的
只能容纳几人十几人,大的可以同时容纳数十人甚至上百人。

　　历史上,衡东县境,处在多条旱路的交点上,如攸县去衡阳、攸县去衡山、
株洲去衡阳等,所以在这些驿道、商道、旅道上有了许多供人们休歇的亭子。亭
子供人们休息,靠近民宅的地方,亭子还供人们茶水。县境就有多处以亭命名
的村子,譬如吴集的红茶亭、大浦的茶亭子、岭茶的施茶亭等。

　　过去,亭子还是一种地标。记得小时候,从霞流街去大浦新民姨妈家,要经
过大桥、宋桥、拜桥等村。每年春节拜年,我们就与在双桥的表兄们约定在大桥
山上的凉亭集合。荒山野岭中,因为有了供人休憩的凉亭,也就有了大家共同
熟悉的地标。

　　亭子是一种建筑,是遮风挡雨的场所,但更是一种文化。亭子的取名很有

讲究,清心亭、听风亭、极乐亭。每个凉亭接纳了许多南来北往的客官、东去西来的商贩。许多文人墨客在休憩之时,可能诗兴大发,手心痒痒,于是在凉亭留下了许多对联、诗赋,慢慢就变成一种凉亭文化。凉亭题联多切地切景,通俗有趣。主要有如下几种类型:

功能型的。如:"四大皆空,坐片刻,无分尔我;两头是路,吃一盏,各自东西。""前路赤炎炎日,试问能行几步?这里凉飕飕风,何妨暂坐片刻?"

招呼型的。如:"从哪里来,到此不妨坐坐;到哪里去,相见便可聊聊。""坐一下,来呀,哪管前途山水远;饮几杯,走唄,只求世道义情长。"

关怀型的。如:"不费一文钱,过客莫道茶味淡;且停双脚履,劝君休说路途长。""一掬甘泉,好把清凉浇热客;两头岭路,须将危险告行人。""后会无期,此后莫忘今日语;前程无限,向前须问过路人。""上岭难平气,下岭气难平,暂坐数分钟,平平气;抬夫欲息肩,挑夫肩欲息,缓行几步路,息息肩。""那条窄路且须让一步,他过不去,你怎过得去?这种担子也要分几分,我做不来,谁又做得来?"

启迪型的。如:"两脚不离大道,吃紧关头,须要认清岔路;一亭俯视群山,占高地步,自然赶上前人。""南北两途往来凭解渴;古今一样善恶看收场。"

抒情型的。如:"无价风光易得;有情茶味难寻。""半岭小楼泉石崖花云外赏;山亭远眺风帆沙鸟日边来。"

过路人、观光客在凉亭里边休憩,细品那些缀饰于凉亭的对联,有如喝冷饮般清心爽神,别有一番情趣。

由于凉亭文化俗而不媚,凉亭建筑简朴大方,后多被园林引进模仿改造,形成一种园林亭文化。不过这个亭已经没有亭的本义而成为了一种景色装饰。

过去的凉亭相当于现代的高速公路服务区,省道国道的加油站。随着公路的扩建,交通状况的改善,过路凉亭已完成其历史使命,退出了人们的生活。大多数凉亭已经坍塌湮没,少数保存下来的也多破败不堪。凉亭文化也将消失,下一代,下一代的下一代,可能不知世间有供路人避风遮雨歇脚休憩的凉亭,他们只知道公园里有亭子,亭子是用来配景的。

凉亭在坍塌、在湮没,凉亭消逝停不住。这消逝停不住的"亭",虽然是社会发展的必然,但更是一种文化的消亡,历史记忆的淡忘。为了守住历史的记忆,凉亭文化也应列为中国非物质文化遗产进行抢救。

说了以上那么多的话,就是为了这个目的。

铅华退去雷家市

∨
∨
∨

　　雷家市距新塘镇3公里,位于洣水入湘江处下游200米的金龙山下。雷家市背山靠水,因街东头金龙山上葬有宋指挥使雷千一,便称雷家市。山下有一溪流入湘江,故又称雷溪市。

　　雷家市是湘江中上游的历史重镇。明成化二年(1466)设巡司,到清初才被废。雷家市又是"衡山十景"中"雷家夜月"之地。雷家夜月也称"雷溪双月",因洣水流入湘江形成一个折射面,天空中的明月倒映水中却有了两个月影,让人称奇叫绝,成为雷家市的一胜景。昔日赏月之人络绎不绝,遗诗颇多。衡山县儒学训导王肇曾赞雷市夜月:

雷家夜月

埠头人散寂无哗,夜气沉沉助月华。玉兔分明澄水底,银盘端正挂天涯。

波光浩荡迎归航,柳色依稀见暮鸦。几处砧声眠不得,何堪驿使又催笳。

　　雷家市清代曾设厘金局,过往船只货运物流皆纳税。江边码头泊有商船,有时多达300多艘,连绵好几里。

　　不宽的街道,石板铺成,店铺林立。枯燥单调的船上生活,让这些商贩、船工们在酒肆茶楼找到了宣泄的地方。

　　明永乐初,兵部尚书茹瑺游此后,吟七律一首,道出了雷市的繁华。诗曰:

晓入雷家访旧游,雷家市上住人稠。酒旗拂拂招人饮,帆影翩翩背夕收。

兜率寺连通济庙,茶陵水合大源流。观之不尽江山景,收拾归吟月上勾。

可见当时雷家市集市之热闹、生意之兴隆。

雷家市不只是湘江中上游的一个码头，更是一块风水宝地。

相传，明代有著名的风水先生阳建平曾对金龙山的风水评价说："衡阳下来锯荆滩，两边都是石门关。有人葬了此行地，世世代代坐江山"。

宋指挥使雷千一的坟墓就葬在金龙山的龙鼻上。雷千一，字应春，原籍江西会昌，宋景佑三年（1036）生，元丰三年（1080），以武功升授湖广衡州府衡山县指挥使，政和六年（1116）卒。风水是迷信，好不好，没有真凭实证。但雷千一坟墓之地的神异，却让人称奇！不管什么时候，不管天刮什么方向的风，也不管刮多大的风，雷千户的坟头就是没有风。好多人不相信，到这里来擦火柴以试真伪，火柴上火苗果然一动不动。

龙头紧靠湘江边，好似金龙吸水。龙头上有一寺庙，叫通济庙，与河西的兜率寺遥相呼应。明朝的正德皇帝微服私访时曾在通济庙住过一晚，后来改通济庙叫"一宿庵"。相呼应的两寺庙都规模宏大，香火旺盛，茹瑺尚书咏雷市诗中所说"兜率寺连通济庙，茶陵水合大源流"，说的就是河东河西两寺庙。现两寺庙倒塌荒芜，不复存在。但正德皇帝所住过的"一宿庵"周围，夏天没有蚊虫叮咬，被当地人看作神奇现象，代代口口相传。

雷市因水运而兴，却因铁路而衰。始建于民国初的粤汉铁路（现在的京广铁路）贴雷市东边而过。街东的金龙山凿有一隧道，名曰"金龙隧道"。雷家市的人们说，南来的火车穿过隧道，就如呼啸的黑龙直冲雷溪市，集市的灵气冲得不见踪影。其实，铁路运输快捷便达，远远优于内河水运，南北货物走铁路而弃水运，是交通运输进步的表现。雷市因水运商船的减少而逐渐衰落。繁华的雷家市也就慢慢地从人们的视线中消失。

现在，在洣水快入湘江的100米不到的河面上架有四座桥，铁路、高速公路并列而行，雷市的交通远比过去的水运好多了。集市上的人们不是择交通线而迁，就是旧屋翻新重建家园，真正意义上的雷溪市不见了。过去熙熙攘攘的厘金局已经成了橘园，繁华的码头长满了绿油油的蔬菜。

铅华退去雷家市，空留繁华在昨天。

莫井三品

∨
∨
∨

【前言】>>>

莫井街大约形成于明太祖时期。

明太祖朱元璋统一了天下，为了恢复农业生产、发展经济，为了使人口均衡、天下太平，巩固明王朝的统治，采取了移民政策，大量的北方居民就是在这个时候来到衡东这个地方的。当时，在界溪边移来了四大姓：唐、刘、孙、莫。他们插地为标，占地开荒，成了当地的大户人家，四大家族并在界溪边兴建祠堂，搭建铺面，慢慢形成了街道。后来莫家败落，街道上的铺面也卖给了人家，但莫家挖的那口井没有卖，保证了街上居民饮水之需，街上居民为了感谢莫家的大度，就把街道叫作莫井街。

莫井街位于衡东县东南 10 公里，是一个有深厚文化底蕴、多传说多故事的地方。莫井有三品，让周边人羡慕不已。

【一座神庙】 莫井将军庙 >>>

将军庙位于衡东县与衡南县交界的界溪饭堆岭。大庙占地 500 平方米左右，分为正殿、侧殿、钟鼓楼和寺庙主持生活用房。正殿门上匾额很有特色，正面看为"天上飞来"，左侧看为"虎啸南山"，右侧看为"传文佈武"。三面文字都是对庙内供奉将军的歌颂。

将军庙为清朝总兵颜朝尧所建。颜朝尧为衡东莫井人氏,奉旨平息西北叛乱,屡战屡败,屡败屡战。正当他想自杀以谢皇恩时,冥冥之中有神人托梦于他,仗该如何打。第二天颜总兵按梦中战术出击,大获全胜。皇上封他为西北侯,赏万两黄金。颜总兵班师回家路上,遇一破败小庙,他进庙燃香跪拜,抬头一看,龛上坐的神像就是托梦于他如何作战的神人。一打听,原来小庙供奉的是汉代名将李广将军。看着荒茫地区的破败小庙,颜总兵决定把将军神灵请回家,重建将军大庙,重塑将军金身,永享香火供品。于是,在颜朝尧家乡的界溪饭堆岭建起了李广将军庙。

历史上的莫井并不闭塞,是衡攸驿道的必经之地。在莫井这个山间盆地里,有许多官宦人家、商家名人建有大屋场,如罗家大屋、鹅形大屋。驿道间形成了一条古街,古街东头是饭堆岭。颜朝尧第六代孙颜德伍,于道光年间在饭堆岭山麓、古街尽头重新修建了将军大庙,把饭堆岭的将军庙移至莫井街,把请回来的将军塑身安放在街头。

新建大庙两进三横,一进为鼓室,二进分正殿和左右殿。一进大门上方有"将军庙"三字,铁画银钩,最为耀眼,远近闻名。正殿上方有一匾高悬,匾上"天上飞来"四字金光夺目。殿门两旁有一"北平"二字冠对(李广曾为右北平太守):北伐匈奴,率师徒奏凯言旋,何妨将铁板长敲,唱大江东去;平成天地,为闾阎皁财解愠,最好是瑶琴一曲,引熏风南来。内端坐李广将军塑像,目光如炬,不怒而威。

左为财神殿,右为观音堂。

大庙前有宽阔的操坪,对面有巍峨的戏台。戏台正中有竹丝编织的横匾,正面为"传文佈武"四字,右看为"龙吟北海",左看为"虎啸南山",一匾藏三联,变化真神奇,被誉为洣水沿岸第一戏台。

横匾两边有嵌"界溪将军"四字的两联:一联为"界分臧否两途,看此间得丧穷途,天地古今同一曲;溪漾波澜万顷,淘不尽功名富贵,王侯将相各千秋"。一联是"将无作为,以假乱真,顷时现古今世界;军旅不前,弦歌迭奏,固国恃险阻山溪"。庙内有僧人长住,晨钟暮鼓,永奏太平。从此,将军庙香火不断,信徒云集。求子求财求运,甚为灵验。

庙越建越大,神越拜越灵,将军庙也就成了远近闻名的神庙。

1944年6月,日本鬼子沿粤汉铁路南下,衡山县城沦陷,县衙迁到莫井将军庙里办公。是年7月,一队日本兵100多号人,从泉溪出发,荷枪实弹,窜扰将军庙。衡山县国民抗敌自卫队,在将军庙南面的马鞍山伏击敌人,日本兵伤死大半,再次显示了李广将军抗敌的神威。

后来将军庙庙内菩萨被毁,戏台被拆除,三间空殿改作卫生诊所,庙址成了乡政府办公的地方。

改革开放后,随着物质生活的改善,享受文化生活的欲望也越来越浓,当地人迫切希望重建将军庙。

可能是真,亦或是假,有一事促成了大庙的重建。

乡财税所有一干部丢失了一本税务票据,甚为着急。在他无计可施之时,晚上他做了个梦,梦中有一老人对他说,票据丢不了,就在某地方,只是老人没有居住的地方,想求他给一席之地。第二天,丢票据的干部真的找到了丢失的票据,并把这梦说给了大家听,大家觉得一定是昔日灵验的将军在求给他安身之所。建庙的呼声越来越大,在有心人的奔走呼吁下,人们捐资捐物,重建将军庙。原址已经是政府机关,就把重建的大庙仍建在界溪的饭堆岭上。1991年岁末冬月竣工落成。1994年扩建,恢复了大庙原貌,2005年增建了观音殿和财神殿,2014年把大庙前栋拆掉重建,与原貌规模有所变动,增添了室内一些生活设施,开辟了一条水泥砂浆登山梯道。这就是我们现在见到的界溪饭堆岭上的将军庙。

现在每年农历的五月二十四日,为将军庙的庙会日,来自衡东衡南附近的香客上万人,也有广东、东北等远地的香客慕名而来。真是"界上求财财万贯,溪中拔浪浪千重"。

【一条古道】 昔日繁华路,今天荒草掩 >>>

从江西到湖南,从井冈山到南岳山,除了水路涨水外,还有一条旱路。这条旱路,是一条重要的驿道,也称官道,虽然道路崎岖,逶迤曲折,但路面宽阔,可通八人大轿,并随时有人维护,清除路障,整理路基,方便路人行走。上山地段,多由石板铺就,让人登山脚步稳;涉水地段,石桥木桥架好,让人轻松走过。

据说吴家湾有一颜姓财主,家境殷实,好济乐施。财主仙逝后,女主人继续着慈善事业。为给太平岭的一段山路铺上石板,她是一块石板一块银元雇请石匠们劈石铺路直到把家财耗尽。

这路到了衡东境内,又从哪里通过呢?告诉你,它从高塘草市来,过杨林、莫井、吴集,经双园、大源渡,过湘江到老粮仓、新场市后,直奔南岳。

吴集莫井村的长冲,就是这条路的必经之地。从吴集街进入建新,过小溪后沿着长冲直入,经吴家湾(现江山村8组)后就到了岩背(现江山村9组),翻越岩背就是杨林地界,过杨林,入草市,越高塘就到了安仁攸县。

在这崇山峻岭中,原先居住着很多人家,每一条冲,每一条坳,都有自己的名字,行路者好打听,居住者好交流。地名取得俗,但让人容易接受,一般以地面有名植物来标识。

从北往南走,要经过的山冲山坳就有虎骨坳、枞茅子坳、盘格子坳、土坳、豆箕坳、油子坳、竹子坳、芭箕坳、芭蕉坳、桐子坳、梽木坳、艾叶坳……

为了方便行人,山路上每隔五里设一亭,亭子设在山隘间,莫井长冲起,往南走就有太平岭亭、河树亭、高坳亭、罗梅泽亭、枫仙庙亭。

太平岭亭,据说是太平天国时,驻兵于山头,在此建亭,亭不是很大,但亭边有杂屋几间,设饭店于内,让远行之人取食方便。

历史上以个人名字命名的亭子很少。罗梅泽亭,是当时管理此片山林的看山人罗梅泽捐资建造的。人们为感谢他提供的方便,就以他的名字来给亭子命名了。

枫仙庙亭,既是庙又是亭,既可进庙烧香拜佛,又可进亭歇脚喝茶。真是

"仙游天光山,山接神庙全宝地;客歇枫仙亭,亭连古枫尽参天"。

现在的荒山野岭,昔日却是人气兴旺。

当地居民,捕兔下套的,带狗打铳的,锄园种菜的,下田莳田薅秧的,一幅和谐安详的农耕图。

匆匆赶路者,有考功名的,有做生意的,有官家驿者,有私家保镖,南来北往,脚步匆匆,时光在步履中流逝,生活在路途中体味。真是"哪管前途山水远,只求世道义情长"。

除了赶路者、居家人外,还有在大山里讨生活的一批人。就长冲这一个村,周围就有四个纸槽屋、五六个木炭窑。这些人可能不是本地人,他们从外地来到这山冲中,靠山吃山,伐竹造纸,砍柴烧炭。他们凭自己的手艺,凭自己的气力,借他人的资源,创造社会财富和自己利润,像候鸟一样,按时定节到这里,为这条山路增添几分热闹。

现在这条路已经冷落荒芜。路上的村民也断断续续迁居山外,山上杂草荆棘也长满了路间。山还是那些山,路已经不是过去的路了。历史上繁忙的古驿道已经消逝在丛生杂草中。

【一个传说】 月光塘的传说 >>>

颜朝尧班师回朝后,皇恩浩荡,厚爱有嘉,皇上赏赐了许多金银财宝。颜朝尧回到故乡——莫井的颜家湾,先是为李广将军建一座庙。庙建在街尾的饭堆岭上,占地好几亩,便于人们朝拜祭祀。

然后就在颜家湾建一座颜家大院,以彰军功卓越。颜家大院前后四进,左右五横,好不气派。秦砖汉瓦,石门石磴,雕梁画栋,建筑非凡。但就是大屋门前缺点什么。

缺什么呢?缺水!中国建筑讲究风水,风水上说,屋前有口聚水塘,财禄福寿延绵长。

颜家大院前没有塘,也就没有水。怎么办,出生入死的将军还怕弄不出一口塘来？在一个月光如银的夜晚，一声令下，护院士兵挥锄动铲，不到一天功夫塘就挖好了。塘里没有水，打井！又是一声令下，转眼间，靠近塘边的两口水井打就，井水喷涌而出，塘水一下子就涨了起来。

塘挖好了，水井打好了，颜家大院屋前有水了。但在一栋非凡大气的大院前，一口泥坝塘成何体统？塘坝必须要用麻石砌成，才能与大院匹配。

听说距颜家湾10里远的罗家大屋，备了一大堆石料，准备来修桥建坝。颜家人为了赶工期，抢进度，不好意思了，只好到罗家大屋来"借借"这批石料了。是夜，颜家能工巧匠、家丁兵弁齐出动，用人抬，用马拉，天还没亮，一座漂亮的石坝就筑成，井水也刚好把新挖的塘灌满。

为了不让罗家人发现石料是被颜家"借来"砌塘坝的，见过大世面的一位石匠提出了用菜麸碾碎撒入塘中。第二天清早，颜家人到塘坝边一看，上面长了一层厚厚的苔藓，新石坝没有一点"新"痕迹，明明就是一座历经风霜的老石坝。

一个晚上，挖塘打井，砌坝作旧，全在朦胧的月光下完成，颜家就把这口塘叫做"月光塘"。

10里外的罗家，石料失窃，曾怀疑颜家建塘所用是自家石料，也报官备案。但官家到现场一看，绝然不是新石坝，判罗家无理取闹，案件不予理睬。

月光塘建好后，又在塘边用木板搭建了一个马厩，树起了八个拴马石墩，供前来拜望颜大人的达官贵人拴马用。马在马厩里吃料拉屎，马粪就掉在月光塘里，塘里的青草鲢鳙四大家鱼，快活地在塘里游来弋去，充足的鱼饵让鱼儿长得膘肥体壮。

【结束语】>>>

"庙宇钟灵永远香烟阴界溪，将军先烈飞琼功绩荣衡岳"，将军庙，因其灵验，香客纷至，香火旺盛。山不在高，有神则名。将军庙已经成为远近闻名的"名庙"。

传说中的月光塘还在，井也在，拴马墩也在。但颜朝尧为彰显战功所建的颜家大院已不复存在，一些建筑物件，如石门槛、石门墩等还可在原址上找到一点点。月光塘也没有原来的气派，但一点点水面还是能勾起人们对那美丽传说的遐想。

古道已湮荒草中，不是路毁了，而是交通的便捷，古道在人们的心中湮灭了。

神庙、古道、传说，这些都是莫井的历史、莫井的文化，讲好莫井的故事，就是记住了莫井的乡愁。

白莲印象

∨

∨

∨

　　白莲镇位于衡东县城以北 17 公里,山清水秀,风光旖旎,人杰地灵,是远近闻名的美丽乡村,以"荷花"而被众人所知。其实,白莲镇除千年白莲风情园外,还有白莲古寺遗址、爱莲书院遗址、白莲仙湖、乌琴夕照、千年荷塘、荷塘月色、王家奇寨、鱼跃荷浪、及第马房等自然和人文景观。

　　2017 年,经县旅游部门推荐、市旅游景区质量等级评定委员会专家评估,衡东白莲风景区正式获批为国家 AAA 级旅游景区。

　　如今,到白莲观莲花美景、寻马房及第故事、品小初绿茶、探万亩杉林成为衡东旅游一大时尚。自 2014 年以来,吸引游客 120 万余人。

　　白莲印象,因人而异、因时不同,但白莲的最深印象还是人才辈出、人杰地灵、民风憨厚、风景优美。有诗为证:

尚德百年文风开,马房及第新篇来。

莲花满园赞廉洁,水库扬波锁晴岚。

一、尚德百年文风开>>>

　　白莲尚德中学校的前身是乾隆九年(1744)由当地人向日登创办的竹林书院,地址就在马鞍山下的白莲寺。乾隆四十三年(1778)竹林书院改名为爱莲书院。

　　清朝末年,国内各种矛盾激化,国外列强咄咄逼人。清政府为了延其统治,在慈禧太后默许下，开始了自上而下的新政，教育方面也开始了较大幅度的近代化。清光绪三十年（1904），举行最后一次科举考试后，中国教育也由官方自上而下按照西方模式确立了中国教育制度，全面引进西学中的自然科学，如中学堂开设的课程除有修身、读经讲经、中国文学、历史外，还开设外国语、地理、算学、博物、物理及化学等；教学上打破了封建教育机械记忆为主的教学方法，注重理解运用、实践。

白莲人向乐谷受业于衡阳船山书院山长王闿运门下，清光绪三十年（1904）赴日本留学，毕业于东京弘文学院。回国后，历任衡山县劝学所总董、衡州府中学堂和南路实验学堂的监督。宣统元年（1909）当选为湖南省咨议院咨议员。他积极倡导西学，1911 年，报呈衡山县公署备案，在爱莲书院地创办私立向氏尚德小学。这是衡东地区创办最早的一所学校。

民国元年（1911），向乐谷任陇南观察使、渭南道尹，民国四年（1915）辞官还乡，亲任校长，倾其心血，为倡导创办的尚德小学筹经费、扩校舍、聘教师忙得不亦乐乎。民国五年（1916）被任命为湘江道尹，兼任湖南省财政厅厅长。民国七年（1918）弃官归田，专心尚德小学发展。

尚德学校以"相尚以德，惟德化人"的办学理念，教化了地方，培育了英才。白莲文风开化，民淳俗厚，赢得了"前山白莲，后山白果"的美称。

尚德百年，捐资助学，后继有人。向乐谷之子向大延，缅怀先父创办尚德学校的情思，一生节余，不遗子孙，先后为该校捐资近 500 万，兴建了乐谷文教纪念馆、教学大楼、尚德礼堂，创立了大延助学基金。还有向首谦老先生的"向首谦基金"、向明明先生的"莲园科技助学基金"、李满波先生的"向大云助学、奖学基金"等，形成了捐资助学、尊师重教、文化兴乡的浓厚氛围。

尚德百年，人才辈出。政界要员、大学教授、专家学者，英才纷呈。正如尚德学子、湖南师范大学中文系教授周寅宾所作的《尚德校歌》所颂的那样：

衡岳之东，洣水之滨，马鞍山下白莲香。立志尚德，勤敬勇朴，优良传统要光大。刻苦学习，尊师守纪，德智体美全成长。春风化雨，桃李芬芳，锦绣中华永增光！

二、马房及第新篇来>>>

古时候，白莲马房村不叫马房村，叫晚房村。衡东方言，晚房就是满房，满房是家族族谱中排行最末那一行（最小儿子）居住的地方。

相传有一文一武两位秀才路过该地并借宿于晚房村。听说马鞍山下的白莲寺神灵特别灵验，有求必答，心诚则灵。是夜，两位秀才向寺庙菩萨许愿祈祷，希望考试及第。后来，两人在乡试、会试、殿试中三元及第，双双蟾宫折桂。为感恩神明灵验，二人披红挂彩，骑着高头大马重返此地，进寺叩谢神明。

当地人为了激励后人奋发读书，考取功名，遂把"晚房"改为了"马房"。马房及第钟灵地，激励后人当自强。

"马房及第"是一个美妙的传说。说明这个地方地毓钟灵，是个出人才的地方。

进入 21 世纪的马房村，在社会主义新农村建设的大考中，真拔得头筹，状元及第了。2018 年 8 月，马房村荣获第五届全国文明村镇。一个崭新的"桃花源"呈现在世人面前：潺潺的流水与碧绿的菜畦交相辉映，葱茏的树木与清新的空气相得益彰，整洁的房屋与干净的村道完美融合，一条 8 米宽的村级干道挺直了村里的"脊梁"，水泥路连接着每家每户。八月桂树飘着扑鼻的清香，九月紫薇开着娇艳的花朵。晚上，盏盏路灯照亮人们回家的路，全村所有村民和睦相处，齐心协力建设新马房，有钱出钱，有力出力，没有一个讲价钱，没有一个不是心悦诚服。

几年来，马房村不断接受大考。"市农村环境综合治理示范村""党风廉政建设示范村""省级社会主义新农村美丽乡村示范村""全国文明村镇"，不断接受县考、市考、省考、国考，且越考越勇，越考越好。

三、莲花满园赞廉洁>>>

盛夏，走进衡东县白莲镇"千年白莲风情园"，4000 亩荷花生机盎然、美不胜收。只见荷花星罗棋布于水塘间，朝阳下如彩霞般艳丽，如宝石般夺目，好一幅

"灼灼荷花瑞,亭亭出水中"的美丽画卷。

倚亭近观,脑中自然而然就浮现出朱自清的《荷塘月色》:"曲曲折折的荷塘上面,弥望的是田田的叶子。叶子出水很高,像亭亭的舞女的裙。层层的叶子中间,零星地点缀着些白花,有袅娜地开着的,有羞涩地打着朵儿的;正如一粒粒的明珠,又如碧天里的星星,又如刚出浴的美人。"

"莲花",本不称"莲花",古称水芝、芙蕖。因为它出自污泥而不染尘埃,濯清涟而不妖,被世人奉为廉洁的象征,故后人就取"廉洁"的"廉"字之音改叫"莲花"。又因它中通外直,不蔓不枝,香远益清,于是把人廉洁、正直的高贵品质用莲花来替代:"品德为首,廉洁为根;一心为公,两袖清风;清白做事,坦荡做人,谓之莲者。"

对于这一莲花盛景、荷塘艳色,衡东县纪检监察委、衡阳市纪检监察委有意把白莲风情园打造成廉洁之园、廉政之园。

更奇妙的是,白莲镇的莲花似乎尤得上天之垂爱。当地的村民说,千年前白莲镇原有一口百亩荷塘,盛开白莲,且莲藕有九孔,与众不同,细腻无渣,口感清脆,在清朝时被列为贡品。由于种种原因,那百亩荷塘至今只剩下近 30 亩,这里生长的莲藕皆为九孔。曾有村民将其移至其他的池塘则变成八孔,将其他池塘的藕移至此池塘则变为九孔。缘何发生如此奇妙的变化,到底是因为此池塘水质和土壤,还是其他原因,至今未解。

白莲莲花园,风景独具、风味独特,是风情园,是廉洁教化基地,是廉政教育阵地。

夏至季节,你可以优雅地泛舟于清清白莲仙湖中、漫步于千年白莲风情园内,品尝衡东特色土菜,静静体会这毓秀的自然生态、深厚的土菜文化、独具特色的乡味以及生动活泼的乡村休闲生活,更可以仔细玩味莲花的高贵品质。

四、水库扬波锁晴岚>>>

除了观赏荷花,去"白莲水库"泛舟扬波是游客的"必修课"。从镇上出发,沿着山路盘旋而上,约摸5分钟之后,视野顿开,白莲水库映入眼帘。

白莲水库为衡东县内第一大水库。1958年8月开始建设,1959年建成蓄水。2003年对水库又进行了维修加固。大坝坝高30米,坝长140米。控制流域面积35.3平方公里,库容量为3300万立方米,正常蓄水面积4785亩,灌溉农田4.54万亩。

白莲水库是一座岛屿遍布、碧水潆洄、青山滴翠、百鸟歌鸣的地方。这里群峰倒映,树木峥嵘,奇花异草,晴岚雨雪,气象万千。夏日的山尖流云缠绕,湖面微波涟漪,两岸树影倒映,湖水黛黑如玉。如果你兴趣十足,可泛小舟慢游水库,一小舟在静静的水面上,任轻风吹拂,看白云苍狗,鱼龙变幻,听鸟鸣涛声,飘飘欲仙,令人顿有凭虚凌空、飞入仙境之感,不禁想起李白的那首诗"两岸青山相对出,孤帆一片日边来"。

水库有到东烟小枧的渡船,码头就设在大坝东岸。赶集的农民、上学的学生都靠渡船来过渡。如果你有雅趣,不妨坐一坐这机动渡船,站立船头远眺,见上下天光,碧波粼粼,心旷神怡,什么忧愁、烦恼,压力、疲惫,统统抛于一泓湖水中。当地有一农民诗人曾撰联赞曰:

白日依山山环水;莲花结果果同心。

近年来,白莲镇对水库大力实施生态保护,已全面禁渔,"现在水清了,鸟多了,鱼欢了。"青山绿水成为了衡东冬泳队员冬泳的顶级游泳基地。

石湾河中有只"鳌"

∨
∨
∨

湘江北去,在衡东石湾镇的回澜湾折向西流。水流转向,流速放缓,慢慢地泥沙就沉积下来,千百万年的泥沙积淀成了湘江衡阳段最大的江心洲。此洲名叫"鳌洲"。有人说洲呈狭长型,因形似鳌鱼故名"鳌洲";有人觉得此洲长在河中间,不管湘江洪水有多大,洲上从来没被淹过,好像水涨洲长,似一只活蹦乱跳的大龟,故称为"鳌洲"。我个人觉得第二种解释更贴近实际些。

鳌洲长近千米,最宽处约300米,总面积400多亩。整个洲分三段,洲头为防洪林,高大的古樟和桑树,排排耸立,撑起了一片绿荫,编织了一堵防洪大网;洲中为耕地,大约100亩左右,种植花生、棉花、辣椒等经济作物和柚、橙、桑葚、柿子等水果树,这些是村民的主要收入来源;洲尾为居住区,四个小组的居民房屋建在一起,挨栋接户,犹如城市布局。

衡东的大规模开发始于明朝。历史上中国有几次大的人口大迁移,其中以明代的人口迁移规模最大。为了恢复农业生产、发展经济,巩固明王朝的统治,明洪武年间,朱元璋采取了移民政策,按"四口之家留一、六口之家留二、八口之家留三"的比例进行人口的北南大迁移。从洪武三年至永乐十五年,明朝政府先后从山西向全国广大地区移民十八次。

溯湘江而上的外迁移民,对于这片江心沃土当然不会放过。

据《罗氏族谱》记载,罗宝玲为鳌洲房始祖。明弘治年间由衡山三抵徙迁鳌洲,至今,鳌洲房已衍至25代,约3000余人。他们分居于衡东县石湾鳌洲、石坝湖、贺家冲、颜家冲、石湾、茶石、坪里、导子坪及株洲、长沙等处。鳌洲原以罗姓为主，后来李、周等姓逐渐迁入，现他们杂居于一洲。

其实，罗氏家族逐水而居并非衡东鳌洲，在湘江株洲下游段江心处有一古桑洲，形似一条鲶鱼，当地也称"鲶洲"，约3.5公里长。最初的洲上居民也是罗氏先祖，他们世代以打鱼、养蚕为业，与鳌洲居民的生活方式有异曲同工之妙。

鳌洲是一块风水宝地。自从罗氏家族登洲以来，经过几百年开发，已经是一个绿树成荫，地肥水足，房舍井然，百姓安居的美丽河心洲。

鳌洲已经成为石湾镇避暑消夏的良好去处。洲头分水嘴有一片沙滩，洁白细软，滩水结合部水深不过两米，是天然的浴场，这里可戏水狂欢，也可随波逐流。洲头防洪林，古树参天，树冠密蔽，曲径通幽，凉风习习，消暑纳凉，心旷神怡！洲上蔬果飘香，绿色环保，乡风乡情，质朴甘淳，住农家土舍，吃农家饭菜，醉心其中，其乐融融。

衡东县委、县政府与鳌洲村民，正在着手打造鳌洲生态休闲游。炎炎夏日，或带上一家人，或邀上三五好友，到古树密林吹吹风，天然浴场游游泳，果园菜地尝尝鲜，农家饭庄品品味，不亦快哉！

寺院荒了，禅宗文化还在不?

——杨林南湾线之穿越

> ∨
> ∨
> ∨

　　从杨林镇寺门前村进山，一条村级公路爬过佛坳，进入了南湾乡塘江村。沿山溪而下，七拐八弯就到了茶旺村。再往南行，就是江东水库库尾。沿着水库右岸行驶，终于来到了大坝所在地——合江村。合江村向南行两公里就上了吴南公路，杨林南湾线穿越完毕。这一条线全长大约 20 公里，车行时间 40 分钟，步行时间 5 小时左右。

　　沿途风景如画，美色迷人。有红艳艳的映山红，有黄灿灿的老虎花，有白皑皑的栀子花。山岭云雾缭绕，山坡翠竹挺拔，山下民舍井然。山风迎面吹来，清爽沁脾，鸟鸣擦耳而过，婉转悠扬。村民诚邀你进屋歇歇，养蜂人热忱割蜜请你尝尝。这里民风淳朴，好客热情。

　　有网友沿线一游，没有找到寺庙，认为"寺门前"这个地名与寺庙无关。经考证，其线路上有寺，有庙，有禅宗文化。

　　据文献资料记载，明朝洪武年间(1368—1398)这里有个著名的寺院名叫"翻龟寨寺院"，就在翻龟寨山上。明朝有僧人冲虚子曾一度在此修行。入山的山门位于"翻龟寨寺院"的寺门前，因此，这里被人们称为"寺门前村"。只是寺院遗址已被树木遮掩，痕迹难以寻找罢了。

　　进得山来，沿着山谷而上。山谷右边有长达数里的垂直节理发育明显的花岗岩岩壁。岩壁高数十丈，在石壁中段有一座天然雕琢而成的石像。他面容慈善，笑口常开，双臂微垂，端坐在莲花石上，人们称之为"玉佛神岩"。公路在山谷的左岸逶迤前行，要翻过一个山坳，才能进入大山中的塘江村，人们把这坳称为"佛坳"。

玉佛岩

佛坳是杨林镇与南湾乡的界山。

　　只要你留意一下，你就会发现，从杨林镇往山中南湾乡的茶旺、塘江走，就会发现一连串与佛教有关的地理名称。在进山前的大坳里，有一座小山岗，山不高，但很有名。山中有一大岩洞，当地人称为"浴佛岩"。岩洞内有一条深深的暗河，深不可测。说是山上寺庙的大佛，每当夜深人静之时，就潜入洞内洗涤身上污物，面壁思过，消除心中杂念，故称"浴佛岩"。

　　传说济公和尚云游到此，就住在翻龟寨寺院，听说浴佛岩的水有消祛欲望杂念的功效，也就决定去岩洞里洗一洗。济公和尚到洞内一看，一泓清水深不见底，洞深不知几何。济公把破鞋一脱，对鞋一声"唵嘛呢叭咪吽"，破鞋瞬间变成了一对鸭子，鸭子"嘎嘎嘎"叫着向溶洞深处游去。第二天，人们在四方山的龙王泉发

杨林南湾线穿越风光

现了这对鸭子,原来浴佛岩通龙王泉,龙王泉可是与东海相通哟。

衡东是块神奇的土地,在农耕文化时代,人们敬畏自然,崇拜神灵。所以也就有了许多寺庙,地域文化烙上了宗教文化印痕。杨林翻龟寨寺院东有太平寺,西有庙冲,北有晏公庙,南有灵山庙。就在寺门前村,还有一个钟飞寺。某年的一天,翻龟寨寺院里的大钟疾飞山下,砸落在浴佛岩前面的禾田里。后来人们就在钟落的地方建起了一座寺庙,叫钟飞寺。

杨林南湾穿越线上,不但是一条自然景色迷人的线路,也是一条佛教文化深厚的线路。在安步当车的古代,人们从攸县而来,就要经过盼儿岭的石头庙、太平街的太平寺、佛坳的翻龟寨寺、塘江的飞龙寺、茶旺的观音庙,然后向西去衡阳、郴州。

济公走了,寺院荒废了,禅宗文化还深深印在杨林南湾穿越线上。

洣江风光带,流淌着幸福与祥和

∨
∨
∨

洣江风光带,位于洣水河畔,环县城而行。全长大约 5 公里,由车道、绿化隔离带、步行道组成。

车道为双向四车道,叫洣江大道,是小县城外环线的一部分。汽车站、货运站建在城北,老大桥、新大桥建在城南,县城实行车辆分流,城区只允许小车和公交车通行,因而,洣江大道成了一条流量大的车道。

绿化隔离带宽窄不一,最宽的地方有近 50 米,最窄的地方不过 10 米。

绿化隔离带是绿色的,铺天盖地的绿!阔叶的香樟,细叶的山槐,飘香的桂花,耀眼的玉兰,绿得油光可鉴的鸭掌木,俏得一塌糊涂的六月雪,争奇斗艳,竞相登台。还有那映山红、小樱花,从不争俏,只是适时绽放,为风光带增添时令鲜艳。还有那叫不出名的红花绿草,肆无忌惮地生长在这里,即使是严寒的冬天,也举着绿色的大旗走来,没有半点寒意和萧瑟。

步行道紧靠河岸由高低两道组成,途中布局有广场、戏台、凉亭、文化墙等。尽管车道车来车往,因为有了绿化带的隔离,依然不失宁静和祥和。

风光带的美,在夜晚表现得淋漓尽致。

华灯初上之时,道路两旁璀璨的灯光、城市建筑墙上的霓虹灯、大桥上的装饰灯,辉耀风光带。树暗的影,灯亮的光,欢悦的人从各自的住处走来,有的踩着音乐节拍,跳起欢快的广场舞来。光耀盛世,舞动年华,一举手,一抬足,都是一种幸福表达;一微笑,一问候,都是快乐传递。那声声悦耳的音符,不仅是舞

蹈的节奏,更是人们生活的调剂。大伙儿脸上分明写着,咱们跳的不是舞蹈,而是快乐与幸福。

健身器材上锻炼的人们,男女老少皆大欢喜。儿童在攀爬绳上攀爬着,小伙子在单杠上翻飞着,大婶在拉伸器上牵拉双臂。一个比一个来劲儿,一个比一个矫健。生活好了,要靠强壮健康的身体慢慢享受。

顽皮的孩子们,在爸爸妈妈爷爷奶奶们的视线内,快乐追赶,放声尖叫。更多的人是在步行道上流动着,有急速跑的,有快步走的,有缓慢行的。他们步步踏实,步步信心十足。

有的坐在石凳上,或三五知己,畅谈人生几何,或一对情侣,低吟浅笑,情意绵绵。

洣水缓缓流去,细浪喃喃;河风迎面吹来,温暖绵绵。

天上悬挂的不论是满月还是新月,是上弦月还是下弦月,照在石凳上,都有一种淡淡的情怀,悠悠的意境。

那浅淡的路灯,照得夜色朦胧,如微醺的脸容,不醉不晕,正好。

风光带上的夜生活,热闹而不失宁静,简单而不失高雅,幸福穿梭在其间!

衡东城从建城的那天起,就成了洣水河畔一颗璀璨的明珠。在几代人的精心打造下,现已成为了一座生态之城、宜居之城、幸福之城。风光带是县城佩戴的腰带,耀眼夺目,流淌着幸福与祥和!

衡东节日

HENG DONG JIE RI

　　节日是一种重要的民俗文化，是民众长期的风俗习惯、生活习性形成的一种文化现象。衡东民俗就是指衡东地域内民众在长期的共同历史生活中，逐渐形成并为衡东人共同遵守的荣辱观、尊卑观、嗜好、价值取向、习惯等价值理念，这些理念根深蒂固于衡东人的头脑中，并为衡东人所自觉遵守，塑造出了具有衡东地域特色的人格模式。民俗文化其存在价值，就在于它具有很强的精神力量和价值取向功能。不同的民俗文化，可塑造不同品位的人，不同品位的人创造出有着本质差异的生产力和其他要素，进而影响经济发展、社会兴衰。衡东民俗文化有精华，也有糟粕，对民俗文化要甄别，有的要发扬，有的要革除，有的要创新。这样才能在构建衡东人文中显示出强大的力量。民俗文化主要是通过节日、习俗等载体来实现的。各地都有自己的节日，但各地的节日内容形式并不相同，衡东的节日就有自己的特色。

春节拜年

∨
∨
∨

正月初一是新的一年开始,鸡鸣即起,第一件事就是开财门,燃放鞭炮,向财神拜年,恭迎财神进屋。开门燃放鞭炮后,则向新年吉利方向,奉香燃烛,叩拜天地,俗称"出行",也就是向天地拜年。然后,厅堂设香案,依长幼次第上香,向祖先拜年。再提灯笼携香楮,到寺庙烧香,向菩萨拜年。完成这三个程序后,合家大小聚集厅堂,围坐在摆着花生、瓜子、糖果、饼干等各色食品的桌前,向父母、长辈拜年,说些健康长寿、新年发财之类的吉利话。同辈间相互拜年,拜年词多为发财、走运、心想事成之类。

新年第一个早餐争早。饭后家长率子女(过去女儿不出去拜年,现在已经改了)向邻友族戚拜年。慢慢地拜年队伍越走越大,东家进,西家出,道一声"恭喜发财",说一句"新年快乐"就走了,茶也不喝,凳也不坐,只接过主人家的一支香烟,就快速离去。

这一天,路人相遇,不管有无交往,无论生熟,甚至过去的积怨仇人,都笑脸相迎,互相拱手拜年。

衡东人拜年约定俗成:初一崽,初二郎,初三初四拜舅、姨娘。所以初一拜年不远行,初一这一天,没有了交通拥挤,甚至初一日根本就没有交通车。初二日开始,路上行人如织,人们都在忙着拜年。拜年到底拜多久?也没有一定的规定。民谚说:"拜年不失统,拜到浸禾种,拜年不失塌,拜到四月八。"意思是说,拜到浸禾种时节了,也没有失去传统,如果每天拜年不断,也可以延续到四月初八。一般来说,拜年到出元宵节也就差不多了。拜年要早拜,显示诚意,所以又有了谚语:"拜年拜得早,呷个猪头脑,拜年拜得迟,呷块萝卜皮。"衡东还有俗语说:"一个月种田,两个月过年,九个月耍钱。"过年的时间前后也就两个月左右。

元宵闹春

∨
∨
∨

    农历正月十五为"元宵节"或"灯节"。人们称"出节",表示年已经过完了,一年该开始工作了。首先,是过年的食品吃完了,叫"空了坛子出了节,赶得老鼠外面歇",家里没有了老鼠吃的食粮,老鼠该外出找食物了。其次是家里的尿桶必须这一天腾空,把尿倒到菜地后,要用火把把尿桶熏一熏,表示去掉晦气,迎接一年的好运气到来。现在厕所有抽水马桶,这步骤就省了。

    "闹元宵"是必不可少的。闹元宵体现在"闹"上,节前数日,各村都准备了龙灯狮舞,十四日就开始闹,十五日到高潮。龙、狮为主角,高跷、扮故事、采莲船、车马灯随后,东村进、西村出,鼓乐齐鸣,烟花怒放,人头攒动,奋亢激昂。各式彩灯悬挂于市,灯面有故事、书画、诗歌、灯谜,人们赏诗猜谜,其乐融融。

    元宵节必吃元宵,元宵糯米做成,圆圆的,白白的,可炸可煮,味道甜美。吃元宵象征着团圆和睦,康乐幸福。元宵节应该是年后的第一个传统节日。元宵节又称上元节,甚至有的地方还称为小年节。这个节日,恰是新的一年中月亮从亏到盈、从缺到圆的时候。天上月变圆、地上人团圆,美好时光不容错过,人们放下手中的活,走出家门,欢聚在一起,共同庆祝这月圆人圆之夜。于是就有了"闹"元宵一说。闹元宵重在一个"闹"字,人们载歌载舞,舞龙耍狮,纵情欢娱,形成了独具特色的中国狂欢节。

    中国的元宵节虽然历史悠久,但地域差异还是明显的。

    衡东的闹元宵具有衡东的地方特色。吃元宵、耍花灯、舞龙、耍狮、扮故事,这些与北方相同。但不像北方那样,集中在一个地方狂欢,而是走村串户上门送欢乐。

一个龙灯队，少则十几人，多则百十人，有狮有龙，敲锣打鼓，送灯上门。主家站在门口，燃放鞭炮迎接龙灯。龙狮穿堂过户，再在门前上下翻动，好似蛟龙腾飞、饿狮捕食，据说龙狮进屋会带来瑞气、带走晦气的，所以主家都希望那纸扎的猛龙和布做的雄狮进屋过一遍。客气的主家，又是递烟，又是发红包，耍龙狮也就更来劲了，炮放多久，龙狮就耍多久。

舞龙耍狮，不只是形式的热闹，更是文化的体现。耍狮要唱"对"，也就是四六句，内容以讨吉利、颂功德为主。如："狮子门前舞，催我不用鼓。主家发大财，钞票不用数。"如："时值新春庆新年，主家今年赛去年。连生贵子好福分，荣华富贵喜连连。"

如果主家显得有文化，就会要与舞狮人对对子。对对子，俗称"出对"，对对子很有趣，主家出四句，耍狮队伍对四句，一来一往，看谁接得好，对得妙。如："狮子背上六粒炮，要过垅来要过坳。这边留你喝酒，那边等你吃溂。"这"对"是告诉耍狮人还是在这里多耍耍。耍龙的人接着说："龙头上面两盏灯，恭贺主家把福增，一祝主家六畜兴旺，二祝主家五谷丰登。"出对子，对对子，主家想要挣面子，既要有足够的鞭炮，还得有一定的文化水平。如果对不上对子，龙狮也就留不住，主家也就丢了面子。为了保留面子，主家甚至先就请有文化、能对对子的人在家中等候龙狮上门，在耍狮对对的过程中挣回足够的面子。

城里人耍狮虽不进家入宅，但门市铺面是一定要去的。广场或人密集的地方除耍龙舞狮外，还要举办灯节。现在耍龙耍狮看重的是形式，没有了民俗中的内涵了。走村串户，图个热闹，有的更是图点经济收入。

猜灯谜、扮故事也少了，既没人来组织，也没资金来消费，这些东西只能在电视上欣赏。但有些商家作为一种促销手段，也会请来一些二流三流演员，演出一些现代节目，制作一些灯谜，让观众看看、猜猜，还会将销售的一些小商品作为奖品奖给观众。这样的小戏台也是人气十足的。

北方的元宵夜是彻夜狂欢的，而衡东的元宵夜是早早收场。城里，大概到了晚上10点钟就曲终人散，早早回家睡觉了。因为次日是孩子上学、家长上班的日子，必须要养足精神，新年第一天的学习、工作马虎不得的。农村收场可能更早。耍完龙狮后，经过一个仪式，把纸扎的龙、布缝的狮挂到一间专门的小屋子的墙壁上，这仪式叫"送灯"。

三月三日,地菜子煮鸡蛋

∨
∨
∨

衡东人在农历三月初三日,喜欢吃地菜子煮鸡蛋。农村人在地里扯一把地菜子,洗净带回家,锅里放入水和鸡蛋,煮熟后家人每人吃上一两个鸡蛋。讲究的人家,还在锅里放上红枣、生姜、枫球子。

城里的农贸市场上有新鲜的地菜子出售,一把一把的,市民买一两把回家自己煮鸡蛋吃。还有市民趁着天晴,也到郊外自己采摘地菜子。

衡东人吃地菜子是一种风俗,也是一种传统。"三月三,地菜子煮鸡蛋"已成定俗。

为什么要在三月三日吃地菜子煮鸡蛋?衡东人认为三月三日,是王母娘娘生日,王母娘娘是人们的保护神。她有两个法宝:一是她有吃了可以长生不老的仙丹,二是她有吃了能延年益寿的蟠桃。农历三月三,是传说中王母娘娘开蟠桃会的日子。人们吃不到仙丹也吃不到蟠桃,但这一天能吃上地菜子煮鸡蛋,也能强身健体,延年益寿。"农历三月三,不忘地菜煮鸡蛋。中午吃了腰板好,下午吃了腿不赖。"

关于三月三地菜子煮鸡蛋的风俗,人们更多地认为是来自于长江以北的江汉平原地区。传说,三国时期,名医华佗来沔城(湖北江汉平原的仙桃市境内)采药,一天,偶遇大雨,在一老者家中避雨时,见老者患头痛头晕症,痛苦难堪。华佗随即替老者诊断,并在老者园内采来一把地菜子,嘱老者取汁煮鸡蛋吃。老者照办,服蛋三枚,病即痊愈。此事传开,人们都纷纷用地菜子煮鸡蛋吃。

华佗给老者治病的日期是三月初三，因此，三月三，地菜子煮鸡蛋，就在沔阳形成了风俗。随着人们南迁，江汉平原一带盛行的"三月三，煮地菜"习俗也就传到了衡东境内。

地菜子煮鸡蛋，真有其功效？地菜子即荠菜，据《本草纲目》记载："荠菜味甘性平，具利尿、明目、和肝、强筋健骨、降压、消炎之功"。它不仅营养丰富味道鲜美，而且药用价值很高，被誉为"药食兼优的佳蔬良药"。三月三又为荠菜花生日，这一天的地菜子药用价值最高，于是人们把这一天定为食荠菜日。心诚则灵，习俗就这么传承着。

在中国，三月三日也是一个很重要的节日。这一天是清洁、游戏、踏青、祭拜的日子。《后汉书·礼仪志上》说："官民皆絜（洁）于东流水上，曰洗濯袚除，去宿垢疢（病），为大絜"。后又增加了临水宴宾、踏青的内容。临水宴宾即"曲水流觞之戏"，人列坐水滨宴乐，酒杯随水漂游，流至谁面前，谁就饮干杯中酒。王羲之的《兰亭序》记录的就是晋穆帝永和九年三月三日，他与孙统承、谢安等四十一人在会稽山的兰亭聚会，在水边举行祭礼游乐一事。踏青，就是人们的春游活动，"江水冰消岸青青，三三五五踏青行"。同时，这一天也是一个祭拜日，祭拜天地神灵，祈求五谷丰登、六畜兴旺。

清明扫墓

∨
∨
∨

　　清明节是我国最重要的祭祀节日,是祭祖和扫墓的日子,是一年一度中国人对自己祖先表达敬意与感谢之意的节日!

　　清明节大约始于周代,已有二千五百多年的历史。清明节扫墓则是秦以后的事,到唐朝才开始盛行。明《帝京景物略》载:"三月清明日,男女扫墓,担提尊榼,轿马后挂楮锭,粲粲然满道也。拜者、酹者、哭者、为墓除草添土者,焚楮锭次,以纸钱置坟头。望中无纸钱,则孤坟矣。哭罢,不归也,趋芳树,择园圃,列坐尽醉。"清《清通礼》云:"岁,寒食及霜降节,拜扫圹茔,届期素服诣墓,具酒馔及芟剪草木之器,周胝封树,剪除荆草,故称扫墓。"寒食节即清明节前一天的四月四日。

　　在这样一个历史悠久、全国性的节日里,作为一种地方性的民俗,衡东人清明扫墓有自己的特点。

　　在时间上,清明扫墓不只是清明节那天,可以"前三后四"即有七天的扫墓时间,这比别的地方不同。这样的习惯有几大好处,可以照顾在外清明节赶不回的,也可以照顾因清明节那天有事不能扫墓的,还可以照顾个别人清明节忘记扫墓的。一句话,衡东人扫墓可以不一定在清明节。但大多人还是选择清明节这一天。一天当中,最好在下午三点前完成扫墓活动,说是因为这时阳气已逐渐消退,阴气逐渐增长,若是时运低的人,很容易招惹阴灵缠身或骚扰。

　　在形式上,也与其他地方不尽相同。衡东人扫墓分为两大类。一类是家族式扫墓。一个大家族,好几十上百人,分乘几辆大车,浩浩荡荡奔赴祖山,在先祖墓前祭奠。祭奠比较丰盛,甚至有整猪整羊,纸钱、鞭炮、蜡烛、线香、坟利子、小花圈,应有尽有。一般由族中有威望的人主持祭拜仪式,宣读祭文——修整墓地——上香——上祭菜——敬酒——拜祭——放炮送别……盛大隆重,庄严肃穆。扫墓回家后,全族男女老幼聚集在餐桌前,谈天气、说收成,为族中能人干杯,为族中兴旺祝福。

二类是家庭式扫墓。一家子,几口人,提着篮子,篮子里放上焯过水的肉、走过油的鱼、煮熟的鸡蛋和苹果、橘子、香蕉等水果。扫墓时,将携带的酒食果品纸钱等物品供祭在亲人墓前,再焚烧纸钱,燃放鞭炮,敬洒美酒,把五颜六色的坟利子插在坟头上,大人小孩跪拜坟头,乞求墓内亲人保佑家庭兴旺、事业顺利、小孩会读书。然后在坟墓四周清除杂草,培上新土。还要给周围的坟墓上插上线香与坟利子,因为这也是墓内亲人的邻舍,来扫墓时应与他们打声招呼,保佑墓内亲人邻居和睦,阴间世界和谐幸福,也是让他人看看,知道此坟尚有后人,后人都有出息。家庭式扫墓,一般只扫在父辈、祖辈墓上,亲情比较浓,扫墓的伤感多些,置办祭品也就用心些。亲人生前的嗜好、所受的苦难也成了置办祭品的考虑因素,于是,祭品五花八门,从金元宝到娱乐工具、从彩电冰箱到手机电脑、从别墅到汽车、甚至从成捆钞票到摩登美女,虽然是纸制品,足可以假乱真。不管祭品如何,都是一份孝心,一份虔诚。

现在的清明扫墓,已经没有了唐代人那样的伤感:"清明时节雨纷纷,路上行人欲断魂。"但孝心依旧,追思崇敬心仍存。

端午节

∨
∨
∨

衡东县的端午节,也是源于对屈原的吊唁。但衡东县境内的端午节又有自己的特色,是一个有着丰富内容的节日。

第一,是一个"卫生节"。端午节这天,人们要对房屋周围进行彻底打扫,撒上干石灰,洒上蒜子水。门上要挂菖蒲、艾草,室内要薰苍术、白芷。全家人要用蒜子水洗头、沐浴,还要喝点雄黄泡的酒。这一天是卫生大扫除的一天,对个人卫生、家庭卫生以及室外的环境卫生进行一次彻底的打扫。

第二,是一个"驱邪节"。五月,春夏之交,是万物非常活跃的一个时期。这个时期既是病毒流行期,又是人体从冷到热的转变期,是一个适应环境变化的脆弱期。这时期又是南方邪毒瘴气萌动期,为了驱瘴避瘴,家家门挂艾叶菖蒲,人人喝雄黄泡酒。艾蒿、菖蒲的茎、叶都含有挥发性芳香油,可驱蚊蝇、虫蚁,净化空气,还具有提神通窍、健骨消滞、杀虫灭菌的药效。苍术可以健脾燥湿、祛风辟秽,适用于湿阻脾胃、食欲不振、消化不良、寒湿吐泻、胃腹胀满、水肿、湿痰留饮、风寒湿痹、夜盲症、佝偻病、湿疹等症治疗。白芷可以祛风、燥湿、消肿、止痛。喝点少量的雄黄泡酒,可以激浊除腐,杀菌防病。可见,衡东人都把这一天看成了驱邪避瘴祛瘟的"驱邪节"。

第三,是一个"口福节"。端午节日的吃也很讲究。除了主食粽子外,一般要吃上"十子"的。"十子"大概就是桃子、李子、梅子,包子、粽子、油坨子,鸡子(鸡蛋)、鸭子,葱子、蒜子。既有大米类,也有面食类,还有水果类,更少不了药食类。

这个口福节的设定很有科学性。从吃的内容来看,荤素搭配,营养平衡,清淡爽口,科学合理。从时间安排上来看,是元宵节100多天后,中秋节100多天之前,这时,设一个节,来打打牙祭,饱饱口福是最恰当的时间节点。端午节叫"口福节"一点也不为过。

第四,是一个"运动节"。端午节的的核心活动就是划龙舟。相传起源于古时楚国人因舍不得贤臣屈原投江死去,许多人划船追赶拯救。他们争先恐后,追至洞庭湖时不见踪迹。之后每年五月五日借划龙舟驱散江中之鱼,以免鱼吃掉屈原的身体。慢慢就演变成了一种民间体育项目——龙舟赛。

龙舟赛是一个团体项目,讲究一个团结,最能体现一个团队精神。龙舟赛之前的仪式庄重而严肃。龙舟停在水边,但龙头却藏在一个神秘的地方,或大庙内,或祠堂里。赛前,先请龙头,进行"龙头祭"。"龙头"被抬出庙祠内,由运动员给龙头"上红"(披红带)后,主祭人宣读祭文,并为龙头"开光"(即点睛)。然后,参加祭龙的全体人员三鞠躬,抬着龙头唱着古老的歌:"石榴花开端阳节,黄竹开花造龙船。二十四桡齐下水,五湖四海吊屈原。"奔向江边龙舟赛场。

比赛开始前,来自沿江两岸的龙舟队静候在江边码头。一声令下,河上鼓乐震天动地,岸上观众欢呼雀跃。竞渡时,只只龙舟激水如飞,船上队员划着桨,唱着号:"举桨!用力!划啊划!",岸上各队祝捷鞭炮"啪啪……"作响。古人有诗描写这种盛况:"鼓声三下红旗开,群龙跃出浮水来。棹影斡波飞万剑,鼓声劈浪鸣千雷……"除了赛龙舟外,岸上还有其他的娱乐活动,如舞龙耍狮踩高跷、耍小杂、唱大戏。

第五,是一个"教育节"。追根溯源,端午节,是为纪念伟大的诗人、骚客屈原沉江而设的节日。中国历史上文人墨客多如牛毛,孔子、孟子、李白、杜甫、朱熹、苏轼,真是数不胜数。其成就显赫的也不在少数,唐宋八大家,初唐四杰,等等,都是些风流人物,但只有屈原的忌日才是节日。为文化人设节,在中国仅此一节。为什么?究其原因,屈原除了是文人外,他还有爱国心,报君志,傲骨风,恤民情,所以人们纪念他。从这个意义上来说,端午节又是一个"教育节"。

端午节,从内容到形式,很具有文化特性,其实就是中国人(当然也是衡东人)的"文化节"。

晒冻疮

> v
> v
> v

广西红瑶有晒衣节。六月六日这一天,家家户户把箱底的花衣、饰衣、花裙拿出来晒,在各家的晒排上、走廊上,一串串的花衣红红绿绿鲜明夺目。同时还要举行盛大的节日活动。

我国汉族也早就有了晒衣节。400多年前明人沈德符著的《野获编》就提到:"六月六日,内府皇史晟曝列圣实录及御制文集,为每年故事。"此俗见于士大夫家。平民百姓也于此日晒裘衣杂物,以防虫蛀。因为这一天晒衣衣不蛀,曝书书不蠹。"六月六,士晒书,女晒衣,农禳田"。衡东也有"晒一晒"习俗。农历六月初六,人们在这一天要把入冬以来的棉毛衣服、被褥以及书籍等物拿出来晒一晒。

特别是衡东人还有一习俗——晒冻疮。许多人冬天容易生冻疮,有些人冻疮非常严重,几乎两个后脚跟要烂一个冬天,不好穿鞋袜,跐着一双鞋又冷又不方便。冻疮困扰着许多人的工作、学习和生活。传说六月六日这一天,选择一个开阔地带,倒上一摊灶灰,把自己的一双脚重重地印在灶灰上,让太阳曝晒一天,冬天的冻疮就会消失得无踪无影。这一习俗既没科学依据,也没实际效果,人们却代代相传,乐此不疲,这大概就是常说的"病急乱投医"吧!

当然,农历六月六,太阳直射点在北回归线附近,阳光充足,紫外线强烈,对衣物进行曝晒,是有一定的消毒作用的。因为人们期待这一天的太阳,所以该日宜晴不宜雨。俗谚说"六月六日阴,牛草贵如金"。这一天如果不出太阳,就预示着本年是一个大旱年,不但庄稼长不好,就是牛吃的草也会因干旱而枯萎。俗谚是人们长期观察自然的经验总结,不能说不合实际。但其中的科学奥秘,还得等待人们去揭示。

月半节祭祖

∨

∨

∨

  传说中农历七月七日是阴曹地府鬼门关开启之日，七月十五日是鬼门关闭合之日，一开一闭的一周时间里，正好让阴灵从地狱出来到阳间走一遭。所以月半节又叫"鬼节"或"中元节"。中国人大都信佛，佛教《大藏经》中有目连救母的故事：目连历经千辛万苦才到阴府，见到死去的母亲被一群饿鬼折磨，目连用钵盆装菜饭给母亲，却被饿鬼夺走。目连只好向佛祖求救，佛祖被他的孝心感动，授予《盂兰盆经》，目连按照经中指示，每年七月十五日用盂兰盆盛珍果素斋供奉母亲，饿鬼再也不敢来抢夺了。为纪念目连的孝心，佛教徒每年七月十五日都举行盛大的"盂兰盆会"。道教也在这一天举行"中元普渡"，供奉食物及焚烧冥纸。

  在这段时间里，列宗列祖的阴灵都是要回来的，既要看看后人的发展，也回家讨杯酒喝。衡东人自古就有尊老敬老的美德，因为谨守对前辈"生事之以礼，死祭之以礼"的伦理道德，到了七月半，许多家庭都要举行祭祖仪式。

  月半祭祖，隆重而烦琐。主要分为接祖、祭祖、送祖三个步骤。

  从七月初七日傍晚开始，到七月十五傍晚，为祭祖时间。由于家族越来越大，祭祖的时间被分解到不同家庭。每个家庭只祭祀一天，不同家庭祭祖时间不同。

  头天傍晚接祖。接祖前，要进行大扫除，然后全家人沐浴更衣，虔诚迎接先人的到来。傍晚时分，男女老少全家出动，人手一香，到村子路口迎客。到了路口，全家人目视路口远方，插香朝拜，敲磬呼喊：老客回家！然后，全家人带路，后面跟着一大群"客人"回到家。家中厅堂桌上摆上瓜果点心，茶杯里斟满茶水。桌上茶杯摆设也有讲究:厅屋一般摆两桌,靠里间一桌主要摆放磬、香炉及一些祭品,靠外面的一桌才是客人落座的,中间摆点心,朝大门方不摆茶杯,其他三方各摆茶杯八个,共二十四个;出大门,在门前摆一桌,桌上只有与大门相对的一方才摆茶杯,并且只摆六个。这样摆放桌子的目的,是因为家族中那些非正常死亡的不能进入厅堂做客,只能在外面享受后人的祭奠。同时也为一些孤魂野鬼蹭茶蹭饭提供方便。先人在品茶喝酒吃饭时,不能高声喧哗,更不能让小孩子去摸凳子,摇桌子,以免搅了先人用餐的雅趣,这视为大不敬的事。

第二天是祭祖日。早餐是糕点类,也上茶,有点像现在广东人喝早茶。

午餐是正餐,非常讲究,荤素搭配八大碗。鸡肉是必须有的,并且还是活鸡现宰。因为要在付给先人们的衣物包封上洒上鸡血,这鸡血就是人与神鬼交流的载体。

饭后,就要去外面焚烧给先人的衣物了。先人的日常用品和零花钱都得靠后人给他们,月半既是一个鬼门关开放日,也是一个后人探视先人的日子。所以,后人都为先人准备了大量的纸钱、纸衣、纸箱等物品。为了不使所送之物分发时发生混乱,还得把衣物包起来,写上封条。封条上的文字写法也有讲究。一般写"中元大会之期 上奉 备袱一包 故先考(妣)某某老大(孺)人收用 孝子(孙、曾孙……)某某七月某日化"。

把送给先人的衣物处理好了,下午,还得上一遍茶。上茶的同时,还得在桌子下摆些冬瓜、南瓜等之类的物品,意思是让他们自己带回去慢慢品尝这些劳动果实,与后人们共同分享丰收的喜悦。茶毕,就是送客了。送客与接客一样,焚香点烛鸣爆,全家人送客到村口。

月半祭祖,设筵上茶酒供饭菜,焚香点烛烧纸物,"丛竹雨留银烛泪,落花风随楮钱灰",表现出了后人对先人的一种追思和怀念。

九月九日重阳节

∨
∨
∨

我国古代把九叫作"阳数"，农历九月九日，两九相重，都是阳数，因此称为"重阳"。

许多节日都有古老的传说，九月九日重阳节也不例外。梁人吴均在他的《续齐谐记》一书曾有记载：

相传在东汉时期，汝河有个瘟魔，只要它一出现，家家就有人病倒，天天有人丧命，这一带的百姓受尽了瘟魔的蹂躏。

一场瘟疫夺走了青年恒景的父母，他自己也因病差点儿丧了命。病愈之后，他辞别了心爱的妻子和父老乡亲，决心出去访仙学艺，为民除掉瘟魔。恒景四处访师寻道，访遍各地的名山高士，终于打听到在东方有一座最古老的山，山上有一个法力无边的仙长。恒景不畏艰险和路途的遥远，在仙鹤指引下，终于找到了那座高山，找到了那个有着神奇法力的仙长。仙长为他的精神所感动，终于收留了恒景，并且教给他降妖剑术，还赠他一把降妖宝剑。恒景废寝忘食苦练，终于练出了一身非凡的武艺。

这一天，仙长把恒景叫到跟前说："明天是九月初九，瘟魔又要出来作恶，你本领已经学成，应该回去为民除害了。"仙长送给恒景一包茱萸叶、一盅菊花酒，并且秘授辟邪用法，让恒景骑着仙鹤赶回家去。

恒景回到家乡，在九月初九的早晨，按仙长的叮嘱把乡亲们领到了附近的一座山上，发给每人一片茱萸叶、一盅菊花酒，做好了降魔的准备。中午时分，随着几声怪叫,瘟魔冲出汝河,但是瘟魔刚扑到山下,突然闻到阵阵茱萸奇香和菊花酒气,便戛然止步,脸色突变,这时恒景手持降妖宝剑追下山来,几个回合就把瘟魔刺死剑下,从此九月初九登高避疫的风俗年复一年地流传下来。

传说中告诉人们,九月九日插茱萸、喝菊花酒、登高是可避瘟魔的。并且还得一家子一起插茱萸喝菊花酒登高。王维因远离家乡,不能与兄弟姐妹们一起登高插茱萸喝菊花酒,才有了让人伤感的"思念诗":"独在异乡为异客,每逢佳节倍思亲。遥知兄弟登高处,遍插茱萸少一人。"

传说中的节日,经历代文人的"人化",使节日越来越有了文化内涵。重阳节登高,除了强身健体、避祸消灾之外,还有步步高升的含意。重阳登高,"高"又有高寿之意,登高者,追求长寿也。

三国时曹丕在《九日与钟繇书》中说:"岁往月来,忽复九月九日。九为阳数,而日月并应,俗嘉其名,以为宜于长久,故以享宴高会。"他已明确写出重阳饮宴了。

晋人陶渊明在《九日闲居》诗序文中说:"余闲居,爱重九之名。秋菊盈园,而持醪靡由,空服九华,寄怀于言。"九月九,陶渊明爱饮几杯菊花酒。

唐代诗人杜甫贫困潦倒,百病缠身,还忘不了重阳日登高。站在高处,看着远景,联想自身处境,不禁潸然泪下,作《登高》诗曰:

> 风急天高猿啸哀,渚清沙白鸟飞回。
>
> 无边落木萧萧下,不尽长江滚滚来。
>
> 万里悲秋常作客,百年多病独登台。
>
> 艰难苦恨繁霜鬓,潦倒新停浊酒杯。

让读者跟着诗人忧而忧,愁而愁,登高又有了愁闷的意味。

尽管九月九日重阳节,历史悠久,意蕴深厚,但衡东人过去并不看重这个节日。既不插茱萸,也不喝菊花酒,登高也少见。

1989年我国将农历九月九日定为老年节后,这个传统节日才在衡东这个地方焕发出了活力,赋予了新的内涵:

这一天是留守老人接听远方子女电话的日子。老人的节日,也就是子女行孝的日子,不能赶回来与老人同登高,可快递一份真情,快通一声问候。

这一日,单位都要组织老年人登山和秋游活动。这是尊老爱老的表现。

甚至在农村,有的村委会成立了敬老协会,筹集了敬老基金。到了这一天,把村里老人召集起来,开一个会,评议一下各家各户尊老情况;聚一下餐,相互祝福健康长寿。

中国已经进入了老年社会,社会物质财富也越来越充裕,老年节也越来越受重视。九九久久,健康长久,重阳节叫老年节更让人容易接受。

九九重阳节,九九老年节!

小年

∨
∨
∨

农历十二月二十四日在南方称小年节,是辞旧岁迎新年的开始。相传这一天灶神要上天向玉帝奏明人间善恶。从这天起到次年正月十五日,凡事小心谨慎,讲吉利话,遇到不顺心的事也要忍耐,防止打破碗、坛、罐,图个好兆头,期盼来年交好运。

衡东人在这一天要做什么事呢?

这一天家家户户黎明即起,扫房擦窗,清洗衣物,刷洗锅瓢,实施干净彻底的卫生大扫除。特别是烧柴灶的,厨房顶上积下了厚厚的堂墨灰是要清扫的,那里有灶王爷记着一年的不利之言,不能让灶王爷把这些不利之言带回天庭说给玉皇大帝听的。

二是祭拜灶王爷,也叫辞灶,这是一个重要的民俗活动。灶王也叫"灶君",民间称"灶王爷"。相传灶王原来是一个叫张单的富家子弟,曾娶一贤慧女子郭丁香为妻,后又休弃郭丁香娶李海棠。李氏好吃懒做,不久就把张家财产挥霍一空,改嫁他

人。张单家境败落，又遭火灾，双目失明，沦为乞丐。一天，他乞讨到一户人家，主人给了他热汤热饭，后发现施饭者就是他休弃的妻子郭丁香，羞愧难当，碰死灶前，被姜太公封为灶王。

灶王最初只管火，后来受天帝委派为掌管一家的监护神，被封为一家之主。他权力很大，却连个土地庙大小的庙宇也没有，只有一张画像（木板印制的年画）贴在灶墙上。灶君像两旁要贴上"上天言好事，回宫降吉祥"或"东厨司命主，南方火帝君"的对联，横批是"一家之主"。祭灶时要摆上枣和蜜饯等果品，据说是让灶王吃了嘴甜，叫他上天奏报玉帝时只说好话不说坏话。主家焚香祭拜后，将旧灶君像揭下焚化，换上新灶君像，就算送灶王爷上天找玉皇大帝汇报去了。北方人祭灶时还要供碗面汤（面条），俗话说："灶王爷本姓张，一年一顿杂面汤。"杂面汤是用白面、豆面、地瓜面混合制成。灶王腊月二十四上天，初一五更回来，就算完成汇报任务，带着吉祥保佑一家过平安日子了。

衡东遵守祭灶王习俗的人并不多，但打扫卫生的习惯却是家家户户都有的。

北方人多以腊月二十三为小年，南方人以腊月二十四为小年。为什么北方人过小年要比南方人提前一天？过去，过小年是"官三民四道士和尚五"，凡是家有秀才以上功名的人家都在腊月二十三日过小年，黎民百姓是二十四日，道士和尚是二十五日。《拾遗记》里记载此俗可追溯到三千多年前。这是社会人分等的一种现象，北方人喜欢高就，选择二十三过小年符合他们的性格；南方人多由北方黎民百姓迁徙而来，以二十四为小年，也符合自己的身份特征。

大年三十年更饭

∨

∨

∨

一年的最后一天，即"大年三十"。衡东人最看重"三十年更饭"。三十年更饭特别之处在于早饭吃得特别早，吃完早饭还没天亮。至今邻近各县区还流传着："鸡冇叫、狗冇咬，半夜吃饭的衡山佬"（衡东是从衡山划出来的）。

为了三十年更饭，二十九是最忙的一天，年猪必须要二十九日前杀了，年鸡要在二十九日宰了，油坨子要在二十九日炸好，各种菜肴要在二十九日清洗好、准备好。

一切准备好了，三十日四更就起床，一边烧火做饭、炒菜，一边准备祭祀物品。当饭香了、菜熟了，先盛出几碗主菜放于提篮里，从厅屋的神龛祭起，让自己的祖先们尝尝一年的丰收成果。然后提篮到猪圈，祭一祭土地神，感谢他们一年来保佑六畜兴旺。还要到菜园的大树下祭祀，感谢树神保佑五谷丰登，果树茂盛。甚至还有用刀在树枝上斫开一条缝，把米饭喂进去，边喂边说："吃了年

更饭，来年好结果。摘一千担，摘一万担，挑脱箩绳，压断扁担！"当祭祀活动搞完，差不多菜都上齐了，一家人围坐在一起，喝酒吃饭聊天，天大亮的时候，饭也就差不多吃完了。

三十日一天的时间里，家庭主妇要炒花生、瓜子、红薯片子各种年货。男人们打牌聊天谈一年的收获。小孩子们放鞭炮做游戏无拘无束。午饭并不看重，可吃可不吃，但晚上很重视，谓之"投年"，仍然是好菜好饭好酒，酒醉饭饱之后，就是"守岁"，一家人围火炉而坐，摆上压岁盘（茶盘里盛满瓜果、糕点等）边吃边叙，互相鼓励。守岁中，很郑重的一件事是长辈给儿孙拿"压岁钱"。现在也有晚辈给长辈"压岁钱"的。

由于电视冲击，守岁已经被"春晚"挤掉，现在年三十晚，都是一家人守在电视机前，看中央电视台的春晚节目，说一年来的见闻趣事，嗑着瓜子花生，喝着热茶淡酒，其乐融融，一年来所有的酸甜苦辣，都化作了喜悦，挂在每个人的脸上。

为什么衡东人要"鸡冇叫、狗冇咬，半夜把饭吃"呢？访问老辈，都说过去租种地主家的田，或还不起租，或借贷财主的钱还不起债，怕年三十他们来讨账，所以早早把饭吃了，一家人出去躲租躲债。中午也就吃不吃无所谓，晚上债主回家守岁去了，一家人再回来好好吃上一顿，叫"投年饭"，其实就是压惊饭。

现在用不着躲债了，也就没有必要半夜起床吃年更饭了。好多人已经把年更饭放到了大年三十日晚上吃，边吃饭边看春晚边守岁。但也有许多人家，还是坚持着"半夜吃饭"的衡东年俗。

衡东民俗

HENG DONG MIN SU

　　民俗文化,又称为传统文化,是指民间民众的风俗生活文化的统称。是一个地区中人们所创造、共享、传承的风俗生活习惯。

　　民俗既是一种意识形态,又是一种历史悠久的文化遗产。

　　结婚仪式上扒灰佬怎么吵? 结婚之日为何门上要挂一面大镜子? 端午节划龙船时划手们唱什么歌谣曲调? 衡东民俗有自己的特色。

　　历史的进步,社会的发展,会让人们的生产工具、生存方式、生活习惯发生很大变化。在变化中,新的东西将产生,旧的东西将消失。消失的是文化,留下的是记忆。用文字把消失的文化记录下来,可以加深记忆,甚至有可能让消失的文化穿越时空在某一个时间节点上被激活、被复制、被还原,人类文明就是这样传承下来的。

衡东剪纸与衡东皮影

∨
∨
∨

衡东剪纸,据考证起源于明洪武年间,已有500多年历史,依附民俗,代代相传,至解放前夕形成了具有地域特征与地方特色的剪纸风格。中华人民共和国成立后,在形式与内容上又有了进一步发展,更加贴近生产与生活。改革开放的春风给衡东剪纸带来了勃勃生机。

衡东民间剪纸的内容丰富,题材广泛,花样繁多。传统题材多表现婚嫁节庆、福禄寿诞、五福吉祥、子嗣绵延、五谷丰登、六畜兴旺、人生礼仪、岁时节令等;现代题材多表现山水风光、四化建设、生产生活、新人新事、和谐社会、祖国新貌等。

新婚喜庆日,男女双方都要请来能工巧匠或自己亲手剪出一个"百年好合"的七彩天地:"鸳鸯戏水"的门花、"蝴蝶双飞"的窗花、"花好月圆"的柜花、"龙凤呈祥"的堂花、"麒麟送子"的床花、"莲开并蒂"的被花、"春风得意"的镜花……箱柜、澡盆、水桶、椅桌等一应什物,都要贴上寓意吉祥的剪纸作品加以点缀。

衡东剪纸具有较高的艺术审美价值和较强的实用价值,表现在作品意境美、形式美、装饰美、抽象美、情趣美、构图美……给人以不同的美的享受。她不仅是人民美化生活的装饰品,更是他们心中"吉庆祥和"的象征。

衡东剪纸具有浓郁的民俗文化特征和鲜明的艺术特色,传统剪纸以剪为主,现代剪纸以刻为主,剪刻并用,其风格既有南方剪纸的细腻、秀丽,又兼具北方剪纸粗犷、质朴的特征。

皮影戏,又叫影子戏,曾是衡东乡村文化的主角。每当逢年过节、男婚女嫁、添丁祝寿、乔迁志庆，所有喜事大事，都会请人唱皮影戏。

一扇门板往两张桌子上一搁就是戏台，五尺白布用竹竿一绷就是屏幕，一盏油灯往台上一放就是光影。两人往台上一坐，一人边说唱边提皮影，一人边敲锣鼓边附和，"千军万马""文武百官"就在舞台上打起来了、唱起来了。《穆桂英挂帅》《薛仁贵征西》《包公铡美》《岳母刺字》……忠孝礼义、悌信廉耻等中国的儒家思想、传统文化就慢慢渗透到了各位观众的心田。

小时候，我听不懂影子戏所蕴藏的深厚内涵，尽管皮影是中国民间古老的传统艺术，尽管它型样夸张，唱腔火辣有趣，有浓厚的乡土味，但还是不喜欢。特别不喜欢戏里的正儿八经角色的啰唆说教。这可能是自己缺乏艺术细胞的缘故。只是喜欢喽罗小角的插科打诨。小喽罗们用变了腔的衡山话一说，那韵味实在让人喜欢得不得了，纯粹是看热闹的心态。

据说皮影戏是明朝洪武年间传入衡东县的，已有400余年历史。可惜的是这传统艺术却被历史所淘汰。衡东县现有皮影戏艺人不到40人，著名的艺人向登高从事皮影创作几十年，现为市级"非遗"传承人。可惜的是这些大咖已经慢慢老去，后继乏人。

说衡东剪纸皮影，就必须要说说明朝的人口大迁移。为什么？因为衡东剪纸与皮影都是起源于明朝洪武年间，这说明衡东剪纸皮影与明洪武年间有一定关联。

元末战乱之后，历经20余年，朱元璋统一了天下。但是，此时的江山已是遍地疮痍，布满了战争的创伤，山东、河南、河北一带多是无人之地。为了恢复农业生产、发展经济，为了使人口均衡、天下太平，巩固明王朝的统治，明洪武年间，朱元璋采取了移民政策，按"四口之家留一、六口之家留二、八口之家留三"的比例迁移。从洪武三年(1370)至永乐十五年(1417)，明朝政府先后从山西向全国广大地区移民18次。其中，洪武年间10次；永乐年间8次。共计18个省，500个县，881姓。

明朝的移民其时间之长、规模之大、影响之深，不仅在中国历史上是空前的，而且在世界移民史上也是罕见的。大规模移民不只是促进了当时明王朝的社会发展，更对北方文化南迁产生了广泛而深远的影响。

剪纸、皮影戏就是如此，尽管有400多年的进化，还是可以看出北方文化的烙印。

衡东花鼓戏

∨

∨

∨

　　我这里将海哥　好有一比呀 / 胡大姐——呃~ / 我的妻——啊？ / 你把我比作什么人啰嗬嗬 / 我把你比牛郎不差毫分啦 / 那我就比不上啰嗬嗬 / 你比他还有多咯呃 / 胡大姐你是我的妻咯荷荷 / 刘海哥你是我的夫哇 / 胡大姐你随着我来走啰嗬嗬 / 海哥哥你带路往前行啰 / 走啰~行啦 / 走啰~行啦

　　一首《刘海砍樵》唱响了大江南北、长城内外。这就是湖南花鼓戏的魅力。湖南花鼓戏很有名，她以地方特色鲜明、曲调活泼轻快、旋律流畅明快为全国观众所喜爱。

　　湖南花鼓戏流派很多，可细分为长沙花鼓戏、岳阳花鼓戏、衡州花鼓戏、邵阳花鼓戏、常德花鼓戏、永州花鼓戏等6个流派。各个流派又有其自己的艺术风格。衡东花鼓戏作为衡州花鼓戏的一个分支，是湘中和湘南最具影响的一支花鼓戏，据考证起源于清同治年间。在清末，衡东花鼓戏一度相当活跃，成立了许多戏班子，因为这种戏班子活动范围广、时间长，被人称为"四季班"。衡东花鼓戏的早期班社多为业余性质，一般一个班子8~10人。演员与乐队没有严格分工，基本上农忙务农，农闲从艺。

　　解放前，艺人们的社会地位极低，20世纪30年代后，由于社会动乱，衡东花鼓戏日渐衰落，班社所剩无几。40年代日军侵入衡东后，戏班子几乎解散殆尽。

　　中华人民共和国成立之后，衡东花鼓戏获得了新生。1954年，衡东花鼓戏剧团成立。自成立以来，始终坚持为老百姓服务的方向，秉承以优秀的作品鼓舞人的精神、竭诚奉献许多精品戏剧。

花鼓戏剧团的演员们知道，花鼓戏是老百姓喜爱的艺术形式，是人民群众日常生活的重要组成部分。人民群众需要高质量的精神文化食粮，需要大量的精品戏剧。他们秉着强烈的社会责任感，借助花鼓戏这个舞台，恢复、移植古装戏的同时，把创作反映新时期农村生活的现代花鼓戏作为新剧目创作的重中之重。利用演出空暇与农民拉家常、同劳动，收集广大农村发生的鲜活故事，汲取创作的源泉，创作出了大批散发着浓郁生活气息和泥土芬芳的新剧目，弘扬了社会主义的新思想、新道德、新风尚，鞭挞封建资产阶级的腐朽思想，宣传社会正能量。如《喜哥走了桃花运》《橘林新事》《不能代替》《舞龙头的人》……通过这些作品讽刺拜金主义、讴歌"人间贵真情"、倡导农民学法守法用法、警醒父母重视独生子思想道德教育，让老百姓在过足戏瘾的同时，潜移默化地受到了教育。

剧团所创作演出的花鼓戏 9 次获省级奖，3 次获国家级奖。

90 年代以来，连续三年蝉联湖南省"好剧团"美誉；两次应邀为中南六省演出工作会议献艺；创作的戏剧作品《今又中秋》《喜哥走了桃花运》分别被评为全国"群星奖"金奖和省"五个一工程"奖。

随着电影、电视的普及，爱好花鼓戏的人越来越少，年轻人不爱看，也不愿学。

在 2017 年召开的文艺座谈会上，老艺术家向耀楚焦虑地向到会领导谈及了衡东地方剧的保护问题，提出"衡东花鼓戏，就如东北二人转，是衡东人们自己的戏，现在难觅其踪迹，可惜可惜！"

向老是国家二级作曲，现被聘为湖南艺术职业学院音乐系、湖北艺校音乐系客座教授，一直从事民间音乐、花鼓戏音乐研习、作曲与组织群众音乐活动和歌曲写作，被誉为衡东地方音乐创作大师。前山花鼓调、后山打击乐、南岳小调，都藏于向老心中，他是衡东花鼓调的活乐谱。

老艺术家深情地表示愿为地方音乐再发挥自己的余热，抢救即将消失的文化艺术。县级领导也当场拍板，指定专人负责，尽快成立地方剧抢救小组。

真希望衡东花鼓戏这朵艺术之花常开不败，也希望衡东县花鼓戏剧团在贴近基层、服务群众、宣传正能量的道路上脚步越走越坚定，路也越走越宽广。

吵扒灰佬

∨
∨
∨

要想媳妇娶进门,公公必须戴彩披红。这是衡东娶媳妇时公公的必修课——吵扒灰佬。

吵扒灰佬,不是衡东的一种特有婚俗文化,在中国,吵扒灰佬很普遍。但衡东的吵扒灰佬却有自己的特点。

一顶官帽戴在扒灰佬头顶上,帽翅上是两个扒灰耙子的造型。脸上涂着由口红、锅灰、粉底调成的油彩,又像关公、又像曹操、又像包拯,又谁也不像。身穿大红官袍,脚蹬粉底皂靴,手握大板耙。先游街一圈预热,后推出彩纸彩布条装饰的土车,让扒灰佬推着,漂亮媳妇坐着,吱呀吱呀往前推。儿媳妇车上坐,老汉后面推,一美一丑,一老一少,就如上演一出滑稽剧,引来宾客和路人哈哈大笑,热闹气氛一浪高过一浪。

扒灰的意思即与儿媳偷情,来历的版本较多。归纳起来,大概有这么几种,传说版,古籍版,政客版,考古版,民间版,才子版等。

才子版的来历,说的是苏东坡的风流韵事。苏东坡中年丧妻,一直未娶。他忙于公事和写作,一晃许多年就过去了,一人世界过着也习惯。转眼儿子就娶妻生子了。偏偏苏东坡一代英才,聪明绝顶,才华横溢,而他的儿子却庸碌无为,整天只知道吃喝玩乐。这天,苏东坡的儿子又出去玩乐去了,苏东坡一人在书房里坐着,呆呆地思考问题。他的儿媳妇见公公一人在书房里又是思又是想,觉得很辛苦,就给公公端来了一杯茶。儿媳妇穿着蝉羽般透明的白纱裙子,端着茶杯走到苏东坡的身边,轻声地叫道:"爹爹请喝茶!"并且含情脉脉的看着他。这儿媳妇其实也是个才女,琴棋书画、诗词歌赋样样通,是苏东坡的超级粉丝,之所以嫁到苏家就是因为对苏东坡的崇拜。来了之后才发现他的儿子这样的平庸,很是落寞失望。早就对苏东坡倾慕不已,今天有机会了,想和公公亲近一下。

苏东坡正在沉思之中,见儿媳妇走过来,两眼愣愣地看着她,看着儿媳妇粉红的脸蛋、婀娜的身姿、含情的双眼,他突然有点忘乎所以,飘飘然起来。就在他心猿意马时,突然记起这是儿媳妇,顿时脸红了起来。儿媳妇就问道:"公公为什么脸红?"

苏东坡也不答话,接过茶杯,用食指快速在书桌上写了两句诗:"青纱帐里一琵琶,纵有阳春不敢弹。"因为苏东坡为人懒惰,长时间不抹桌子,所以桌面上有一层厚厚的灰,那字迹看得非常清楚。

儿媳妇看后也用手指快速在后面又续写了两句:"假如公公弹一曲,肥水不流外人田。"写罢红着脸就跑了。

苏东坡正看得得意扬扬,他儿子回来了,见父亲那么高兴,就问道:"父亲,看什么那么高兴啊?"苏东坡吓了一跳,忙用袖子将桌子上的字迹擦掉,说:"我什么也没看见,我在扒灰。"

有一种古籍版,《吴下谚联》解释其由来说:

翁私其媳,俗称扒灰。鲜知其义。按昔有神庙,香火特盛,锡箔镪焚炉中,灰积日多,淘出其锡,市得厚利。庙邻知之,扒取其灰,盗淘其锡以为常。扒灰,偷锡也。锡、媳同音,以为隐语。

扒灰——偷锡——偷媳,谐音联想。就如今天的"猪脚——主角——演技不高的剧中人物"一样,流行起来。

几种传说,除古籍版说的是谐音"偷锡——偷媳"外,其余都与灰有关。在中国古代,文字是写在竹片或布帛上,这些文字是擦不掉的,但写在灰上,一擦就没有了。于是在灰上传递易去掉的信息成了当时人们的一种习惯,把灰扒掉,也就去掉了文字信息。在灰上书写文字,必须要同住在一屋,所以用扒灰来特指公公与儿媳的信息传播。

不管什么版本,大概是由两种意思演变而来。一是一种动作,公公与媳妇过去不能发短信,又不能留下笔墨,只好在灰上写字,当人来的时候,用手把灰扒去就消灭了痕迹。二是一种谐音,偷锡——偷媳。

衡东的吵扒灰佬,两种意思兼而有之,既有偷锡的谐音——偷媳,也有一种动作——扒灰,并把扒灰的动作夸张放大。

吵扒灰佬,少不了一种器物——耙子。以前农村人家烧灶,灶膛灰多了,要用"耙子"把灰扒出来,用簸箕接灰。吵"扒灰佬",耙子是必备的工具。有木质的,有不锈钢的,有塑料的。木质的要用红漆刷过柄杆,不锈钢的、塑料的要用红绸缠绕柄杆。耙子的两头用红绸系住。

媳妇娘家不管远近,出嫁新娘不管车载还是步行,到了男家新房之前,是要停下来,让公公陪着游走一圈才能进新房的。公公涂脂抹粉打扮成扒灰佬,跟着媳妇的轿子行走在娶亲路上,媳妇的婆婆——扒灰佬的老婆,也跟在媳妇身边,背着一个"闹鸡耙"(一种用竹做的赶鸡的一种工具),不时赶赶扒灰佬。到新房门前,新娘不用新郎背,而是要扒灰佬背。这种吵扒灰佬,有点低俗,能接受的认为是一种表演,博得大家一乐;不懂民俗的,不接受的,弄得哭笑不得,甚至生出许多意见来。

拦门酒

∨

∨

∨

在衡东一些地方有结婚喝拦门酒的习俗,不过现在已经消失。

拦门酒,就是把酒桌摆在门口喝酒。一般把三张桌子拼在一起,中间的桌子骑在大门槛上。酒桌中间摆上花生、瓜子、饼干等茶点,酒桌两边摆上酒杯或饭碗,酒杯不大不小,大概能装四两酒左右,碗的话可装八两酒。酒杯或碗一个挨着一个摆,就好像七月半祭祖时摆酒杯一样。

喝酒是什么人呢?就是新郎新娘双方的客人。不是所有的客人都能喝拦门酒的,而是那些能喝三五斤不醉的人。因为拦门酒其实就是男女双方客人的酒量 PK。

拦门酒怎么喝?既简单又隆重。喝酒的人知道,说是喝酒,其实就是拿身体作赌注为各自的主人挣面子。于是男女双方在办结婚酒之前选好了喝酒选手,自家亲戚中有会喝酒的那是当然的选手,就是没有会喝酒的,从社会上请也要请上几个会喝酒的临时客人充当喝酒选手。

农村结婚酒是三餐,第一天女方嫁过来,中餐为正,晚上为便餐,第二天早上又是一个正餐。第二天早正餐后,婚宴就结束了,男女双方的客人该回家了。就在宾客要回家的时候,拦门酒开始上演了。

双方的喝酒选手分坐酒桌的两边,一对一进行较量。喝酒选手张开双臂,对酒桌上的酒杯进行任务划分,双臂内酒杯的酒就是自己今天要喝的量了,大概有12杯左右,6斤酒的样子。酒是米酒,下酒菜就是桌上的茶点。喝酒一杯一杯地干，边喝还得边说祝酒词，文雅点的可吟诗作赋，粗鲁点的就说些吉利话语。酒桌上气氛很浓烈，围观的双方亲戚更是扇风点火，把气氛推向一个又一个高潮。刚开始喝酒时，斯斯文文，礼貌之至，"请！请！请"不绝于耳。喝到最后，醉态百出，手舞足蹈的、高声叫喊的、甚至痛哭流涕的都有。结婚图的就是热闹，这拦门酒是比吵扒灰佬、闹洞房还要热闹的一个节目。

喝拦门酒的意义是什么呢？揣测起来，有两重意思：一是男女双方已经结成亲戚家，要相互认识一下。中国酒桌文化是认熟不认生，吃席宴的时候都是熟人坐在一起，男女双方的亲戚还是缺乏认识的机会。拦门酒就是构建一个双方亲戚认识了解的平台。二是通过比赛酒量为男女双方赢得家庭地位。民以食为天，吃是第一重要。喝是在吃之后，能有喝的就一定有吃的。比赛喝酒其实就是争家庭主动权。为什么这样说呢？要知道，拦门酒是在酒宴结束后才进行的。如果准备不充分，这个时候男方的酒应该是所剩无几了。如果说女方会喝酒的人要喝酒都没有了，男方能有脸面？所以男方准备了充足的酒，告诉女方的亲戚朋友，我家富有，酒管喝醉；女方，请来的都是些喝酒高手，暗示着，女方家生活富裕，不但有饭吃，还每天都能喝上美酒，嫁到男方家来了，今后可不能委屈了她。女方喝酒挣的不但是脸面，更是新娘在婆家的地位。

可能还有另一重意思，就是平时很少醉一回，借结婚大喜醉上一醉也算喜上加喜吧。

在一个男女不平等的社会里，拦门酒喝的是一种争强好胜、争权夺位的争权文化。衡东人把结婚的男女双方互称为"亲家"，"家"不念"jia"而念"ga"，争吵之意，亲家亲家，既亲又 ga。拦门酒就是女方进门后的第一 ga。这争吵虽不显山露水，但酒杯下却暗波涌动。

拦门酒的风俗现在已经消失了。通过比赛喝酒争权的酒文化也已经淘汰。但为搭建男女双方亲戚认识了解的平台，喝喝拦门酒还是可以发扬光大的。摆上几大桌，让男女双方的亲戚朋友坐在一起认识、交流、了解，何乐而不为？现在子女就是那么一两个，通过婚宴拦门酒让亲戚认识多一点，让背景资源厚一点，在社会上打拼不就多了一份帮助的可能吗？从这个意义来说，拦门酒还是可以继续喝下去的。

冬至日挂风肉

v
v
v

衡东人很重视挂"风肉",每年的冬至日,是挂风肉的日子。"风肉"就是利用自然风把肉吹干,在吹干的过程中,不能腐烂变质,这就要求气温低,风速大,空气湿度低。最适合挂风肉的气候条件是摄氏3度~15度,湿度在70%以下。衡东冬季气温摄氏5

度~12度,气候干燥,空气湿度低,西北风强盛。冬至日是进入冬季的一个标志,这个时间点的气候条件恰恰是挂风肉的最佳条件。到了这一天,家家户户都得称上10斤8斤猪肉,切成长条状,抹上淡淡的一点盐,挂在通风透气的北屋,任其自然风干。20多天后,长出一层薄薄的白霜,即成"风肉"。已挂成的风肉,切成薄片,瘦肉鲜红有光泽,肥肉通明透亮,与风萝卜同炒,色彩诱人,味道香甜,很是可口。风萝卜炒风肉是衡东土菜中重要的一碗菜,有衡东诗人把这碗土菜取了一个很有诗意的名字,叫"二度风情"。在春节的筵宴上,是不可缺少的美味佳肴。

这一天,不只是挂猪肉,也有在这一天挂"风鸡""风鱼"的,甚至狗肉、兔肉也可挂成风肉的,这些风干的菜肴,带有鲜明的冬天韵味。保存好的风肉,可吃到第二年插田时节。同是腊肉,但与湘西腊肉完全不同,湘西腊肉靠的是烟熏火燎,衡东风肉完全是自然风干。

镇妖神器

∨
∨
∨

衡东境内许多地方有一习惯,结婚时大门上要挂个镇妖驱邪的法器。法器简单的就是一面镜子,复杂的是一个组合体,由竹筛、剪刀、红尺、镜子、红布条组成,挂在大门上方大红囍字下。这种民俗,现在许多人只知道这样做,却不知道民俗的来历、器物的意义。

民俗,即民间风俗,指一个国家或民族中广大民众所创造、享用和传承的生活文化。它起源于人类社会群体生活的需要,在特定的民族、时代和地域中不断形成、扩大和演变,为民众的日常生活服务。民俗就是这样一种来自于民众,传承于民众,规范民众,又深藏在民众的行为、语言和心理中的基本力量。

文化的传播方式有两种:从一个地区向另一个地区传播的过程称为文化扩散;文化从一代人向下一代人传播的过程称为文化传承。文化在扩散和传承过程中会被注入新的元素,增加新的内容,也就会产生变异。民俗是一种文化,在时间上,人们一代代传承它,在空间上,它由一个地域向另一个地域扩展。民俗也不是铁板一块,它在传承的过程中也会出现各种不同的版本。

衡东这一驱邪镇妖器物是怎么来的,又有什么深刻含义呢?本文借助一些资料,结合衡东地域文化的特色,试着进行分析判断。

先说米筛。米筛作为驱邪之物,不是一般的米筛,叫"八卦米筛"。八卦米筛能驱邪,还有一段来历。相传唐朝以前,闽南一带一片荒凉,当地土匪经常作乱,骚扰百姓。当时常有发生迎娶的花轿被抢或新娘被乱箭射中负伤之事,百姓常为此提心吊胆。唐军来漳州开发后，百姓就将此事报呈驻军请示保护，因土匪出入无常，驻军也无良策。此事传到京城，开国功臣程咬金就想出一条妙计来：可命军士用一面战斗用的盾牌挂在花轿前，如有乱箭射来，新娘就用盾牌来挡，可保安全无恙。此举果然奏效，众乡亲就把盾牌当成新娘的保护伞和护身符，广为使用。随着唐军与当地百姓的共同开发，漳州一带已逐渐太平昌盛，土匪也没那么明目张胆，再也没有发生新娘被乱箭射伤的事了。因不存在危险，加上盾牌笨重不便携带，百姓就改用跟盾牌相似的农家用的米筛来代替使用。为了与一般米筛有所区别，就在米筛的上面画上八卦吉祥图案，称之为"八卦米筛"，似盾牌一样，不用防箭，是为辟邪。这就是"八卦米筛"驱邪的由来。

当然还有另一种说法：古时候，闽南常发生天狗来抢美貌姑娘的事，此事呈报朝廷，唐朝元老大臣程咬金就画了一个八卦米筛放在新娘的花轿前来辟邪，因传说中天狗惧怕八卦图，所以就相安无事了。这是一种传说，表达一种意愿，没有可信度。

不管怎么说，米筛驱邪镇妖流传于福建一带是事实。衡东地域文化之源在于迁移文化，受江西福建影响较大，驱邪镇妖的"八卦米筛"也就慢慢演变成了挂在大门上方的竹筛了。

再说镜子。镜子驱邪，是中国一种重要的传统文化，历史悠久，地域广泛。镜，即景，有光景意思。《轩辕内传》讲：天帝会王母时，铸十二面镜，随日而用。这是最初的镜。镜乃金水之精，内明外暗，如有神明，辟一切邪魅。在各种镜中，铜镜的驱邪能力是最强的。古代中国人长期使用铜镜，铜镜不仅是照面的器具和工艺品，也是一种兼有多种功能的法宝。铜镜的神明妙用，首先在于它能"观照妖魅原形"。如葛洪《抱朴子》言，世上万物久炼成精者，都有本事假托人形以迷惑人，"惟不能易镜中真形"，它们一看见铜镜，也就暴露了自己的本来面目，于是赶快溜走。基于这一原理，凡巫师道士之流在从事捉鬼妖等活动时，照例都要先用一面镜子当识破妖怪的法宝，其时镜子乍现，妖怪就逃之夭夭了。顺此思路，照妖镜又成了应用广泛的禁劾物，比如古代武士甲胄的后背或前胸部位，多嵌有一块"护心镜"，一方面，镜材的铜质本身具有抵御箭矢之类武器侵害的作用,而另一方面,它们又可以发挥镇吓诸多鬼怪妖物的功能。中国许多神话小说里,降妖伏魔的神仙道士们,手里都拿着一面镜子,妖魔鬼怪在镜子前原形毕露,俯首就擒。悬挂在门上方的照妖镜,就如今天的监控器。

还说剪刀。说剪刀前必须说说刀。刀是人类最古老的生产生活工具之一。对于既无甲壳又无利爪尖喙的人类来说,要想在弱肉强食的自然界中生存,刀是必不可少的。随着时代的推进,刀剑的功能也从最初的工具扩展到战争武器,从征服自然的用具扩展到征服人类的工具。再后来,刀剑除了单纯的物质性外,也是荣耀、身份、权威甚至超自然力的象征,于是又成了仪式礼器的一种道具。刀剑在人类社会发展过程中以不同的形态和作用活跃在社会生产、生活舞台上,成为社会文化的重要组成部分。中国是刀剑发明最早的国家之一,刀剑文化也就显得特别丰富。

剪刀是刀剑的变种。物开一刃为刀,双刃为剑,两刀相交则为剪。刀主要用于切、削、裁、割,但在切割棉麻丝毛之类细软物品时难免感到不便,于是逐渐产生了两把小刀相对而切的剪刀。在中国,从现已发现的实物资料来看,剪刀出现于西汉年间,当时最早的剪刀形制简单,只是把一根铁条的两端锻成刀状、磨出锋刃,然后将铁条弯成"8"字,因此也叫八字剪或交股剪。这种剪刀在使用过程中逐渐显露出诸多缺陷。到了五代北宋时期,剪刀出现了重大革新,刀与把中间打上了轴眼,装上支轴,由传统的弹簧剪发展为支轴剪。现在,剪刀在日常生活中所占的地位越来越重要。裁缝剪、轻修剪、纱剪、厨房多用剪等种类,无不反映出剪刀在裁剪、饮食、剪彩等方面的应用普遍性和日常生活的重要性。同时,剪刀除了实用功能外,在民俗文化中也扮演着重要角色,有着复杂寓意。在一些地区,剪刀象征着破坏、断绝等不祥含义;但在另一些地区,剪刀具有镇恶辟邪的功能,能给人们带来平安、吉祥。像福建地区的霍童剪刀是蝴蝶双飞的象征,暗寓婚后生活的和美富足。

又说尺子。古代尺子是桃木做的, 桃木就是一种辟邪物。"千门万户曈曈日,总把新桃换旧符"。在中国古代神话中,相传有一个鬼域的世界,当中有座山,山上有一棵覆盖三千里的大桃树,树梢上有一只金鸡。每当清晨金鸡长鸣的时候,夜晚出去游荡的鬼魂必赶回鬼域。鬼域的大门坐落在桃树的东北,门边站着两个神人,名叫神荼、郁垒。如果鬼魂在夜间干了伤天害理的事情,神荼、郁垒就会立即发现并将它捉住,用芒苇做的绳子把它捆起来,送去喂虎。因而天下的鬼都畏惧神荼、郁垒。于是民间就用桃木刻成他们的模样,放在自家门口,以辟邪防害。后来,人们干脆在桃木板上刻上神荼、郁垒的名字,认为这样做同样可以镇邪去恶。这种桃木板后来就被叫作"桃符"。

桃木辟邪,在《淮南子·诠言》有记载:"羿死于桃口"。东汉许慎注:"口,大杖,以桃木为之,以击杀羿,由是以来鬼畏桃也。"羿以善射闻名,逢蒙拜师学艺,学成后恩将仇报,从老师身后下毒手,举起桃木大棒向羿的后脑猛砸。羿死后,做了统领万鬼的官。古人关于桃木辟邪的联想,是与这一神话故事有关的。试想,桃木棒连统领众鬼的羿都能击杀,用来治鬼就更不在话下了。

尺子辟邪源于木匠"三尺子"。过去做木工的都有一把桃木做的"三尺子"(长三尺,叫"三尺子")。木匠早出晚归,爬山涉岭,随身携带的木尺就是"护身符",能"避凶辟邪"。木匠的尺子就如降妖驱魔棒,对妖魔鬼怪有很强的震慑力。当然,现代人对尺子也进行了改进,不必三尺长,也不必用桃木做,一尺长也有了驱魔威力,竹片做也有了镇妖效果。

最后说说红布条。在中国的传统文化中,红色对应着五行中的火的颜色。八卦中的离卦也象征红色。因此,红色具有了驱逐邪恶的功能。红色的驱魔功能,主要运用在器物的捆扎、包裹上。本命年扎红腰带、穿红内裤就是让邪魔远离自己。在中国古代,许多宫殿和庙宇的墙壁都是红色的,也是借用红色的驱魔功能。同时,红色也代表着吉祥、喜气、热烈、奔放、激情、斗志。红色传统上表示喜庆,比如在婚礼上和春节都喜欢用红色来装饰。总之,中国红在中国意味着平安、喜庆、福禄、康寿、尊贵、和谐、团圆、成功、忠诚、勇敢、兴旺……意味着百事顺遂、驱病除灾、逢凶化吉、弃恶扬善……是中华民族最喜爱的颜色,甚至成为中国人的文化图腾和精神皈依。红布条的驱魔功能、喜庆功能、捆扎功能成为了驱魔镇妖器物中不可缺少的东西。

镜子,剪刀,筛子、尺子、红布条,五位一体,组合成了一个强大的驱魔镇妖法器,具有了原子弹核武器的威力。

民俗文化是深奥的,一个常挂在门上的器物,竟有如此深厚的文化渊源,有传说、有典故,有口头相传,有文字记载。民俗文化又是浅显的,你不必弄明白,你只跟着就说明你懂了,你只要这么做了就行了。

衡东流行的驱魔镇妖之器物,不管深奥也好,浅显也罢,都说明了一点,衡东地域文化既有闽赣文化的因素,又有北方文化的烙印,同时,还有自己文化的创新。它的意义在于驱邪、镇妖、降魔、祛灾、祈福……

龙船歌

∨
∨
∨

在霞流沿湘江河岸,流传一首龙船歌,歌词较长,唱的是龙船的来历和划龙船的作用。歌词大意是:

开船子弟开金口,齐心开口唱龙船。
庭前锣鼓闹喧喧,天符大帝出堂前。
擂出主人多少事,安排酒席设龙船。
造船便说船出处,造水便说水根源。
水是四海龙王水,鲁班仙人造龙船。
喝茶便说茶语话,喝酒要说酒根源。
茶是茶圣陆羽造,杜康造酒得登仙。
茶酒都是仙人造,把来茶酒供神仙。
石榴开花端阳节,黄菊开花重阳边。
不唱前朝与后汉,仅唱屈原相公船。
游江五娘①五姐妹,姐妹商量住江边。
一姐住在桃花洞,二姐住在小桃园。
三姐住在东湖上,四姐住在庙门前。
只有五娘年幼小,随娘嫁到屈原边。
屈原相公遭大难,七十二候②受牵连。

七日七夜无人问,七夜七日无人行。
大法师人不敢去,小法师人不敢行。
众人乡老来商议,划船过海问神仙。
游江五娘得一梦,梦见河下小龙船。
五湖庙前卜一卦,卦中点出小龙船。
游江五娘生一计,就许三年纸龙船。
纸造龙船无感应,就许河下木龙船。
木做龙船有感应,社会大众得安宁。
手拿钱财梦火化,真心买树做龙船。
五湖庙中有一树,此树生来好做船。
此树生在河洲上,倒在龙王庙门前。
东有一枝朝东去,南有一枝朝南方。
西有一枝朝西岸,北有一枝朝北边。
中有一枝生朝秀,直树参天好做船。
大众乡老来商议,打把斧子六七斤。

砍了三日并三夜，三日三夜砍半边。
此树生来不一般，明早天亮又长圆。
众人乡老又商议，多花钱财敬神仙。
敬得神仙有感应，毛毛细雨落连天。
四月八日狂风起，推倒一枝在庙前。
幸得皇天有感应，乌鸦含泥半边天。
相公出榜庙前挂，谁人锯料不争钱。
摘皮茶叶做锯扯，锯灰射出分两边。
长板锯来千千万，短板锯来万万千。
长板拿来钉船底，短板拿来钉船边。
锯得板片将就了，又无木匠不成船。
相公出榜庙前挂，谁人造得此龙船。
鲁良二仙来到此，奉成相公不争钱。
鲁班先到造船底，张良后来造船边。
一路斧头一路印，一路刨子放亮光。
钉得龙船将就了，又无钉钩不成船。
相公出榜庙前挂，谁人打铁不争钱。
打铁原是毛家子，奉成相公不争钱。
烛头仙人会打铁，拳头做钉手做钳。
打了七日并八夜，铁锤打铁不相连。
大锤抢起过头高，小锤抢起在胸前。
长钉打来千千万，短钉打来万万千。
长钉拿来钉船底，短钉拿来钉船边。
打得铁钉将就了，又无艌匠不成船。
相公出榜庙前挂，谁人艌得此龙船。
得了桐油沾灰打，麻筋扎漏艌龙船。
艌得龙船将就了，又无画匠不成船。

相公出榜庙前挂，谁人画得此龙船。
画匠原是周家子，奉成相公不争钱。
三斗朱砂画船底，四斗朱砂画船边。
船头画个金狮子，船尾画个藕相连。
左画青龙右画虎，中间画个月团圆。
船头画出罗汉像，画出龙虎分两边。
画得龙船将就了，又无楠竹不成船。
相公出榜庙前挂，谁人有竹不争钱。
松元相公园栽竹，奉成相公不争钱。
大竹拿来破四块，小竹拿来破两边。
绞起船头高万丈，绞起船尾翘青天。
绞得龙船将就了，选时择日划龙船。
四月八日船下水，五月五日好划船。
鸣锣原是张天师，击镲原是洞宾仙。
打鼓还要康太保，请你下来上龙船。
奉送师郎酒一席，红旗飘飘上龙船。
二十四皮花桡子，一齐划来分两边。
上划划到双江口，下划划到庙门前。
上划三转龙相公，下划三转月团圆。
划起龙船江中走，划起鲤鱼跳上船。
划到庙前铁一拈，铁起龙虎分两边。
八十公公打掌笑，今年不比往年船。
十八满姑高跷望，人人称赞好划船。
划船还要年轻汉，不是十八不上船。
划船还要江边仔，作田还要乡下郎。
划尽天下无敌手，唯有我船要争先。
上划如同射箭快，下划好似风送云。

龙船到此无别事，一划清太保安平。
二划风调雨顺年，五谷丰登六畜旺。
游江五娘上船去，屈原相公上神船。
圣公圣母上船去，天符大帝上神船。
伤风咳嗽上船去，头脑发热上神船。
投河落水上船去，乡前乡后上神船。

今坛今庙上船去，装神作怪上神船。
割喉吊颈上船去，撩难弄犬上神船。
青面獠牙上船去，凶神恶煞上神船。
天花麻痘上船去，一切瘟神上神船。
自从今日划过后，人丁六畜得安宁。

过去一直以为划龙船就是为了纪念屈原。今从衡东霞流一带流传的《龙船歌》中，却发现，五月五日划龙船，其实是一种驱邪之术。要说与屈原有关系的话，也就因为屈原遭屈，天理不容，降大难于凡间，更要驱邪除恶。

其实，龙舟早在屈原之前就有了，并且屈原就对楚国巫文化的舟船巫术有一定的了解。在他的《九歌》中就记载说：祭祀时巫者迎神必须打扮美丽，而且要乘坐神船。

"美要渺兮宜修，沛吾乘兮桂舟。

令沅湘兮无波，使江水兮安流。"

巫迎神所用的神船不同凡响，其形为龙首鳞身，而且用芳香辟邪的草类装饰："驾飞龙兮北征，吾道兮洞庭，薜荔柏兮蕙绸，荪桡兮兰旌"。

而神降于巫坛时，其所乘的龙船更加神奇：

"驾龙舟兮乘雷　载云旗兮委蛇"（《东君》）

"乘水车兮荷盖　驾两龙兮骖螭"（《河伯》）

屈原所描述的巫和神乘龙船赴巫坛并非无端的臆想，而是当时楚地巫术文化的真实反映。

70年代从长沙子弹库楚墓发掘清理出的《人物御龙帛画》，画面上墓主人坐在龙船上，船头水下游着有引魂功能的"文鱼"，船尾亦立有追魂功能的仙鹤，似墓主人乘龙舟冉冉升天而去。它表明：

1. 至迟在战国时代的沅湘之地，早已有了舟船可载魂魄的巫术意识；

2. 龙船形制那时已经普及；

3. 巫祭活动已有了巫觋作舟船歌舞的内容。划船是一种舟船巫术。"划船"是指巫师的一种法事形式:用竹扎成小型的船体,再用色纸包糊成船形,巫者将其绑扎腰间,边唱边舞为人纳吉并敛财,民间俗称"划干龙船"。

贵州《大宣志稿》的地方志也记载:

至醮日,以竹及纸制船,遍历市巷,送之水际而焚之,盖亦傩之意也。

《划船》开篇巫师道白:

神船神船,请神下凡。男保清吉,女保平安。

神船进门来,添喜又添财,一声金锣响,引出八仙来。

旁人接唱:

站立阳在把话表,这位师傅在行教。

你的道法举得高,诊得癫来和得魁。

捉精打邪是好佬,一天只听牛角叫。

霞流龙船歌后面的"龙船到此无别事,一划清太保安平。二划风调雨顺年,五谷丰登六畜旺。"就是一个划船驱邪术的表现。

毛泽东在《七律·送瘟神》中写道:"借问瘟君欲何往,纸船明烛照天烧。"可见在湖湘大地历来就有烧纸船驱邪恶的说法。《龙船歌》里唱道:"纸造龙船无感应,就许河下木龙船。"说明划龙船是放纸船的升级版。况且这龙船还不是用一般材料、一般人造出来的,它是取材于五湖庙的千年树木,由鲁班、张良等大师造,张天师、康太保,吕洞宾等神仙为其摇旗呐喊,整个龙船充满了仙气神灵。所以才有"划龙船,祛邪除魔保安康"之功效。

可见,端午节不只是一个龙舟竞渡的体育盛会,更是一个驱邪节。喝雄黄酒、挂艾叶、昌蒲、洒蒜子水等是前戏,高潮是划龙船。

注:

① 游江五娘:三闾大夫屈原之女。

② 七十二候:中国古代用来指导农事活动的物候历。以五日为一候,全年七十二候。

草市赶"分社"

ⱽ
ⱽ
ⱽ

草市赶分社是一个重要的节日。每年春分节（阳历 3 月 20 日）前后三天，人们纷纷汇集于草市街上，交易农具、草药、生活用品……

草市位于洣水和永乐江交汇处，自唐代以来，就有赶分社的习惯。一年一度的草市"分社"是物资交易会。周边衡山、攸县、安仁、茶陵，乃至江西各路货商，带着他们的物产，或乘船或赶陆路纷涌而至。集市上，桌椅板凳各式各样；犁耙锄刀琳琅满目；锅瓢碗筷应有尽有。成衣布匹、针头线脑、蓑衣斗笠、箩索竹筛、鸡崽种兔、牲猪耕牛……货物如山，人流如织。鲜活干货卖完，换了锄、犁、耙、镰刀等农耕用具回去，生活用品卖出了，买几味中药，买一头猪崽。草市分社物资交易的是些什么？草市人会告诉你说："草市分社没有买不到的货，没有卖不出的物。"

每逢分社，草市街头、戏坪乃至山坡上的空坪隙地，都被临时搭建的摊位、帐篷所占驻，鳞次栉比，蔚为壮观。临时饭铺、各种小吃就在人流中埋灶支锅，开张营业。

尽管草市赶分社历史悠久，但安仁的赶分社在地方政府的包装下慢慢超过了草市赶分社的规模。

灵山捐戏

∨
∨
∨

  衡东县草市镇老街西端有灵山庙。灵山本是洣水边一小山岗。五代时，汉中山靖王后裔刘氏三兄弟奉母命偕隐江南，沿洣水而上，在此处见小山壁立，茶攸之洣水、安仁之永乐江两水汇流其间，马脑山、翻龟寨、金觉峰诸峰环绕，即以此山作为隐居之所。后坐化成石，乡人异之，立庙奉祀，是为灵山庙。凡山贼寇境，疫疠灾民，有祈祷祭告者，均能相安无事，灵应远响。灵山庙之灵验，闻于朝廷，兄弟三人皆沐恩封侯，元代谥为协应侯，千百年来享受乡民香火。兄弟三人坐化成仙的农历九月十三日，是为协应侯的生日。

  洣水、永乐二水流域乡民为感恩协应侯灵验，纷纷献戏庆祝三侯生日。每年从农历九月十三日起，举办为期半月的庙戏。唱戏要付费，唱戏人要吃喝，庙戏活动要人来组织，这是一笔不少的开支。这些费用，过去是草市街上开门做生意的人出，每个门面出一份子钱，不管生意好与坏。现在附近村民在外面发了财的，抢着捐款捐物为灵山老爷唱戏。捐戏一场接一场，从九月十二日起，一直排到九月二十七日，排不过来的就留在下年接着唱。

  唱戏以花鼓戏为主，戏班子来自于衡东、攸县、茶陵、安仁、浏阳等地。戏班子唱得好的，组织者会先付定金，定下来年的演唱业务。

霞流的龙狮灯

∨
∨
∨

　　霞流人舞龙耍狮有自己的特点。龙舞蟠虬，狮滚绣球，舞龙耍狮人从龙狮的灵动性中表现出了高超武艺、精湛技术。同时，舞龙耍狮过程中主家与耍家、主家与主家、耍家与耍家之间还要文斗——出灯。出灯其实就是"出对"。在舞龙耍狮时，还有许多提灯笼的随从人员，这些人员可发表对主家的祝贺、赞美等语句。在说话前，把灯笼高高举起，舞龙耍狮的、敲锣打鼓的、放鞭炮的就知道他要说话了，于是停下来听他唱颂。这就是"出灯"，也就是即兴唱出来的四六句。

　　出灯，既可抒情，也可状物；既有贺颂，也有针砭。虽然对仗不很严谨，但讲究比兴手法和一、二、四押韵。出灯，耍家对主家多为贺颂，主家对耍家多为感谢。正月耍龙狮，代表着送吉祥，送如意，能让一年遇事呈祥，逢凶化吉，康泰平安，事事顺意。因此，主家就希望耍家到自己家多耍耍。主家靠什么留住耍家？靠的就是"出灯"。主家出的"留灯"好，耍家不好意思离开，只好继续耍下去。耍家出的"辞灯"强，主家也就不好意思留住耍家。因为这样，地方上平时能说四六句的人在这个时候就成了抢手货。有主家请的，有耍家请的。舞龙耍狮活动也就为这些人搭建了 PK 四六句的舞台。

　　每年龙狮出行时，要点香烧纸燃烛鸣炮，并同时唱咏道：

　　　　三张钱纸三炷香，龙狮今年来开张。

　　　　一保国家多清泰，二保人民多安康。

龙狮到了主家,主家很客气,要留耍家喝茶吃酒。主家就出留对灯:

家灯家人,同路而行。(表示我们是一家人,拉近距离)

停锣息鼓,大家挂红。(挂红即喝酒)

耍家这时也非常客气也非常低调地唱出辞灯来:

耍灯不像,只来拜望。(耍得不好,只是表达一种心意)

年年吵闹,领情是样。(我们吵闹了主家,酒不喝了,我们领情了)

耍家对主家的贺颂,是看什么说什么,主家有什么说什么。譬如,主家是村会计,家里各行各业都有人,还有一个儿子在部队,于是耍家出灯唱贺道:

会计同志本不差,各行各业聚一家。

还有部队好战士,保民安康卫国家。

譬如主家去年新建了房子,耍家就出灯颂贺:

主家砌栋好华堂,有山有水正当阳。

左边来龙三千里,右边朱雀对凤凰。

有一人家建了一栋新房,左边是父辈的老房子,右边是兄弟的新房子。有人就出灯贺:

五层楼房是朝东,主家财门正当中。

左旁傍的是阿叔,右边靠的是弟兄。

龙狮为武,出灯为文,一文一武,幽默诙谐。这就是霞流的龙狮灯。只可惜现在耍龙狮的人少了,出灯的人更少。每年的龙狮只是象征性地耍一遭,甚至以主家的红包多少来决定耍龙狮的时间长短。龙狮文化慢慢在蜕化消失。

衡 东 吃 货

HENG DONG CHI HUO

衡东县的特色美食，有其独特地方口味。衡东土菜以"鲜、辣、美、便"而誉满三湘、蜚声湖广。

一颗小小的黄辣椒，因色彩金黄、皮薄肉脆、微甜稍辣被赐为"贡椒"。霉豆腐、麻辣萝卜条、剁班椒、浸杨姜，土得掉渣却味道甘美，也登大雅之堂。石湾烧壳子饼、潭泊麻元粒子、吴集包子，因味道特别而让人念念不忘。杨桥麸子肉、新塘地皮子、草市豆腐、霞流咸蛋、石湾脆肚就地取材，现做现卖而闻名遐迩。

这就是衡东吃货的文化特色。

衡东土菜,味美天下

∨
∨
∨

几届土菜文化节后,让衡东土菜名声鹊起。"到衡东品土菜",已在三湘四水、大江南北成为一种时尚,一种渴望,一种向往。"衡东土菜誉满天下。"

衡东土菜有三魂:米酒、茶油、黄贡椒。

山茶油不只是富含不饱和脂肪酸,更重要的是油烟少,热稳定性好,适用于大火爆炒,加上有天然的茶香味,能解食材腥臊之气,"真塘鱼""石湾脆肚""三樟贡椒羊肉"等许多本土名菜无不用其烹制。

衡东米烧酒口味甘醇,风味独特,衡东厨人喜欢用其腌制剁椒等佐食。在烹饪过程中使用米烧酒,解脂、化腥、除膻,调味有奇效,烹饪时,高温、热油、米烧酒将发生一系列美妙而复杂的化学反应,创造出清香甜美的土菜味来。

黄贡椒皮薄肉厚,清脆爽口,微甜稍辣,颜色鲜艳。各种食材,经黄贡椒一翻炒、一点缀,油光可鉴,香气扑鼻。用筷夹入口中,牙齿轻轻一咬,香辣之气直冲脑门,头冒热气,人顿时精神大振。

衡东土菜有四魄:辣、鲜、美、便。

"鲜"是它的重要招牌,土鸡、活鱼、野菜样样鲜活、鲜嫩,叫你吃得放心。原材料来自于衡东人的私家菜园,不大规模的播种,不施化肥农药,不反季节种植,就是家家户户餐桌上的普通菜。衡东土菜的食材就是新鲜无污染。

"辣"是衡东土菜的又一重要要素,不辣不地道的衡东土菜,不同于川菜的辣,也不同于湘菜的辣。衡东土菜的辣,是辣中带甜,辣得自然,辛辣度并不很烈,大多数外地人都能接受。吃过衡东土菜的人神清气爽,食欲大振。

"美"表现在衡东土菜两个方面,一是高大上,讲究色、香、味、形、器;二是大众实惠,讲究食材的厚实丰盈。两个方面的"美"都体现在菜品的式样和份量上。

衡东土菜的"便",一是衡东土菜的烹调非常简便,无非就是大火爆炒,中火蒸煮。二是表现在土菜店多,吃衡东土菜很方便,不管你到哪儿,都有正宗的土菜餐馆。随你叫上几个菜,要不了几分钟,菜便端上了餐桌。名气大点的餐馆都有好些厨子,好几个炉灶,一字儿排开,一个厨子炒一样菜,你点的菜能同时上桌,让你感受到土菜的热量、餐馆的热情。

具有三魂四魄的衡东土菜,让食客大快朵颐,流连忘返。

除了三魂四魄外,衡东土菜还有深厚的文化底蕴作调和。

"东方红云""春色满园""洁身自好""嬉龙戏凤"……每一道菜名

都散发着高雅的文化清香。

一道普通的"香椿煎蛋"，却有一首不普通的诗在咏它："二月春姑孕此身，喜逢凤仔结同心；水乳交融清香溢，散遍神州万里春。"

地地道道的春季野菜——地皮子炒肉，经诗人一美化："春雨绵绵暖气微，茫茫绿野地衣肥；兹将肉末相交好，脆嫩香甜醉味蕾"，还是寻常的野菜吗？

一碗菜一首诗。在席间，客人们土菜尝之品之，诗文歌之咏之，其情也切切，其乐也融融。呷土菜，品文化，悠哉乐哉，快意人生，舍我其谁？！

土菜虽土，但文化高雅。衡东之所以成为全国唯一的土菜名县，就因为衡东土菜的文化底蕴太深厚。

衡东土菜凭什么"誉天下"？

衡东土菜誉在"鲜"，誉在"绿"！

衡东土菜誉在"简"，誉在"便"！

衡东土菜誉在"醇"，誉在"正"！

衡东土菜烹调不是问题，土菜的保鲜才是关键。如何让绿色鲜美的衡东土菜方便快捷地送到千家万户的餐桌上呢？这是制约衡东土菜规模化、市场化的瓶颈。

有两个人，一个微胖，一个干瘦；一个睿智，一个精明。他们是老乡，是同学，更是兴趣相投的好朋友。为了一个共同的梦想，聚集在一个屋檐下，聚焦在同一事业上。

谭泽林，名厨之后，其长辈阳其寿、向仲冬在老家新塘一带名气十足，所担纲的茶担子生意红火，应接不暇。耳闻目睹了长辈的事业，小小年纪的他，就在心田里种下了做衡东土菜的种子。

郭思中，心中也有同一个梦。为了心中的梦想，他虚心向名厨大师学艺，其痴迷程度让常人难以理喻，四十岁的年纪，还软磨硬泡，做了湘菜泰斗王墨泉的关门弟子。

两个有心人斥资 1.2 亿，成立了湖南聚味堂食品有限公司，在河西开发区兴建衡东土菜产业园。通过原材料分拣、土菜初加工等现代方法，生产酒店预制菜、家庭快捷菜、休闲方便菜。让没到衡东的食客也能吃上正宗的衡东土菜！

聚味堂目前开发的衡东土菜有"衡东头碗""麻辣脆肠""红油鸡爪"等。特别是"衡东头碗"已经成为市场上的抢手货。

因为这个"头碗"不简单：

它制作烦琐，由排骨、猪脚、鱼丸、肉丸、滑肉、蛋包丸、红枣、罩子等多种食材聚集而成，一层一物，一物一形，一形一味。它那调料汤汁，鸡鸭猪骨加名贵药材，经过24小时的细火慢炖，醇香浓稠。衡东头碗集色、香、味、形以及食物的多样于一飨，营养丰富，高端大气上档次。

衡东土菜并不土，衡东土菜有文化！

衡东土菜最好呷，衡东土菜有人在研发！

猫耳朵

> ⌄
> ⌄
> ⌄

　　猫耳朵并非猫的耳朵,而是一种用糯米制成的食品。猫耳朵是衡东最普遍的一种小吃,以其色彩鲜艳,味道香甜,口感松脆而备受人们喜爱。猫耳朵的制法比较烦琐,从原料的挑选到色彩的渲染都非常讲究。以糯米为主料,配以一定的籼米,不然黏性太重而影响口感。猫耳朵的色彩来自于天然植物的果色或食用的酱油。黄色以山上的黄栀子的果色为主,黑色选用酱油,红色以高粱为原料。这些都是天然的可食用的甚至还有药用价值的色素。

　　制作过程比较复杂。先把糯米浸泡十几个小时,待软化后用石磨磨成米浆,米浆要沥干水成固体状的米粉。有人为了加快水分的减少,用纱布蒙住米浆,上面加压让水分尽快控出。控出水分的米粉含水量高了还不行,有人就用纱布包住米粉后铺上一层草灰来吸水。

　　把符合要求的米粉分出几份,分别蘸上黄栀子汁成为黄色的米团;滴入酱油后成为黑色的米团;加入高粱粉成为红色的米团;也有在米粉中加入食用红制成红色米团的。各种颜色配齐了,分别压成薄片叠加在一起,用筷子横竖夹一下,卷成圆筒状后在板案上甩打成三角形或椭圆形,用纱布包裹后入蒸笼蒸熟。好的猫耳朵就在于色彩匀称和米团紧实,因此,三种颜色的米团压成的薄片要均匀,甩卷要用力。

　　蒸好的糯米卷冷却后,用快刀切成薄片,晒干后就成了猫耳朵半成品。吃的时候,可炒、可炸,也可下汤煮着吃。

脆皮子

∨

∨

∨

脆皮子,衡东农村中常见的一种小吃。来客时,把干米片往油锅里一炸,香气扑鼻,咔咔蹦脆的脆皮子让客人大饱口福。

脆皮子制作流程并不复杂,但步骤不少。先要把米磨成粉,还不能磨成干粉,必须是磨成水粉,然后把水粉烫成粉皮。烫成薄薄的粉皮要用专用的烫盆,待水烧滚,烫盆里洒上浅浅的一层水粉后放入沸水上,盖上盖,一分钟不到,揭开锅盖,取出烫盆,用竹刀沿盆划一圈,对着横搁在凳上的竹杆一倒,一张冒着热气、晶莹透亮的粉皮就挂在竹杆上了。晾到七成干,用刀一切,成丝的叫米面,成片的叫米片。米片用油一炸,就是让人垂涎欲滴的脆皮子。也有不用油炸,而用沙炒的脆皮子,那味道就差远了。脆皮子的味道有多种,全在烫米片前加入的作料。加入芝麻的就有芝麻香,加入陈皮的就有橘子香,最简单、最多的是放入白糖的,让脆皮子有了甜味。

脆皮子是一种自家做的、天然的绿色食品,但现在非常少见了,原因就是工业化的快餐食品替代了纯手工艺。但工业化的快餐食品中的各种添加剂、防腐剂又让人们怀念远去的纯手工制作的食品。

石湾烧壳子饼

∨
∨
∨

　　湘江是一条重要航运水道,南来北往的船只也成就了沿河两岸许多码头街市,在衡东境内就有石湾、雷市、大源渡、霞流、大浦等街市。这些街市既是船上旅客旅游观光的地方,更是他们住宿打尖的驿站。许多旅客和船公们酒醉饭饱后,还要带上一些食品上船,以防路上挨饿。南方天气湿热,熟食容易腐烂变质。有人从西北的馕制作中得到启发,把发酵好的面中加上作料烤制成干燥的饼子,这就是人们常说的"烧壳子饼"。烧壳子饼,沿河两岸都产,唯有石湾街的"烧壳子饼"最有名。

　　据考证,石湾烧壳子饼,起源于清代,已有200多年历史。石湾最早烧制和经营烧饼的是"运泰"糕点坊老板文友生。石湾烧饼采用白糖、茴香、茶油、面粉等为原料,其加工制作工艺精细,和面均匀,饼馅儿可口,火候适度,烧烤适当。清末民初,石湾烧饼有了很大的发展变化,选配料范围更加广泛,独家经营历史宣告结束,先后出现了"协和祥""新泰福""庆丰祥""万利春"等多家经营。由于选料、和面、烧烤要求十分严格,成为湘江沿岸一大有名的风味小吃。

　　水运被铁路、公路替代后,烧壳子饼充饥的作用也就弱化了。但这个小吃还保留着,并融入了一些现代元素。卖家的烧壳子饼不论个卖而是论包卖,以增加销售量;买者在吃法上也有了改变,充饥的食品成了解馋的零食。也有一些食客把烧壳子饼掰碎放入沸汤中,打入一两个鸡蛋,再撒上葱花、姜丝、味精等调料,做成了一种叫作"鸡蛋烧饼羹"的可口甜食来,让烧壳子饼成了另一种食品的原料。

　　老饼新吃,体现出了衡东人极富创意的创新精神。

麻辣萝卜条

∨
∨
∨

　　每年阴历十月间坐车从杨梓坪路过,就能看到房前屋后的小树上开满了无数的"白花",在温暖的阳光下闪耀、在轻拂的秋风中摇曳,煞是好看。深秋时节,什么树开白花? 下车走近一看,原来是那脱光叶子的枣树上挂满了白萝卜条。远远望去,似梨花盛开,像棉花吐絮。

　　家乡人就是聪明,地里成熟的萝卜收回来洗净后,用滚刀法把一个大萝卜切成无数条似断非断、藕断丝连的萝卜花,挂在多枝的枣树上。日晒太阳夜吹风,水淋淋的大萝卜随着水分的蒸发,各种蛋白酶经过一系列的化学变化,就变成香甜脆爽的萝卜干了。再把萝卜干洗净去水,用盐、酒一腌,洒上红艳艳的辣椒粉,一道独具衡东风味的麻辣萝卜条就做成了。

　　大概是因为土质和气候的缘故吧,家乡的萝卜特别的甜脆,做成的麻辣萝卜条更是一道美味佳肴。家乡人不管是逢年过节还是平时登门造访,主家都会为客人准备一碟麻辣萝卜条,就着一盅米酒或一杯清茶,边谈边吃,嘴里麻得"咝咝"响,额上辣得汗水流。麻辣萝卜条把亲情、友情演绎得淋漓尽致。

"五月没奈何,六月盼早禾,七月租一送,八月粥清清,九月米桶空,十月借过垃。"这首家乡儿歌是过去农民生活的写照。一年中是吃不饱肚子的,为了充饥,人们就在房前屋后种上萝卜,从年头七月吃白嫩嫩的萝卜起,到第二年的五月还在啃老萝卜。所以家乡又有俗语说:萝卜吃到底,芥菜半年粮。萝卜不知填充了多少人的肚子,萝卜不知救活了多少人的性命。大白生萝卜是粮,麻辣萝卜条是小菜,那时分得很清楚。

现在萝卜不当粮了,萝卜的吃法也有了很多花样,但最好吃的还是干萝卜皮炒腊肉和麻辣萝卜条。

艾粑粑

∨
∨
∨

艾粑粑是一道有药用功效的衡东小吃。

每年春天一到,山坡下、河岸边就会有很多人去摘一种鲜嫩的艾草,摘回后洗净,开水一焯,搅碎后与糯米粉调在一起,做成一个个的小粑粑,叫艾叶糍粑。这是一种天然绿色食品,用油一煎,外焦里嫩,像煎饼一样,看上去好像淋了油似的,吃起来却一点也不腻,柔软圆滑,满口清香,味道好极了。撒上数颗芝麻,既添色,又增香,更有一番风韵。

《本草纲目》记载:"艾叶生则微苦太辛,熟则微辛太苦,生温熟热,纯阳也。可以取太阳真火,可以回垂绝元阳。服之则走三阴,而逐一切寒湿,转肃杀之气为融和。炙之则透诸经,而治百种病邪,起沉疴之人为康泰,其功亦大矣。……老

人丹田气弱,脐腹畏冷者,以熟艾入布袋兜其脐腹,妙不可言。寒湿脚气人亦宜以此夹入袜内。"

《药性论》上说:"炒艾作馄饨,吞三、五枚。以饭压之,长服止冷痢。又心腹恶气,取

叶捣汁饮。"

艾叶真是一种不可多得的好药材。野外采来一把鲜艾叶,用水一焯,揉碎了,掺点米粉,做成的艾粑粑,不苦不涩,微余清香,既可饱肚解馋,还可杀菌消炎,驱寒除瘴。

我对艾叶糍粑是有亲切感的。孩提时代,是艾粑粑把我饿扁的肠胃塞满的。缺粮少米的日子,野菜就是粮食的替代品。所有野菜中,艾叶为上品。

现在人们生活好了,吃艾糍粑是吃一个新鲜、吃一个口味。野菜不再是粮食的替代品,而是绿色健康食品的代名词。有时为了解馋,也为了放松心情,几个人星期天或假日外出采来艾叶,洗、焯、切、揉,费点力气,花点时间,既解了馋,又得到劳动锻炼,还能分享成果快感。这也成为人们一种节假日的休闲方式。

更有精于商道的人士,挖掘民间工艺,根据医学原理,结合现代技术,精制出了方便、健康的艾粑粑。这样既可免去人们劳作之苦,又能满足人们饱食美味之欲望,同时还可把不起眼的野菜搬上餐桌,挤进餐馆,登上大雅之堂。

衡东"哈粒油"绿色食品有限公司就是这样做的。"哈粒油"牌艾粑粑在全国各大城市的超市和饭店都可买到。

猫屎薯

∨
∨
∨

猫屎薯,听着让人作呕,吃着让人吞口水,现在已不多见,旧时却是农家必备的小吃。黑黑的,软软的,不大不小,就像一坨风干的猫屎。

其貌不扬,其名不雅,但作为小吃,味道顶呱呱。它其实是红薯食品的一种。红薯,是一种好食品,在饥荒年头,它是果腹的最佳食物。在衡东这个地方,过去是仅次于大米的重要粮用品,也是农家的当家副食品。

红薯作为当家副食品,有诸多做法。如把红薯蒸熟捣烂刮成

薯片晒干后,可油炸着吃,可热沙炒着吃,可用糖浆浆着吃。把红薯刨成丝或切成片,晒干,炒脆,加点盐,当作果品吃,香脆脆的,与名贵干果有一比拼。红薯也可生吃,白生生的,越嚼越甜。

最好吃的是猫屎薯,软软的,有点接近现代果脯,吃起来甜而韧,腻牙腻齿,

另有一种味道。

猫屎薯是怎么做的呢?

做猫屎薯的原材料,原来是一些废弃料。那些歪歪扭扭的小红薯,蒸熟吃筋巴巴,刨不得丝,刮不成片,喂猪又可惜,就做猫屎薯吃。猫屎薯做法也简单,将薯洗净,蒸熟后晒干或焙干,干后又回一次火,再蒸一次烘干就行。现在的猫屎薯,做法有改良,把又大又好的红薯,蒸熟后切成小条状,替代过去那筋不拉叽的猫屎薯。

红薯,北方称为"地瓜",南方称红薯,历史上曾被人称为"金薯"。

清乾隆贡生陈世元写过一本书,叫《金薯传习录》。在这本书里,他详细介绍了红薯的栽培技术,也讲了红薯在饥荒年头救人性命,被誉为"金薯"的来历。他的六世祖陈振龙,20岁中秀才,后厌倦科举,弃儒经商,随众商人赴吕宋(今菲律宾)经商。在吕宋,陈振龙见当地红薯遍野,并了解到此薯耐旱、高产、适应性强,生熟皆可食。遂学习种植法,出资购买薯种,于明万历二十一年(1593)五月,秘携薯藤,避过出境检查,经7昼夜航行回到福州,即在住宅附近纱帽池边隙地试种,大获丰收。这一年福建闹饥荒,陈振龙之子陈经伦具禀福建巡抚金学曾,备陈种植红薯利益,请予推广。金学曾批准并试种成功,为示纪念,称之"金薯"。

红薯称之为"金薯",还在于它的营养价值。据现代医学证实,红薯含有膳食纤维,胡萝卜素,维生素 A、B、C、E,及钾、铁、铜、硒、钙等十余种微量元素,营养价值很高,被营养学家们称为营养最均衡的保健食品。有促进消化、抗癌、抗糖尿病、预防肺气肿等作用,有助于维持正常血压和心脏功能。特别是红薯中还含有一种类似雌性激素的物质,对保护人体皮肤、延缓衰老有一定的作用,这可是爱美女性的最爱哟。

衡东文化研讨

HENG DONG WEN HUA YAN TAO

　　地域文化所蕴含的思想观念、人文精神、道德规范,不仅是这一地域人的思想和精神的内核,也是解决地域所面临社会经济问题的密钥所在。地域文化具有很强的精神力量和价值取向功能,不同的地域文化,塑造不同品位的人,不同品位的人创造出有着本质差异的生产力和其他要素,进而影响经济发展、社会兴衰。

　　衡东在历史上交通便捷,为什么没有形成商业气息浓厚的氛围?为什么衡东范围内村名多塘、多桥、多湾?为什么天下有衡东人、衡东无天下人呢?衡东能出两位状元,是偶然还是必然?这些都可以从衡东地域文化中去寻找答案。

衡东农耕文化

∨
∨
∨

衡东地形以山地丘陵为主,湘江与洣水组成一个大"人"字,构成了衡东的水系。其间小盆地、山谷与河流两岸的冲积平原是衡东的重要农耕地,1926 平方公里的面积,有耕地 50 万亩。温和湿润的亚热带季风气候最适合农作物的生长和成熟,衡东历来是一个以农耕为主的农业大县。

在以水运交通为主的中国历史上,衡东交通并不闭塞。湘江沟通了湖南南北交通,连接了中国的黄金水道——长江。而湘江贯衡东西部而过,逶迤北去 85.1 公里,有大浦、霞流、雷家市、石湾等大的渡口。南北朝梁天监年间(502—519),立湘潭县,县治所在地就在衡东石湾附近。雷家市是历史重镇,明成化二年(1466)设巡司,镇上游人不绝,生意兴隆,清代曾设厘金局,过往船只货运物流皆纳税。江边码头泊有商船有时多达 300 多艘,连绵好几里。大浦、霞流亦是水路重镇。洣水流贯东西 83.9 公里,沿岸的草市、杨林、夏浦、吴集也是重要的集市。衡东也是一个具有商业发展优势的好地方。

但纵观衡东县境,找不到一家年代久远的大商铺,也没有出现有名气的商人。历史上的衡东境内两河两岸,许多的古街古市,只是逢集赶场的物资集散地,从事贸易的大都是贩夫走卒,以地摊销售为主,商业气息淡薄,很难形成大的商铺,更不要说名铺了。

一个地方的经济特色的形成,除自然条件外,还有一个重要因素,那就是地域文化的影响。

衡东居民绝大多数来自于北方的移民。颠沛流离的迁徙，许多人对农耕特别重视。有了一块荒地，就可以开垦，就会有收获，就能生存下去，农耕文化气息特别浓重。农耕文化的一个重要表现就是"重农轻商"。自给自足的农耕，不需言商；战事纷纷，流离失所，不敢经商。不经商，不言商，轻视商人，这就是农耕文化的特点。

这种重农轻商的农耕文化，抑制了地方商业的发展。虽然衡东具有了商业发展的优势，但并没有形成优势的商业。即使杨林在西晋就已开埠，草市自唐代起就是洣水流域商贸重镇，但跟资本主义萌芽的商镇不同，这些古商镇都是农耕社会传统的商镇，所以影响力没那么大，发展程度也没那么高。

轻商，就是瞧不起商人。既瞧不起商人的职业，更瞧不起商人的人品。"无奸不商"，一个"奸"字，就把商人划归到了"缺乏诚信"一类。这文化理念导致两种结果：顾客对商家的不信任，对货真价实的所购商品，需要打折来平衡心理；商家因为顾客的不信任，所以也就不必用十足的诚心来经营。十足的诚心，货真价实的商品也需要打折才能销售，还不如先做好打折的预算。这样，商业活动中就有了"打折""砍价"的销售模式。

这样的文化心态，让经商者不能脚踏实地地做，着眼长远地做。既然得不到好声誉，还不如捞点真实惠，于是，经商者以追求利润最大化为目的，搞短平快项目，甚至打一枪换一个地方，打一枪换一种武器。大街上天天有门市开张的，也天天有铺面转让的。"衡东街上无老店"，不要说百年老店，就是几十年老店也难寻出几家来。

重农轻商的思想，使商界人才留不住。商业做大了，袋子有钱了，就想让人改变对他的看法，就想脱离商海，洗手上岸。或从政，或为王，以洗"奸商"之耻辱。

要称王者，除非是散金招兵买马，成为地方势力，以自己之势力调处地方矛盾，以得到人们的尊重。

要从政者，先得读书。衡东人重视读书，也会读书，读书风气浓，读书人才多。从明清到现代，读书人出了不少，从状元彭浚，到探花谭鑫振，再到中科院院士刘新垣等，他们都是因读书改变命运的。罗荣桓的父亲是南湾街的商人，有了积蓄，才送儿子到省城读书，才有了罗荣桓在大城市里接受马列主义思想，走上革命道路，成为中华人民共和国的元帅。

也有的直接从商海到政界。旧社会通过捐官手段，换取一顶乌纱帽。现在通过争当人大代表、政协委员来参政议政。轻商的文化理念，造成了人才从商界到政界。商界人才的流失，也就难以成就大商人、大企业家。

轻商文化的背后价值取向就是"当官文化"。"当官文化"的核心是管理而不是服务，是"管人文化"。在社会事务的管理中，内心深处有着"官老爷"的思想，很难放下身架，真正为民服务。于是"门难进、话难听、脸难看"。当官文化也就让投资环境声誉低，信用度低，招商引资的吸引力小，外地人才、资金、技术、管理也就难以引进。在地方经济发展中，说地方话的多，说普通话的少，经济难以搞活。

"当官文化"让读书变得功利明显化、目的唯一化，读书是为求功名而不是学技术，就是为了管理人而不是被人管。结果，职高、职校不爱上，认为其是没有出息的人的选择。就是现在技术人员很吃香的时候，大家还是拼命去挤普高的大门。县中等专业技术学校，就因招生困难而办学举步维艰。其实职专办学方向很有针对性，是实用型人才培训基地，学一技之长能在社会上大显身手。就因"管人文化"的影响，职高生不被人看好。

农耕文化的一个最大特点就是吃得苦、耐得烦，"春种一粒粟，秋收万颗子"心中总充满着希望。即使因灾而颗粒无收，来年还会继续辛勤劳作。"不气馁，不怨天，不尤人"，这就是农耕文化的精神所在。

农耕文化对地方的商业文化必将产生影响,商业文化在发展变化中,肯定会打上地域文化的烙印。衡东人经商,先从小买卖做起,摆地摊、贩小货、开小店,一步一步就如春种秋收一样。改革开放以来,衡东人第一、二代老板中,几乎都经历了卖冰棍、瓜子、鸡蛋、大米的经历。企业也是从小皮碗、小印章做起来的。靠的是吃苦耐劳、顽强拼搏。技术含量低,管理水平差,家庭式、家族式的管理模式,一人发带动一家发,一家发带动一族发,形成了一个地方一种特色,一个家族一种商品。与农耕文化中的小规模、近地域极为相似。

农耕文化的影响还让经商者故土难离,恋乡情结特别浓厚。在外挣了钱的,都愿意回乡办企业,在家乡发展,形成了衡东民营企业立县的特色。由于企业技术含量低,加上投资环境不如外地,结果亏本的多,赢利的少,民营企业对地方经济的推动作用没有表象那么红火。但衡东人回乡办企业的热情不减。

地域文化具有很强的精神力量和价值取向功能,不同的地域文化,塑造不同品质的人,不同品质的人创造出有着本质差异的生产力和其他要素。衡东的农耕文化塑造出了衡东人"艰苦创业、百折不挠"的愚公精神,在这种特定的文化背景下,人们鄙视懒惰、涣散、松懈、不求上进,褒扬吃苦、团结、进取、积极向上。衡东人应克服狭隘主义的小农思想,跳出自我看差异,跳出家庭看社会,跳出衡东看世界,形成"天下有衡东人,衡东有天下人"的浓厚商业气息,这样衡东的发展就会走上快车道。

从地名看农耕文化

∨
∨
∨

在大浦镇西南部的京珠高速与衡大高速相交处，方圆不到 20 平方公里，以塘为地名的却有 20 处之多。有湖塘、狮塘、鹅塘、老鸦塘；有黄塘、石塘、清塘、白泥塘；有油草塘、枫塘、杨柳塘、杨梅塘；有罗塘、排塘、中塘、神塘、秋坡塘……为什么这么多的地名都带"塘"字？

大浦的西南部，紫色页砂岩地层，透水性差，降水主要以地表形式汇入湘江，地下水位深。易风化的紫色页砂富含磷钾等矿物元素，形成了肥沃的土壤。作物种植主要的限制因素是水，水利是农业的命脉，所以当地有谚语：有收无收在于水。这里是丘陵地貌，低洼的谷地易积水成塘，"塘"是当地修建的一种小型的蓄水工程，雨季蓄积雨水，旱季灌溉农田。沿湘江而上的外迁移民，对于这片沃土是不放过的，他们逐水塘而居，筑土坯为庐，沿水塘四周开荒种地。由于人生地不熟，居地称谓不详，不利于亲朋戚友的交往。为了定位方便，地名是以塘为基础，"塘"加上前缀，就变成了准确的地名了。塘边有棵柳树，就叫柳树塘；塘无泥沙流入，水质很清，就叫清塘；塘如狮形，就叫狮塘；塘如鹅形，就叫鹅塘……于是，在这方圆几十里的地方就形成了以塘为地名的地名文化现象。

这地名文化表达了三点信息。一是生活在这里的人为外来移民，是先有塘后有村。对居住在这里的陈姓人家的家谱调查就发现，他们的祖先来自江西，大概是明代的时候迁居于此；二是塘为当地农业生产的一种重要的水利设施。有塘才有了农业，有了农业才有了村落；三是以塘命村名，简单明了，便于区别，虽然文化内涵不深，但非常实用。

衡东的敬畏文化

∨
∨
∨

敬畏文化是人类社会发展过程的一种心理调节，一种价值取向，一种自觉行为。敬者，仰慕、敬服。有了敬，心中才有了善、美好、高大上的东西，自己才有了努力的方向。畏者，畏惧、害怕。心中有了畏，才知道自己的软弱，自己的渺小；心中有畏惧，行为才有了收敛，才有了自律。可以说，敬畏文化是维护社会秩序、构建社会文明、自律人们行为的内在力量。

敬畏，其实是一种约束。先有了个体的约束，才有群体的约束。人生在世，群体共居，天人合一，中庸和谐，就是有了对上苍的敬畏，对于人生本身的敬畏。

社会之大，人群众多，人的行为，五花八门。没有规矩，岂不乱套？有了规矩，却不遵循，岂不成了摆设？对社会众人，得有个"律"。不以规律，不成方圆。

在中国几千年的封建社会统治中，维系社会稳定运行的是三大机器：王权、族权和神权。王权，就是国家的法律机器；族权，是家族家规，是中国古代乡绅自治的法宝；神权，就是借助神庙、宗祠、法坛等神器，从精神上对民众的统治。

王权、族权是一种"他律"，人们在社会活动实践中心存敬畏，神权起了重要作用。研究中国社会的发展就会发现，中华民族具有很强的自治精神，自治精神就来源于很强的"自律"精神。宗神的设立，庙宇的建立，就是一种强大的"自律"能量。心存敬畏，自己随时给自己提醒，从而晓礼知耻，注重自己行为。

因为崇敬,才会有自醒和自勉;因为畏惧,才会有自省和自律。有了敬畏,才有了约束。所以说敬畏文化是社会秩序维护、社会文明进化、人们行为自律的一种内在力量。

那一道划破夜空的闪光,紧接着若干声的巨响,伴随着的风雨交加,对人具有一种至高无上的威慑力量!它教人反省:在最近一年半载,你是否做过伤天害理的事情?

那时候,凡出现这样的情景,长辈们往往把年幼的晚辈们搂在怀里,教他们合掌作揖,教他们说:"莫怪罪我!"

这是中国的民间道德、良心忏悔的传统方式。

《周易》上说:故君子闻雷,必恐惧修身,省思己过,所以敬畏天威。《阴符经》上有:"迅雷烈风,莫不蠢然。"

衡东人从北方迁徙到此,敬畏之心更浓。其敬畏文化一是表现在仪式上,二是体现在神龛和庙宇文化上。

初一的敬神,正月十五日的花灯,清明节的上坟,七月半的供老客,这些都是敬畏文化的载体。就是为死人做的道场法事,木鱼声声,乐音哀哀,肃穆庄严,让人不能不敬畏。传统婚姻的仪式中,新郎新娘首先跪拜天地,这一拜就是一种宣誓,一种约定,一种责任。在几千年的中国传统文化中,敬畏天和敬畏地是件头等大事。

衡东境内,有许多庙宇。就其分类来说,可分为文庙、武庙、河神庙、山神庙、土地庙、家庙;就其功能来分,求福、求财、求子、求平安。

衡东境内较有名气的庙宇,有杨林茫洲晏公庙,建于洣水边,功能主要为治水,应属河神庙。有名是因为庙内有乾隆赐的"晏公庙"匾。相传乾隆下江南,在洞庭湖遇险,晏公菩萨踏浪而行,救皇帝于危难之中,皇帝以匾相报,晏公庙从此名声鹊起。

莫井的将军庙,为清总兵颜朝尧所建。颜朝尧,莫井人,奉旨平藩,屡战屡败。一夜梦汉朝李广将军指点兵法,第二天出兵反击,反败为胜。荣归故里后,建庙以示永志不忘。庙建后,香火不断,人们烧香拜神,能逢凶化吉、遇难呈祥。

庙宇也就成为方圆百里有名的武庙。

衡东最多的庙还是土地庙,又称"土地公公""土地公""土地爷"。土地庙是万能庙,从神的职位上分,职位最低。土地神是地方保护神,是民间最为信赖的神,凡有人群居住的地方就有供奉土地神的现象。县官不如现管,土地庙是地方上的庙,庙神职位虽低,但就在你身边,时时关注着你。其他专职神庙,离得太远,"远亲不如近邻,大神不如土地神",人们烧香求神经常去的还是土地庙,祈福、保平安、保收成都行。

衡东较出名的土地庙有甘溪石岗土地庙,初一、十五香火特别旺盛。石湾有一土地庙,能祛病消灾,心诚则灵,尽管庙偏于深山上,但人们不辞辛劳,上山烧香求神不断。对全国有名的南岳大庙,当地人烧香的反而不是很多,说什么"南岳菩萨照远不照近"。

衡东的文庙却不多。文庙即文宣王庙的简称,也是孔庙的别称。据史籍所载,我国最早建立的孔庙,是在春秋末季的鲁哀公时期,就建在孔子的故乡曲阜。汉武帝时,"罢黜百家,独尊儒术",孔子的声名日见显赫,为中国之后二千余年的封建正统文化——孔学,奠定了基础。盛唐的玄宗开元中叶,唐明皇追谥孔子为文宣王,于是,孔庙从此之后被称为文宣王庙。创建孔庙之风,随之而盛行,拜文庙即拜孔子,一求智慧,二求升学。衡东人重视读书,但拜孔庙的不多,这也是衡东庙宇文化的一种怪现象。

随着对自然的认识越来越深入,理性思维和科学精神也越来越浓,神秘的面纱一经掀开,敬畏的东西就缩小了许多。部分衡东人也一样,没有了敬畏,就有了自以为是,无拘无束。

约束力没有了,人就会变得无"法"无"天"。"法",外在的法律,"天",内在的道德律。后者比前者更重要,更有约束力,因为它随时随地都在人们的心中起作用,影响人们的行为。

过去所敬畏的神祇没有了,那现在人们还敬畏什么呢?现在的人们不再相信"天命",认为只要努力追求就能达到目的;人们不再相信神圣的东西,而是大力追求世俗的功利欲望;人们不敬畏上天,不敬畏大地,更不敬畏鬼神。为了能够满足自己的欲望,开山填海占耕地;为了强调平面化的"平等",随意贬低甚至否定圣人,随意怀疑权威;人们凭借着科学技术,与天斗、与地斗、与他人斗,要改天换地,要人定胜天,要把命运掌握在自己手中。他们明白了世界上根本就没有什么神仙鬼怪,明白了并不是所有的事情都会有因果报应,因而就肆无忌惮地以权谋私、为非作歹,甚至卖官鬻爵、欺世盗名、丧尽天良!

虽然不害怕因果报应,但对舆论和法律还是敬畏的。

从舆论来说,衡东人其实是最好面子的,那些肆无忌惮的人,并不是真的肆无忌惮,他们还是害怕舆论对于他的谴责的。衡东人好面子是大处着眼、小处着手,面子抹得溜溜光。他们除了害怕舆论的谴责外,就是害怕法律了。因为许多做坏事的人,他们最害怕的是东窗事发,受到法律的制裁,锒铛入狱,弄个身败名裂,遗臭万年。无论那些权倾一时的人在台上多么嚣张,一旦劣迹败露,他们都会惶惶如丧家之犬,不可终日。

衡东人还是有敬畏的,尽管对神化的东西减弱了,但对现实的法律法规、舆论评说还是害怕的。加强舆论监督,健全法律法规,应该是当今社会敬畏文化的升级版。

研究敬畏文化,也就是研究社会心态,更是研究人的心态。

衡东庙宇文化

∨
∨
∨

　　衡东境内,大大小小的庙宇上百座。众多寺庙中有"富"庙,也有"穷"寺,寺庙里有"能"和尚,也有"庸"主持。供奉的菩萨有观音、圣帝、神农、真人等,就其分类来说,可分为文庙、武庙、河神庙、山神庙、土地庙、家庙。就其功能来分,求福、求财、求子、求平安。不管是怎样的寺庙宗祠,香客都是带着一颗虔诚的心顶礼膜拜,乞求庇护的。

杨山庙 >>>

　　跟随炎帝治理洣水的杨山侯积劳成疾,殉职于洣水边。当地百姓景仰其功德,将其葬在殉职的山岗上,并将此山称为杨山。明嘉靖年间,百姓又在杨山下的吴集老街清河口建杨山祠,供奉太古杨侯神像,享受百姓香火。后经康熙、雍正、乾隆、嘉庆几次重修,历经 400 多年保存完好。

　　1998 年,当地人对杨山祠进行了大规模的修缮,改"杨山祠"为"杨山庙",并在杨山侯正殿旁修建了财神殿和观音殿。

2004年正式成为佛教信仰场所。

杨山庙坐南朝北，建筑面积300平方米，砖木结构。庙正面为牌坊式大门，大门上方横书"德杨思博"四个大字，上方直书"太古灵侯"，有灰塑的传统建筑故事图案，反映了当地典型的民俗风情。大门内上方嵌有清康熙五十六年题写的"勅封杨山灵侯行祠"石刻。正殿内有汉白石立柱，书写着清衡山翰林、绍兴知府聂铣敏道光二十一年（1841）撰写的长联："溯故老遗闻，令人思上古荩臣，勤虿跸，怅攀髯，生死望炎陵，真气一源通洣水；缅灵侯显佑，随地作斯民福主，助神风，恬逆浪，姓名昭泽国，化身千仞托杨山。"杨山庙内墙面嵌有明、民国石刻十余块。文物价值十分珍贵，为省级文物。

永宁寺 >>>

永宁寺位于大浦镇永宁村莲花山上。始称"莲花寺"，建于唐朝中叶，明、清、民国时香火旺盛。清衡山状元彭浚曾为莲花寺题写对联"名山长寿，寿居寿世寿天下；寺号永宁，宁人宁物宁国家"，遂将"莲花寺"改名为"永宁寺"。

永宁寺规模宏大。占地面积百亩，建筑面积近万平米，可惜后来毁了。

2008年重建永宁寺，至2014年装修一新。寺庙分为前后两进，前为天王殿，供奉四大天王，两侧为钟、鼓二楼。后为大雄宝殿，供奉释迦牟尼和观音菩萨。两边厢房为祖堂和斋堂。

大雄宝殿内立柱和四周墙壁上均有精美壁画，为国内名家手绘。可谓雕梁画栋，金碧辉煌，富丽堂皇而又不失庄严肃穆。

灵山庙 >>>

灵山庙座落于草市老街西头街口的灵山上。灵山，山如麒麟，又名麟山。五代时，汉中靖王后裔刘氏三兄弟奉母命偕隐江南。见此山两江夹流，壁立水清，灵气十足，即以此山为隐居之所。后兄弟三人坐化成石，乡人异之，立庙奉祀，是为麟山庙。

宋嘉定年间,有峒匪入侵作乱,守军抵挡不住,求助于神。神威显灵,助以阴兵击退峒匪。守土长官以此上报朝廷,皇上将刘氏三兄弟依次封为绍德侯,衍德侯,协德侯。元代,感真神威,又加封为"协应侯"。

清道光、咸丰年间,病疫遍及四境,动辄数月不止,乡人死且半数。一夕,神侯示梦于乡老:"复取山下泉水,饮者必愈"。乡人照办,果真病疫渐消,灵验如响,遂改"麟山庙"为"灵山庙"。

灵山建庙有一千多年历史,年日已久,多次修复,庙宇规模不大。清末光绪年间,大修庙宇,增建嘉会堂。

20世纪70年代,古庙拆除改建草市医院。80年代拆院还庙,建前殿。90年代,重建灵山新庙和附属建筑。至今,灵山庙有八大殿、戏台、行宫、香炉、八角亭。红墙黄瓦,金碧辉煌,规模宏大,蔚为壮观。

神武石庙 >>>

历史上洣水是一条重要的水上通道,通过湘江上可通衡阳、永州,下可达湘潭、长沙乃至武汉、上海。因此,洣水中游的太平寺就成了一个水旱路的中转站。太平寺至攸县有一条非常重要的旱路,北宋黄庭坚走过,明代徐霞客走过,历代达官贵人、贩夫走卒走过。这条路就是从太平寺,经长芬,过龙王桥,越盼儿岭、走荷叶塘,奔鸭塘铺,到攸县……

途中的盼儿岭,山不在高,有神则灵,不知从何时起,凡骑马路过者,皆下地牵马登山。到了山岭,才上马扬鞭,朝自己美好前程奔去。山岭有两块巨石,大者千余

斤,小者七八百斤,故而得名"上马石"。传说浙江温州人宋石秋、朱秀英,路过此地,为其神奇而感动,定位安神。逝后魂附二石,显圣于众,被奉为神灵,顶礼膜拜,深得众生爱敬,尊称为"石公石母"。明武宗皇帝正德元年(1506)当地人为其建造了"石头庙"。庙东有五马合槽之形,西有虎踞石壁之象,前有走马垅为托,后有马鞍山依靠,聚日月光辉,纳天地灵气,是块风水宝地。这里气候宜人,风景如画,神仙贪恋,佛圣乐留。神农皇帝南巡邦域,就曾路过此处,在上马石驻足示农,展露龙颜。当地信人塑神农像供于庙内。还有人把武功山老爷神像供奉于庙内,同受香火。

庙内因有神农皇帝、武功老爷、石公石母等众神,故改"石头庙"为"神武石庙"。当地人还是喜欢称之为"石头庙"。庙供诸神,可知属道教范畴。

解放后的土地改革,神武庙分给了贫农王氏居住。后来庙宇部分摧毁。

改革开放后,扩建了老庙(前殿),新建了神农殿(后殿),重塑了神农神像、地藏王菩萨呈于庙中;修建了戏台、剧场及其有关住房道路和配套设施等,占地达6000多平方米。各殿殿前嵌龙铸狮,龙腾狮跃,威严壮观。

2007 年 6 月 19 日,"大佛殿"及有关用房和设施建成,建筑面积达 500 多平方米。殿内安佛祖释迦牟尼、地藏王、观音、十八罗汉等菩萨。如今,道、佛二教融合受供。

南岳行宫 >>>

南岳行宫位于衡东县石滩乡的新建村。

关于南岳行宫的来历,有两种不同的说法。一种说法是,南岳圣帝南巡时,曾在石滩新建这个地方休息,展现龙颜。后来人们就在他休息的地方建有圣帝庙。一种说法是,石滩新建这个地方是一条进香古道,江西、湖南东部的炎陵等地香客南岳进香必经此地。这里距南岳圣帝还有一天的路程,各位香客要在新建街上打尖住宿。街头建有圣帝庙,供香客们焚香朝拜,以解思念之急,人们把圣帝庙称为南岳行宫。

石滩新建南岳行宫始建于清代,现已破败。2008 年,大庙师傅化缘修建南岳行宫,2011年建成开光。

新修建的南岳行宫分为三进。一进为老庙,正门上方悬挂竖书的"南岳行宫"匾。二进为圣帝殿,左右两侧有观音殿、地藏殿等。三进为大雄宝殿。整个大庙占地30亩,建筑面积3000平方米左右。

观音寺 >>>

观音寺位于晓霞峰下的新塘镇欧阳海村。

观音寺是一个新建的寺庙。寺庙名称源于下面来历:

潭泊宦塘村有座百年以上的"严静庵",因年久失修,庵寺于2003年倒塌。

新塘镇晓霞峰下有"海月寺",为明万历中叶慈圣太后敕建,后来被毁。

广东东莞贤隐寺比丘释恒智决心重建严静庵,在报批过程中,省市宗教局领导提议在海月寺遗址上建一座新庙。因严静庵、海月寺皆供奉观音菩萨,决定以"观音寺"为新寺庙名称。

观音寺占地30亩,依山势设计为四进四梯级。2003年筹划,2004年动工兴建,2006年年底,一期工程观音殿、地藏殿完工。

晏公庙 >>>

茫洲,过去真的是盲洲,三面环山一面靠水,整个村的布局就如一个大撮箕。西部临洣水,一条吱呀吱呀的小船是整个村子进出的交通工具。往东是一条石板小路,步步登高长达7华里,翻过凤凰山脉就到达了荣桓境内。沿河有一条羊肠小道,宽的地方不过数尺,窄的地方只能容下一只脚,抬头是绝壁,低头是悬崖。交通极为不便。三面山地把400多亩水田和200多亩旱地紧紧地抱在怀里,是800多口人生活之源。

晏公庙就建在撮箕口边小船停靠的石埠头上,庙门距河水仅10米。庙门前一棵大樟树,充足的水汽滋养得枝繁叶茂,张开的树枝一半伸到河中,一半覆盖了大半个庙宇。这棵大树历经岁月的洗礼，树干魁梧，树枝浓密，虽没有迎客松的美姿，却给庙宇带来了威严，让信徒有了一种神秘感。

晏公庙因时间久远，已被破坏，1991年由村民捐资重建。重建时参考了过去大庙的式样，运用现代建筑材料建设而成，大庙看上去既有古典风格，又有现代气息。

大庙占地约200平方米，分两进，前面是大庙，二进是杂屋。大庙为单层结构，高挑的平台屋檐让大庙显得高旷。进得门来，就看见一个约丈把高的神龛，里面坐着新塑的晏公神，威严中透出一份孩子气。左右两边是执锤的武鬼和握笔的文鬼。庙的右角还有一小神龛，里面坐着的是福王大神。庙内香架、香炉、烧纸、线香一应俱全。大庙后一进杂屋有两间，一间放杂什、灯油、布幌之类，一间住着看庙的王老头。

庙门左侧有一个戏台，戏台下一个可以容纳三五百人看戏的大坪。大坪靠河边建有一大香炉，与樟树相呼应。

晏公庙敬奉的是一尊什么神？大庙正门上方有一石碑，上书"德泽汪洋"，石碑左右还有一小碑，左书"功歌"，右书"平浪"。从石碑上可以看出，此庙大神不是管治水的神，而是管水浪的神。历史上河流两岸多建庙宇，人们敬奉着两种神，一种是管水旱的，叫龙王庙，人们的庄稼收成全靠龙王老爷来帮忙；一种是管水运平安的神，职司平风定浪，就如现在的交警，保证水路运输安全、通畅、快捷。晏公庙就是后一种神。

晏公庙真正出名是在乾隆皇帝敕"平浪侯王"后。

那一年，乾隆皇帝游江南，在洞庭湖忽遇狂风巨浪，眼看就要船翻人亡，乾隆向南跪在船上，向天

祈祷。忽见一黄衣童子,骑着一匹白马从天飞奔而来,用手一指,风平浪静,行船平稳。乾隆皇帝对黄衣童子说:"你是哪路神仙?朕定敕封你为平浪侯王。"黄衣童子骑马而去,晚上托梦给皇上说:"我住衡山茫洲处。"后来皇上派人访得是晏公庙神,就委人从京城送来了亲笔书写的"平浪侯王"的大匾和一块"吾朝敕封平浪侯王"的神牌。有了皇封,晏公小庙于是大修一番,成了晏公大庙。从此,晏公庙远扬四海。与西南岳大庙、东炎帝大庙齐名。可惜的是大庙后来被毁,仅有心人保存了"吾朝敕封平浪侯王"神牌,现存于庙内。

大庙重修后,恰又赶上了新农村建设,2008 年,全县搞起了公路村村通,洣水两岸修起了沿河公路,茫洲也就被公路串了起来,开车沿着茫洲这个撮箕边走上一圈,不到 10 分钟。从茫洲到杨林街,开车也不到半小时,茫洲再也不是盲洲,她已经纳入了衡东一小时经济圈。

交通的改善并没有给晏公庙带来香火的兴旺,相反,晏公庙的香火渐渐衰弱。

灵官庙 >>>

灵官庙位于甘溪镇石岗村鲤鱼山的山坳间。鲤鱼山上很早以前就有灵官庙,传说当地人谁家有急难事需要一点零花钱,只要在庙前石头下压上乞讨条,第二天就会有神把你需要的钱压在乞讨条的地方。后不知何原因灵官庙遭遇焚毁,仅存残砖断瓦。

70 年代后,当地有人把山坳间的两块大石尊为灵官老爷,农历的每月初一、十五提鸡在大石前宰杀,以示祭祀,乞求灵官老爷庇佑。

80 年代,有信人从甘溪能桥庙请回一尊石像归置于大石旁,替代大石受供,人们谓石像为灵官老爷。因有公路通过石岗鲤鱼形山坳,灵官的名气越传越远,信徒也越来越多。后又有人筹资建起简易凉亭,既能庇护灵官石像免遭日晒雨淋,又能让赶路之人歇脚休息。灵官庙人气越来越旺。

2014 年,建成了现在的灵官老庙。老庙分前后两殿。前殿供奉灵官老爷,后殿供奉观音菩萨。

正觉寺 >>>

正觉寺位于衡东县蓬源镇强兴村。占地面积 3000 平方米,建筑面积 500 平方米左右。寺内正中为大雄宝殿,两侧是地藏殿和观音殿,后面有生活区。寺庙有主持一名。

据传,清朝时此地有一庵寺,有福建某府台在此庵中长住。他临终前念念有词"正觉""正觉",当地就把庵命名为"正觉庵"。"正觉庵"后来被毁。

2012 年,改"庵"为"寺",称为"正觉寺"。

东岳寺 >>>

东岳寺位于杨桥镇凤凰山脉鹤岭之巅,凤凰山因位于南岳之东,故称"东岳",寺庙也称"东岳庙"。

据史料记载,此寺建于光绪年间,前后两进,前有戏台,后有大雄宝殿。殿内供奉东岳菩萨。100 多年来,香火旺盛,朝拜者络绎不绝。光绪六年,探花谭鑫振为寺庙题写匾额"紫气东来"悬挂殿堂,至今墨宝尚存。

寺庙后来被毁。20 世纪 80 年代,由民众自发捐款筹建。新建东岳寺占地面积 2120 平方米,建筑面积 1200 多平方米。现有东岳大殿、念佛堂、斋堂、僧房等。

东岳寺现有住持、比丘 2 人,沙弥 1 人。

蓬源仙神庙 >>>

蓬源仙神庙位于蓬源山顶峰。寺庙不大,只有大殿和僧房,但名气十足,远近闻名。

蓬源仙神庙起始叫"白鹤真人庙",当年庙内供奉的神像是白鹤真人。白鹤真人就是唐朝的宰相李泌。庙门两边对联"分芋为十年宰相,挂冠称陆地神仙"形象地概述了白鹤真人的人生轨迹。

李泌,唐朝名人。曾先后辅佐玄宗、肃宗、代宗三代皇帝平息内乱,治国安邦,是一位三进三出朝廷的旷世奇才。

辅助玄宗、肃宗后，李泌便脱离政治，隐居南岳衡山。在南岳半山亭的一块荒坪空地上，搭建一草庐（现今邺侯书院处），听晨钟暮鼓，读四书五经，过快乐逍遥神仙日。他拜懒残和尚为师，潜心修行，懒残很欣赏李泌，二人结为知音。懒残和尚有驱虎豹之能，有搬巨石之力，神通广大，为南岳大德高僧。他年种芋360蔸，每天煨食一蔸。一日，李泌来访，就顺手掰开芋头，递给李泌一半，并说："分吃半边芋头，当顶十年宰相"。后来，肃宗驾崩，代宗即位，诏李泌进京，果然当了十年宰相。因厌倦官场争斗，便挂印返回南岳。听说懒残师傅骑着一只猛虎出走，他就到处寻找师傅，一直找到了蓬源仙，无果。于是，李泌在蓬源仙山顶搭了一棚子，苦心修炼，一直到去世。

当地百姓为其人品感动，在他修行处立庙塑身，供奉香火。朝廷亦敕封他为"白鹤真人"，寺庙被称为"白鹤真人庙"。清代诗人刘三吾参拜白鹤真人庙后，写诗赞曰："衡攸湘界一名山，李泌修身在此间。万古殷勤歌胜绩，千秋壮丽展新颜。生兴大义除民害，殁作神明解众难。高耸摩天临异境，彩霞误作百花看。"

可惜白鹤真人庙后来被毁，现今重建的寺庙并非昔时模样。

太平寺观音庙 >>>

太平寺观音庙位于杨林的太平寺村。

寺庙历史很悠久，据《衡州志》记载，北宋时太平寺就很有名气。

寺庙因处于衡攸驿道，进寺的其中不乏名人贤士。北宋人黄庭坚登阁赋诗曰："青玻璃盆插千岑，江湘水清无古今。何处拭目穷表里？太平飞阁暂登临。朝阳不闻皂盖下，愚溪但见古木阴。谁与洗涤怀古恨？坐有佳客非孤斟！"明代大地理学家徐霞客于公元1637年农历正月游览过太平寺。他在《徐霞客游记》写道："……二十日先晚候舟太平寺涯上，上午得舟，遂顺流西北向山峡行。"

1958年，太平寺被推倒，在庙址上建了一座仓库。

2008年，仓库收回，仍改为寺庙。

2015年，新庙落成，规模比过去的观音庙小了很多。

关于衡东状元文化保护的探讨

∨
∨
∨

湖南一共产生 12 个状元,衡东占有两席:元末状元何克明;清代的彭浚。一个地方能出现两位状元,这是该地"人杰地灵"的最好注脚。

一、状元文化的保护意义 >>>

状元是中国科举的特殊产物,代言了成功与优秀,是众多读书人的追求与梦想。也是古往今来人们推崇备至的"偶像"和津津乐道的话题。

由科举产生的状元,很不容易。从童生到生员(秀才)要经过县试、府试和院试三级考试;考中生员后,还要经过乡试、会试和殿试。有人统计,从童生到状元要经过数十次的具体考试。自宋代以后,乡试、会试和殿试三年举办一次,三年中只产生一名状元。考取状元的艰难程度可想而知。从唐武德五年(622)的第一个状元孙伏伽,到清光绪(1904)最后一位状元刘春霖止,1300 年数以亿计的考生只产生 700 多位状元,可见登上这座宝塔塔尖何等艰难。

科举考试中获得进士乃至状元的文人,必须具有深厚的经学、文学功底,对国家大政、治国治民方略有敏锐观察力和独到见解。倘若没有超人的才华、坚强的毅力、健康的体魄,高中状元是不可能的。

对每一个中国人(特别是读书人)而言,考取状元是一种目标、一种激励、一种境界,进而演变成为一种社会情结、一种美好向往,浸润着历代中国人的精神世界。

对于传统文化,习近平主席指出:培育和弘扬社会主义核心价值观必须立足中华优秀传统文化。博大精深的中华优秀传统文化是我们在世界文化激荡中站稳脚跟的根基。保护状元文化,既有历史意义,也有现实意义。

二、衡东彭浚状元文化的现状 >>>

在衡东的两状元中,元代的何克明因元朝特殊的原因,在中国状元榜上找不到名字,也因年代久远,除一些关于状元的传说典故外,也找不到状元文物,暂且存疑。彭浚状元离现在只有180多年,彭浚的后人还大有人在,彭浚的状元文物还有许多保留,但现状不容乐观。

1. 彭浚状元的物质文化方面

气势恢宏的状元府虽然不复存在了,但周边居民还存有记忆。

状元府位于衡东县珍珠乡黄子堂村,整个府院结构为四进四横,高两层。解放前,状元府保存完好。1990年,县政府对状元第牌坊进行了维修,基本还原。这是状元府遗存的唯一建筑文物。

状元府厅屋两壁悬挂彭浚手书的"勤、俭、敬、恕、忍、让、公、和"八个正楷大字,被彭浚后人保存着,现在还保存完好。

皇上赏赐的砚池极为珍贵。珍贵在于不只是皇上赏赐,其本身就很宝贵。这件宝物后被人据为己有,如果肯花力气,宝砚极有可能再现。

状元第门前一对祁阳白石狮,失踪也只有几十年,这么大的物件,应该还藏在民间,极有可能搜寻到。

彭浚墓在金峨村十二组的"铁岗山"上。距状元出生的老屋大约五里路程。上个世纪80年代,政府下文"周围50米内不准任何人葬坟",铁岗山并没有出现坟墓乱葬现象。2000年,彭浚后人对彭浚状元墓进行一次大的维修。2015年12月,衡阳市人民政府在彭浚墓地边立了一块市级文物保护的牌子。

"状元祠"就建在彭浚状元墓的山脚下。状元祠过去非常气派,三进两横。状元祠门上有一联："名魁天下，化振燕京"，把彭状元为官为学的霸气才气表达得淋漓尽致。现在状元祠只存有小部分建筑，但已破败不堪，摇摇欲坠的墙体，很有可能在一场风雨中轰然倒下。

彭浚所书石刻《滕王阁序》《岳阳楼记》和木刻《韩文公五箴并序》与匾额"赐砚堂""福德延年""诰封五代"等书法石刻还有许多保存着。

最近网上还出现过彭浚的题匾、题联、字帖等。

例如，衡山县贯塘乡一不愿公开姓名的收藏人士幸得彭浚状元亲书的"牒演星源"的红底金字匾额，有署名、落款，是极为珍贵的文物。"翠柏冬荣"寿匾，是彭浚存世较少的手迹之一，弥足珍贵。

"成均硕彦"匾，此匾书写于嘉庆十四年（1809），至今保留完整。

说明这些文物散落在民间，但还保存着。

衡东杨林的车头村中大屋，是彭浚的外婆家。中大屋是一典型的清式民居，大屋有三进，在一进的大厅是悬挂着彭浚亲笔书写的"穷经待问"的匾额。彭状元是告诫后人要好好读书，储备知识，随时等待国家的召唤。国家兴亡，匹夫有责。匹夫尽责，能力至上。可惜此匾额被董族后人锯掉了彭浚的落款，匾额短了一截。

台北成文出版社印行的《清代朱卷集成》里，能找到衡东彭浚状元的朱卷。这是一个了解彭浚家族非常重要的文物。

至于殿试时的皇上问策、彭浚答卷等，这些是非常重要的状元文物，估计故宫博物院里存有真迹，只是缺乏部门与之衔接。

2. 彭浚状元的非物质文化方面

彭浚状元的非物质文化方面，主要是彭浚状元故里周边和他举政的地方，流传着关于彭状元的一些传说、典故。

概括起来，主要有以下几类：一是讲彭浚少年机敏的故事，是教育孩子们极好的教材；二是讲彭浚求学、赶考时发生的故事，最能激励现代考生奋发图强；三是讲彭浚为官的故事，表现他正直清廉、为民作主，疾恶如仇、惩恶扬善的中国传统官员的优良品德，是当前反腐倡廉的活教材；四是讲彭浚治家训子、家风家训的故事。家是最小的国,优良的家风,是家族兴旺的保证,更是国家治理的需求。为当前大抓家风建设、廉洁文化建设提供了鲜活的样板。

三、彭浚状元文化的保护措施 >>>

1. 状元文物的搜集

状元文物是还原状元的最好载体,也是状元文化在教化中最好的媒介。能收集复原是最好的。

可由政府有关部门牵头,组织一个专门班子对状元文物进行搜集征集,修复整理。

对于破损文物要尽快修复,不能让其再损毁下去,如状元祠、状元井、状元第、状元桥、状元墓等。要拿出修复方案,筹集修复资金,专人负责,修旧如旧。

但对于已经消亡的、没有办法去恢复重现的状元文物,也不必强求。

对于散落在民间的一些文物,要通过宣传发动,采用有偿征集的办法,从民间群众手中把状元文物接管过来。

对于已知的一些文物而又不可征集回来的,也可做文物仿造。只是在状元文物展出时说明为文物仿制品。

2. 非物质的状元文化整理

讲好状元的故事。状元文化是一种激励文化,也是一种积极向上的文化。除了对已有关于传说、典故整理外,应着重对状元故里关于状元传说、典故的搜集。特别是要讲好状元家庭的故事。

彭浚家庭从友良公迁居衡山以后,人才隆兴,彭浚嫡系祖上有邑庠生高祖、经魁曾祖、太学生祖父、父亲。在堂系家族范围里已有 1 名进士、2 名举人、8 名生员、2 名教官、1 名知县、1 名从九品、1 名候选教谕,余大多业儒,可谓人才济济。"彭家出状元",非一两代的努力就可以心想事成的,而是要经过五六代,甚至有的要经十余代的奋斗才会有结果! 这里面应该有许多故事和传说,亟待人去搜集、挖掘、整理。

当然,状元故里的山形地势的故事也可以讲讲。状元桥上的睏牛形是怎么来的?表达了什么意思?彭浚状元出生的老屋后面的山为什么叫鱼形山?状元府后面的牛形山有什么说道?

同时,对一些不可再现的文物,可用文字描述、故事表达来再现昔时的景象。

3. 调动彭浚状元族裔的参与度

彭浚状元距今不到 200 年,虽然彭氏是当地的名门望族,也是当地的大地主,但后来保护不力,遭遇了灭顶之灾。

只有彭浚第六代孙彭宽,坚守状元遗风,一生教书育人,培育学子无数。蜷居在破败的状元祠内,向族人宣讲状元遗训、劝世警言。2015 年,老人走了,只留下空荡荡的房子和他那恢复状元文化的遗愿。

现有彭浚的第七代孙彭丙甲,继承彭宽的遗志,正着手编辑一本彭浚状元的"文诗杰作、生平逸事"文集,这本文集是目前研究彭浚状元较完备的资料汇编。

对状元文化的恢复、保存,族裔最有发言权,也最有力度。充分调动状元族裔的力量,特别是一些文物的搜集、原址的恢复,更需要族裔的积极参与和支持。

4. 积极发挥政府的主导作用

地域文化的保护,政府具有不可推卸的责任。文化的传承,就是在不同历史时期的政府主导下完成的。对衡东的状元文化保护,衡东县政府要担当起主导作用来。

除政府组织状元文物搜集整理的专门班子外,还要发挥政府的主导作用。

一是成立状元文化研究保护协会,设立状元文化专项资金,调动各方面人员的积极性,在人员、经费上为状元文化的保护提供帮助和扶持。

二是在地方社会经济发展中渗入状元文化元素。政府已经在做这方面的工作了:县城的街道命名中有"状元街",撤乡并村中也有了"状元村",也在筹建状元文化公园。这些做法就是让状元文化渗透到当地社会经济的各个方面。

三是旅游开发中,要设计状元文化旅游线路,开展对状元故里的景点景物的恢复、重建,加强周边环境的管理。

四是要开发与状元文化密切相关的旅游产品。如彭浚的字帧、字画、匾额,皇上赐砚的仿制品"状元砚"等。要在衡东土菜文化中嵌入一些衡东状元文化因素进去。与衡东土菜结合,开发出状元系列菜谱。如"衡东头碗"寓意"步步高升",可取名为"状元及第"。已经开发出的"状元红"酒,应该加大推广力度。

五是树立状元文化的品牌意识。保护、挖掘、整理衡东状元文化,是提升衡东地域文化自信的一个重要途径。全县人民特别是领导干部不仅要树立保护传统的、优秀的状元文化意识,更应该利用状元文化打造精品,再造地域文化品牌意识。保护与利用并举,挖掘与整合相伴,弘扬状元文化,创新活动亮点。真正做到用优秀文化鼓舞人、教化人,让传统文化为今天的社会经济发展创造新辉煌。

关于衡东地域文化的几点思考

∨

∨

∨

　　什么是文化？众说纷纭，莫衷一是。据说光是文化的定义就有 160 多种。文化的概念既抽象又具体。

　　其实，文化就是"人化"和"化人"。"人化"是过程，"化人"是目的。什么叫人化？人化就是对客观事物的改造或反应，烙上人的主观意识。人本身也是一个客观事物，所以也包括对人的改造与认识。由于有了人的主观意识，才有了事物的美、丑、好、坏；由于有了人的改造，才有了客观事物向人的要求方向发展，乃至物为我用。大自然的山山水水是客观事物，本身不具有评判标准，因为人的主观意识，才有了美、秀、险、奇、峻、幽等的判读。西瓜、柿子、土菜，本来就是大自然存在的物体，由于人类的培养、改良，才出现无籽西瓜、无涩柿子、保健土菜，也就有了西瓜文化、柿子文化、土菜文化。客观世界的所有物质都通称文化，就是因为有了人的主观意愿判读和人的主观能动改造。

　　人化的过程就是使人类本身的判读能力提高和改造能力加强，这就是文化的目的——化人。社会的文明程度高低，其实就是化人水平的高低。

　　人是从动物进化而来的。"进化"重点在"化"上，不断通过人化，人脱离了动物兽性、野性，越来越像人。"文化"一词恰恰就把人与动物区分开来，表明人的非动物性、非兽性。如果没有文化，人和动物就没有多大的区别了。说人类"有文化"，就是指通过教育、修养和锻炼等，把人身上本属于动物的、纯生理的本性加以改造，使这些本性符合了社会的文明标准、人的标准，成为真正意义上的人。

一个人的文化水平高低,包括了他的改造自然能力的高低,也包括了他的言谈举止、衣着仪表、内心气质等综合素质的高低。更体现他如何对待他人、对待自己、对待自己所处的自然环境的态度和表现。文化学者龙应台总结说:在一个社会里,人懂得尊重自己——他不苟且,因为不苟且所以有品位;人懂得尊重别人——他不霸道,因为不霸道所以有道德;人懂得尊重自然——他不掠夺,因为不掠夺所以有永续的智能,这就是一个文化厚实深沉的社会。

为了达到高水平的"化人"目的,就要不断提高"人化"水平,"人化"的方式多种多样,"人化"的手段五花八门。

孩子一生下来,父母就开始了对孩子"人化",父母是孩子的第一位老师。家庭教育、父母教育是孩子最早接受的教育。学校是人类"人化"最重要的场所,学校教育是人类最重要的"人化"方式。人的一生的许多观念形成、改造客观世界的能力提高,都来自于学校教育。校园文化是一个民族、一个国家最为重要的文化,重视教育既体现了国家的文明程度,更是提升国家"化人"的必然要求。社会教育的"人化"过程更为具体,更加漫长,这个过程潜移默化,极具影响力。

重视文化研究,就是重视"人化"的研究,一个地区、一个民族、一个国家,对文化研究越深,人化的作用就越大,化人的效果就越好。这就是为什么现在兴起地域文化研究热的原因所在。

什么是地域文化?所谓地域文化是指生活在某一地域的人群,在长期的共同历史生活中,逐渐形成并为该地域内人群共同遵守的荣辱观、尊卑观、嗜好、价值取向、习惯等价值理念,这些理念根深蒂固于该地域人的头脑中,并为该地域内人群所自觉遵守。地域文化能够塑造出具有地域特色的人格模式。如北方人的文化不同于南方人文化,上海人的文化不同于广州人的文化。

衡东地域文化,有她特定的时空范围,从地域看,主要指湘江、洣水两岸;从时间上看,主要指元末以后的明清建构起来的并延伸至近现代。

衡东的地域文化特色是什么?总体来说,衡东文化的特点有以下几点:

第一,薄积厚淀。

探索一个地方的地域文化,就得研究地域文化的形成。

衡东的文化说长不长。从衡山析出才50多年,够短的了。古代的中国,诸侯争霸,兵戈不息,政局动荡,衡东县的归属既无定向,也无定局。至唐天宝六年(749),湘潭县治从石湾附近北迁易俗河,至此衡东县并入衡山县,衡东县地的隶属才长期稳定下来。1700多年的历史中,有记载的人文历史从元末后才开始。

为什么衡东的历史记录不很长呢? 一千多年前这里还有很多地方是荒芜之地。衡东人多为北方移民,从现在许多家族的族谱可以看出这一点。如石滩的岳姓就是河南安阳岳飞的后代;杨桥的孔姓就是山东孔子的后代;王姓祖先在山西。我国历史上人口有几次大的迁移:

西晋"永嘉丧乱"时期。统治者残酷的剥削和压迫,从而使黄河流域广大人民流离失所,被迫大规模迁移到江淮流域。使秦汉以来人口分布显著的北多南少格局开始发生变化,南方人口得到较快增加,促进南方经济的迅速发展。

唐代"安史之乱"时期。约有100万人南迁,从根本上改变了中国人口分布以黄河流域为重心的格局,我国南北人口分布比例第一次达到均衡。

北宋"靖康之乱"时期。1125年金灭辽之后南下攻打北宋,黄河流域成为主要战场,每次大的战争都造成黄河流域大量居民向长江流域迁移,主要迁移浙江、江苏、湖北、四川,这是北宋末年人口迁移规模最大的阶段。

南宋"金完颜亮"时期。1161年金撕毁了与宋的合约,大举南侵,淮河流域成为主要战场,迫使淮河流域的居民南迁到长江流域,主要迁移浙江、江苏、湖南、江西等地。

明朝的人口大迁移。朱元璋统一天下后,江山已是遍地疮痍,布满了战争的创伤。为了恢复农业生产、发展经济,巩固明王朝的统治,明洪武年间,朱元璋采取了移民政策,按"四口之家留一、六口之家留二、八口之家留三"的比例迁移。从洪武三年(1370)至永乐十五年(1417),明朝政府先后从山西向全国广大地区移民18次。

江西在中国历代人口迁移中,是一个迁徙人口中转站。历史上的江西位于"吴头楚尾"地界,春秋时代是吴、越、楚三国的交界处,汉代又介于荆(荆州)扬(扬州)之间,三国交界"三国不管",结果古时候这块地方就成了中原人迁徙的

"福地"。流离失所的人聚集到这里后还要跑,有的越过罗霄山脉,有的溯湘江而上,就跑到湖南衡东这地方来了。这就是为什么衡东许多家族的祖先来自于江西,把江西人称为"老俵"的原因。

对彭浚的家史研究就能看出这一点来。

彭家唐代的时候就迁到了南昌,宋末元初时,家族里还出个高级军官(太尉),后家随官任迁,第13代的时候,把家安到了江西庐陵(今天的吉安市)。后又因"官迁"从庐陵迁到泰和。在泰和的五代中,又是加官进爵,又是科举高中,到第18代彭仲文中进士,封官茶陵州守,彭家又从泰和迁至了茶陵。茶陵又出了两进士,后迁衡东黄梓堂。在黄梓堂,彭家自第21代起至第27代,文运弘开,官运亨通,享有"七代迭膺"之誉。代表人物有高祖彭龄,曾祖彭仕商,祖父彭阶,父亲彭传诗到彭浚,一个比一个强,真是"彭家代有人才出,各领风骚数十年"。彭家这种"官迁"现象也是伴随着荒地开发、农耕迁移进行的。

迁移到荒芜之地定居、开发、发展,有文字记载的不多,所以文化历史积累不长。但衡东移民多来自中原,中原文化底蕴深厚,文化创新融合能力强,每到一个新地方,很快能创新出一种带有中原味的地域文化特色来。衡东文化第一特点是积累不长,积淀深厚。

第二,重农轻商。

颠沛流离的迁徙,许多人对农耕特别重视。有了一块荒地,有了开垦,就有了收获,也就有了生存,农耕文化气息特别浓重。农耕文化的一个重要表现就是"重农轻商",自给自足的农耕,不需要商;战事纷纷,流离失所,不敢经商。不经商,不言商,轻视商人,这就是农耕文化的特点。

衡东文化的特质形成:中原文化的迁入,儒学成为衡东文化的正流。儒学中的"学而优则仕","士"是人们追求的最高社会阶层。"士、农、工、商","士"排在首位,"商"排在末位,读书的多,经商的少,经济不活跃。明末清初的思想家、哲学家王船山就说过"生民者农,而戕民者贾"。在他看来,无商不奸,天下商人皆不可信,对商业存有严重偏见。

第三,崇文尚武。

衡东人重视读书，也会读书，读书风气浓，读书人才多。中国历代科举考试总计可考的文武状元为 700 多人，湖南共出过 12 个状元，其中衡东就占了 2 个，这两个就是元代何克明、清代彭浚。

清代探花谭鑫振，石湾泉水村人，出身贫寒农家。自幼天性聪慧，又能刻苦，被族人赏识，靠祠租支持，才得以读书，后又到茶陵的雩江书院求学。雩江书院是主要以两监生彭世恕和龙俊寅牵头，刘、谭两姓相助的族办书院。谭鑫振是谭姓族人，他的聪明刻苦被授业老师赏识，于是把他送到了茶陵雩江书院。同治九年考中举人，署岳州训导，很得湖南巡抚王文韶的器重，视之为"国器"，委校阅各书院经课。光绪六年赴京殿试，得一甲第三名（探花），任翰林院编修。这是衡东穷人家孩子读书的例子。

罗荣桓的父亲是南湾街的商人，有了积蓄，才送儿子到省城读书，才有了罗荣桓在大城市里接受马列主义思想，走上革命道路，成为中华人民共和国的开国元帅。

衡东人不但喜欢读书，还喜欢武术。一家一族在南迁过程中，除要抵御自然风险外，还要抵抗人为灾祸。到一个地方，免不了族与族之间，家与家之间争山争地、争肥争水的矛盾，免不了强盗打村劫舍、入室抢掠的危险。为了自家安全，为了宗族兴旺，一些人在劳作之余习武练功，切磋武艺。在罗荣桓故居，我们可以看到罗荣桓的父亲在南湾街头的中药铺后面建有一间练功房，刀枪棍棒、石锁铁环一应俱全。这尚武之风，既可强身健体、保家护院，又可保家卫国、建功立业。因为尚武，衡东民间有许多武林高手、武功高人；因为尚武，衡东正在积极争创全国武术之乡，让武术进园，让年青一代弘扬尚武精神、武德情操。

第四,民风淳朴。

农耕文化还培育出了朴实忠良、谦让恭和、热情好客的纯洁民风。衡东的大桥乡有个礼厚村,这个村的得名源于村民的厚礼待人。生于明代的宋右丞相、信国公文天祥之后文秉彝携同姓子孙300余人徙居于衡东大桥,形成了文氏一门独姓居住的文家村。他们谨守先辈遗训,苦修炎黄遗风,勤奋为本,廉洁自律,全村无奢淫之行,无非分之念,无争斗之迹,无鲁莽之举。村民人人于己务严,于人务礼,于事务实,于交务情。民风淳朴,可谓风清月朗,道不拾遗,夜不闭户。久而久之,文家村也就被周围十里八村人誉为"礼厚村"了。这只是衡东淳朴民风的缩影。衡东民风的淳朴多情,得到了许多先哲贤达的高度赞誉。

宋代嘉定年间进士张洽,江西人,南宋著名理学家,曾同朱熹游雷溪、乌石(今新塘雷溪村、湘江村),对其民风赞叹不已,他说这里的友人像美玉般纯洁,那好客的热情,就如清澈的泉水,汩汩不断地奔流。张洽游后赋诗:"秋水雷溪岸,江风乌石船。集贤如可卜,须共买山田。"张洽欲邀贤达共买山田,定居这民风淳朴之乡。

明朝万历年间,首辅(相当于宰相)张居正曾投宿于衡东的谷田港,他深感这里民风淳朴,乡民慷慨,非世间流俗可比,遂作《暮宿田家》诗一首:"行舟味可知,假息墟里旁。野老喜客至,天门下严妆。坐我茅檐下,饭我新炊粮。儿童四五辈,趋走引壶浆。篱屯有余粒,傍舍绕丛篁。攘袂再三起,向我夸耕桑。体貌虽村愚,语言多慨慷。世儒贵苛礼,文缛意则凉。太羹不俟私,素质本无章。感此薄流俗,侧想歌皇唐。"

清代诗人彭曾禄,夜泊霞流市,为民风所感动,留下了"柏棹狂歌兴欲仙"的佳句。

明代欧阳召链慕名而来,逸住杨林镇青山冲,得山川灵秀,受民风熏陶,家和人和,寿人寿世,年高145岁,无疾而终。

明代旅游学家徐霞客,于1637年农历正月二十日,顺洣水而下,傍晚到了杨梓坪河段。本是投宿于寺庙或船上的徐霞客,被热情好客的杨梓坪村民邀到了家中,一碟腌萝卜拌红辣椒,驱寒去湿;一碗刁子鱼,香气扑鼻;一碗风肉炒干萝卜,垂涎欲滴;一杯自酿米酒,心热脸红。夜宿杨梓坪,旅游家享受到了衡东人的热情,把这事写进了他的游记里,于是在厚厚的《徐霞客游记中》中,有了"暮宿于杨子坪之民舍"重重的一笔。

第五,敬畏天地。

衡东人的敬畏文化主要体现在神龛庙宇文化、祭祀仪式和生产生活的禁忌上。农耕文化,靠的是天地,"人算不如命算,命算不如天算",人们对天地特别敬畏,这形成了衡东敬畏文化的特色。

衡东人大多家里有神龛,神龛的正中央书写的是祖先神位,有些人家供奉着观音或财神菩萨。但很少写上"天地君亲师"。大门左侧设有小神龛,叫天地神位。这表明更多的是祈求上天和祖先的保佑。

从仪式上来说,有两个仪式特别重要。一是正月初一日的开门拜天地,新年的第一件事,就是由家里的长辈打开"财门",叩拜天地。清早起来,开门爆竹之后,向新年吉利方向,奉香燃烛,叩拜天地。然后,厅堂设香案,上香向祖先拜年,再提牺牲和纸钱,到寺庙烧香,向菩萨拜年。二是每年新粮上市,第一餐饭先敬天地。用新米煮一锅饭,抬出来,掀开锅盖,插上一把筷子,燃上几张纸钱,让天老爷先尝新,保佑来年五谷丰登。

衡东禁忌有许多,如日子的禁忌、行为的禁忌、话语的禁忌、器物的禁忌等。与农耕有关的禁忌很多,如:果树上不能挂女人衣服,否则果树就不结果;不能当面说猪不会吃,否则会影响猪的生长等。甚至为了禁忌,把姓的读音也改掉了。衡东的湘江河沿岸,许多人是以捕鱼和船运为主。驾船的最忌讳"船沉",所以,姓"成"的不念 cheng,而念 xian,这读音与衡东话"醒"读音一样,意思是说,驾船的就是船沉了,人都会醒过来,是淹不死的。

第六,崇尚德贤。

衡东人的性格是什么?普通群众安分守己,敬天畏地,创一份家业,守一份家业,过着平静的生活。贤达名人是公众人物,言行具有地方代表性。解读衡东的贤达名人,是可以看出衡东人崇尚德贤的品德来的。

彭浚严以律己。"自奉节俭,一丝一粟,备深顾惜,非宴宾客,食无兼味"。为严肃家风,亲书"勤、俭、忠、恕、忍、让、公、和"八字。镌刻成匾,悬于堂上,以为后嗣族裔必守之庭训。彭浚厚以待人。"于济人利物之事,无不慷慨为之"。他在奉天视学时,见考棚露天,考生备受日晒雨淋之苦,便慷慨解囊,援建了东西考房,添置了40套课桌椅。晚年辞归故里,将多年积蓄尽数倾出,置义田364石(合218亩),又购义房,办起了"文成公所",以资乡试、会试清贫学子之用。

何克明殿试后,任上高县知县,做事勤勉,廉洁爱民,很有声望。任满后,提升为衡州路推官。在衡州,他秉公办事,不畏权势,故有"何青天"之美誉。因政绩卓著,被召回京师任国子监丞,加赠忠义大夫。元末,农民大起义,元朝奄奄一息。此时,何克明父亲去世,恰好在家守制。明太祖朱元璋定都应天(今南京)后,全国一统,召何克明出山。何克明是元朝皇帝钦点状元,宁削职为民,也不愿做贰臣,故遂以衰老辞谢。

谭鑫振先在浙江供职,后又调山海关主事。他总想在自己的职守内有所作为,故经常微服私访,体察民情,打恶除害,深受老百姓拥戴。他认为:"知足是人生一乐,无私得天地自然"。只可惜他英年早逝,壮志未酬。

罗荣桓,十大元帅中唯一的读书出身,学的是理工科,一生却从事政治工作,并把政治工作做得风生水起,被尊称为"政治元帅"。罗荣桓出身于富裕家庭,又是大学生,却甘愿过着"红米饭南瓜汤""单衣草鞋走天涯,枪林弹雨闯死生"的艰苦生活。在山东日照的时候,不住地主厅堂楼阁,不住远离群众的深宅大院,选择一处普通民房的耳房,支一张行军床,一张三抽桌,就成了办公室兼卧室了。不吃小灶,与官兵同吃大锅饭,与士兵同艰共苦。这些都说明了罗荣桓品德高尚、知识渊博、能力超强。这是一个不可多得的人才,罗荣桓死后,毛泽东痛惜说:"国有疑难可问谁?"

陈嘉言历任京畿道、江南道监察史、工科掌印给事中、福建漳州知府,为官清廉,数十年为官,反而卖掉田租40担的祖田。他曾说:儿孙有用,置田做什么?儿孙无用,置田做什么?任漳州知府近十年,三遇水灾,浚河筑堤,赈济以事,事必躬亲;课士兴学,督理学政,条理井然。由于家风严律,后代英才不断。

这些人内修道德,外显正气,是衡东人崇尚德贤的一种品行展示。

衡东地域文化受农耕文化影响深刻,农耕文化的一个最大特点就是让人吃得苦、耐得烦,心中有希望。"春种一粒粟,秋收万颗子",即使因灾而颗粒无收,来年还会继续辛勤劳作。"不气馁,不怨天,不尤人"。

衡东文化年轻,可塑性强。正因为年轻,可塑性强,衡东文化抵御外来文化的能力较弱,特别是在物欲横流的今天,外来文化对衡东地域文化的浸染表现得更加明显。衡东人固守传统的东西,不管是物质的还是精神的。砌庙宇、建公祠、认家族、修家谱、烧香拜佛、抽签打封、算命看相、问神巫盅,形形色色,五花八门,都被发扬光大。也追赶潮流,甚至加以创新,如"不服输"变为"不怕输","好面子"变成了"装面子","真心意"变味成"虚假情","爱热闹"演变成"造热闹"等。积极的、健康的,消极的、落后的,兼收并蓄,统统吸收。

衡东人既追赶潮流,又恪守传统,既讲科学,又信迷信,衡东地域文化嬗变成一个价值多元、方式多样、思想多变的具有鲜明时代特征的地域文化。

地域文化具有很强的精神力量和价值取向功能,不同的地域文化,塑造不同品位的人,不同品位的人创造出有着本质差异的生产力和其他要素,进而影响经济发展、社会兴衰。只要衡东人注重文化构建,注入"崇尚平等,恪守诚信,善于合作,遵守规则"的现代理念,在湖湘文化大背景下,加强"事业心、责任心、进取心、包容心"的锻造,衡东地域文化必将充满活力和希望。

何克明真的中过状元吗？

∨
∨
∨

　　衡东人都以出过两位状元而骄傲。但元代的何克明却缺乏状元文物而显得底气不足。对何克明状元的介绍，最权威的版本是甘建华先生主编的《湖湘文化名人衡阳丛书衡阳百人(上册)》一书：

　　何克明(1298—1376)，字日升，号楚庵，元代衡山义城乡十三都人。何氏祖居河南，北宋末年，高祖何裔公因避乱迁于武昌，又惧兵祸，迁至江西吉安。元定都大都(今北京)后，吉安何姓人氏北归无家，何克明祖父慕衡山鱼米之乡，举家迁至石湾熊虎头(今衡东县石湾镇)。其祖父生三子，何凝、何潮、何瀞，何克明之父何潮排行第二。后来何瀞从石湾迁往坪头桥(今霞流镇平田村)，何潮从石湾迁居白莲寺何家坨(今已淹没于白莲水库)。

　　何克明出生于何家坨，幼时聪颖，读书过目不忘，常于白莲寺内翻阅佛书。住持老僧视之为奇童，说："此子他日必为国器。"

　　何克明在白莲度过童年，后应童子试，名列前茅。元仁宗延佑四年(1317)在湖广乡试中名列榜首。次年(1318)赴大都会试、廷试又连获第一，状元及第。他连中三元，名震京师，为湖广及衡岳大增光彩。

　　以清道光《衡山县志艺文》为依据，说何克明廷试时所作的《云梦赋》文辞华丽，想象丰富，"此赋廷试第一"。其赋在元延佑五年科考之后至清宣统年间的580多年间，一直为儒林所传颂。

　　元朝历史不长，又是战乱纷纷，文献多有阙如，不同版本的元代进士榜上，何克明的名字或隐或现,其状元身份一直受到质疑。随着状元文化热的升温,其质疑声越呼越高。

笔者秉着对历史负责的态度,对何克明的状元身份再次进行甄别,结论是:何克明真的没有中过状元!

理由一:状元榜上并无名字 >>>

上网百度一下,输入"元朝科举"词条,弹出了词条解释:

元朝科举,为元朝的科举制度。元朝举行了16次科举考试(简称"元十六考"),考中进士的共计1139人。1313年,元仁宗下诏恢复科举。1315年第一次开科取士,以后三年一次,直到元亡。(元惠宗时期,因丞相伯颜擅权,执意废科举,1336年科举和1339年科举停办。)

从延佑二年(1315)到至正二十六年(1366),共51年时间跨度的"元十六考"中,考试状元名单共32人。

元仁宗时期

元一考:延佑二年(1315)农历二月大都会试取中选者100人,农历三月七日,举行殿试(廷试),56人及第。护都答儿、张起岩分别为左右榜状元。黄溍、杨载、欧阳玄等赐进士及第。

元二考:延佑五年(1318)三月,廷试进士,50人及第。忽都答儿、霍希贤分别为左右榜状元。

元英宗时期

元三考:至治元年(1321)三月,廷试进士,64人及第。达普化、宋本分别为左右榜状元。泰不华等赐进士及第。

元泰定帝时期

元四考：泰定元年（1324）三月，廷试进士，86 人及第。捌剌、张益分别为左右榜状元。吕思诚等赐进士及第。

元五考：泰定四年（1327）三月，廷试进士，86 人及第。阿察赤、李黼分别为左右榜状元。杨维桢、萨都剌等赐进士及第。

元文宗时期

元六考：至顺元年（1330）三月，廷试进士，97 人及第。笃列图、王文烨分别为左右榜状元。林泉生等赐进士及第。

元顺帝时期

元七考：元统元年（1333）三月，廷试进士，100 人及第。同同、李齐分别为左右榜状元。刘伯温、余阙等赐进士及第。

因丞相伯颜擅权，执意废科举，1336 年科举和 1339 年科举停办。

元八考：至正二年（1342）三月，廷试进士，78 人及第。拜住、陈祖仁分别为左右榜状元。

元九考：至正五年（1345）三月，廷试进士，78 人及第。善颜不花，张士坚分别为左右榜状元。

元十考：至正八年（1348）三月，廷试进士，78 人及第。阿鲁辉帖穆而、王宗哲分别为左右榜状元。

元十一考：至正十一年（1351）三月，廷试进士，83 人及第。朵列图、文允中分别为左右榜状元。朱梦炎等赐进士及第。

元十二考：至正十四年（1354）三月，廷试进士，62 人及第。薛朝晤、牛继志分别为左右榜状元。

元十三考：至正十七年（1357）三月，廷试进士，51 人及第。缴征、王宗嗣分别为左右榜状元。

元十四考：至正二十年（1360）三月，廷试进士，35 人及第。买住、魏元礼分别为左右榜状元。

元十五考：至正二十三年（1363）三月，廷试进士，62人及第。宝宝、杨繁分别为左右榜状元。宋讷等赐进士及第。

元十六考：至正二十六年（1366）三月，廷试进士，73人及第。赫德溥化、张栋分别为左右榜状元。

仔细查阅元十六考中考试人员名单，没有发现何克明这人。

从甘先生对何克明的介绍来看，何克明参加元二考（1318年的延佑五）的年纪正合适，是年20岁，正是参加科举的最佳年龄，也是出最佳成绩的年龄。但遗憾的是，这年状元榜上并没有何克明的大名。

又从"华声在线"2015年8月8日的"民生社会"《盘点湖南历朝历代状元名录》报道得知：

何克明，衡东人（衡阳），1315年（元延佑二）状元，任高县知县、衡州路推官。

不管何志明是参加元一考（1315）或是元二考（1318），状元榜上都是别人的名字。何克明榜上无名。

况且何克明参加延佑二年（1315）的考试，也不符合廷试的规定，那年何克明才17岁，1318年参加元二考的乡试、会试有可能，但17岁参加廷试是一定不可能的。

元仁宗从延佑元年（公元1314）八月，就下诏书开科考，他所下的诏书中对哪些人可以参加科举考试、考试的内容，甚至监考人员的组成都作了明确的规定。诏书上说："年及二十五以上，乡党称其孝悌，朋友服其信义，经明行修之士"可以推荐参加考试。用现在的话说就是"年满25周岁的德才兼备者方可以参加考试"。

就是何氏家谱，也没有说到何克明中过状元。据《何氏六修族谱》记载，何克明祖上是河南人。北宋末年，其高祖何裔因避乱迁于武昌，又惧兵祸，迁至江西吉安。元定都大都（今北京）后，吉安何姓人氏北归无家，何祖父慕衡山乃鱼米之乡，举家迁至石湾熊虎头（今衡东县石湾镇），家境殷实，耕读传家，生三子，何凝、何潮、何瀚。后来，何瀚从石湾迁往坪头桥何家箭楼，何克明之父何潮从石湾迁居白莲寺何家坳（1958年兴修白莲水库，何家故宅沉于湖底，但何克明墓尚在），只有长子何凝留居石湾。

《何氏六修族谱》中刊载了一篇《监丞公克明遗迹节录》，是何克明后裔何昌玉清代嘉庆二十五年(1820)所撰。该文称，"公生于白莲寺之右，地名何家垅，今向姓举人掌勉公住基实公故宅也，其上山梢内墓坟即公父潮祖所葬处。公幼读书白莲寺，尝点窜佛书，寺僧至今犹宝藏之。"族谱中并没提何克明中状元一事。

看来何克明并没有中过状元!

理由二："状元"家乡无痕迹 >>>

《明弘治衡山县志》里，在"人物"篇里，共介绍了 31 人，都是举人以上，但没有何克明的名字，明代兵部尚书茹瑺，用了 43 字介绍他的为官为人，甚至提到了茹瑺的儿子茹铺，也用了 36 字介绍其人其事其特长。

对何克明，只在"科举"条目下提到，也仅仅用"状元及第，任谏官"7 个字。这"状元及第"四字让人不得不怀疑是后加上去的。

甘建华还撰文说："何克明高中状元后，在今衡山县城奉敕建造过状元府，后毁于明朝嘉靖年间。"如果真造过状元府，应该会在衡山县城留下蛛丝马迹的，但小小的县城并没有出现过状元第、状元府之类的古迹遗址。

特别是《明弘治衡山县志》里，在"坊乡市井"篇中，记录了 25 坊，其中贡元坊一，为茹瑺立；解元坊一，为袁添禄立；进士坊三，为袁添禄、吴纪、杨遵立；其余20 坊，为举人所立。但没有状元坊。如果何克明中了状元，一个如此重视文化人的地方，应该会有状元坊，这不只是何家的荣耀，更是地方的骄傲，但可惜的是没有状元坊。明弘治年间(1488—1505)在先，明嘉靖年间(1522—1566)在后，如果真像甘先生所说"状元府后毁于嘉靖年间"，那弘治年间修县志时，何克明状元府应该还在。并且明朝弘治年间距元朝延佑年间只有 100 多年。可见"奉敕建造过状元府"为不实之词。

就是何克明所担任的官职，也非状元之为。

何克明先擢承事郎同知，转茶陵州事，后任江西上高县尹，再迁衡州路推官。在衡州任上，他敢于碰硬，办理了几起棘手案件，因政绩卓著，被召回京师任国子监丞。从他的任职来看,如果不是大材小用,就是没中状元。

我们来一个大胆猜测,何克明也许通过乡试、会试选拔进入了前100名,参加了当年廷试。元朝中书省规定,每年乡试天下选合格者300人赶会试。会试共取100人(蒙古、色目、汉人、南人各25名)参加殿试。殿试诸生不再为黜落,只以其所对策第分高下,厘定等次,而后分右、左榜唱名公布。

何克明虽然不是状元及第,但也在殿试诸生中。虽有状元之才,但没状元之运,结果却被派往江西上高担任知县,皇上放他个七品官。他秉着能为民办实事之初心,高高兴兴离开了京都到上高任职。

这样的猜想,虽然让衡东人不能接受,但符合当时情理。接下来说的何克明为官之道也就顺理成章了。

在上高担任知县期间,他做事勤勉,爱民如子,发动群众兴修水利,开荒造田,发展农业经济,并且努力减轻农民税赋,开仓救济灾民。同时,打击豪强,维护治安,深受民众拥戴。3年任期满后,被提升为衡州路推官。这是个得罪人的苦差,他始终为民作主,秉公办事。对于那些有来头、有后台的贪官污吏,他宁愿丢乌纱,敢于硬碰硬,惩恶扬善,伸张正义。在衡州一段很长时间里,就办理了好多起十分棘手的案子,留下了"何青天"的美名。他的恩师彭寿是著名学者,不随波逐流,遭到恶势力的打击陷害,含冤去世。何克明排除种种阻力,亲自出面为他昭雪,并严守弟子礼,痛哭寝门。还亲自作文悼念,撰写墓志。由于在衡州路政绩卓著,何克明终被召回京师,任国子监丞,加赠忠议大夫。

理由三:"廷试第一"以讹传讹 >>>

清道光《衡山县志卷49艺文》说《云梦赋》是何克明廷试之作,并称赞说"此赋廷试第一"。这可信不可信呢?

元朝中书省对科举考试程式进行了规定:蒙古、色目人第一场经问五条,《大学》《论语》《孟子》《中庸》内设问,用朱熹章句集注,其义理精明、文辞典雅者为中选。第二场策一道,以时务出题,限500字以上。汉人、南人,第一场明经、经疑二问,题目亦从四书中出,并用朱熹章句集注,复以己意经之,限 300 字以上;经义一道,各治一经,限 500 字以上,不拘格律。第二场古赋、诏、诰、章、表内科一道。第三场策一道,限 1000 字以上。

科举考试的时间也进行了规定:乡试于八月举行;会试于乡试次年二月举行,殿试于三月举行。

皇上也承认汉人、南人比蒙古人文化水平高,尽管皇庆二年十月中书省在恢复科考的奏章中称"词赋乃摘章绘句之学",但还是给汉人、南人增考古赋诏诰章表内科。

何克明的《云梦赋》是不是廷试第一赋呢?

笔者找到了非常可信的证据,结果表明不是。

元顺帝至正元年(1341),刘贞(字仁初)编辑了《类编历举三场文选》,其庚集为精选的科考古赋佳作总集,收录延佑元年(1314)第一科至元统三年(1335)第八科中浙江、江西、湖广三省乡试及中书省会试之赋 92 篇(含赋序 1 篇)。

《类编历科三场文选·庚集》中共有考官批语 179 条。北京师范大学民俗典籍文学研究中心基地重大项目《元代赋全面整理与研究》有韩格平的研究成果《〈类编历举三场文选·庚集〉科举古赋的考官批语》,选取了这些批语并对这些批语进行了分析研究。

元延佑四年(1317)湖广乡试中,《云梦赋》是考生第二场古赋考试的试题。云梦泽,江汉平原的湖泊群。湖广考生以其为题作赋,也切合考生题意。

元延佑四年的湖广乡试中,三份《云梦赋》考卷有考官的批语。分别从赋的整体艺术水准、艺术品位、艺术技巧进行评判。

对冯福可的《云梦赋》考官批曰:"此赋虽简,绰有楚声。""祖骚而宗汉"是古赋风貌的标准,主考官从赋的艺术品位进行了判批。

对陈宜高的《云梦赋》考官批曰:"赋善形容。"这是从赋的艺术技巧方面来判读的。

对何可明《云梦赋》的考官批曰:"赋赡而雅,足以称第一之选。"从赋的整体艺术水准来看,何可明的赋笔势纵横、才情丰富,广博而高雅,是所有考生所作赋中好中之好、优中之优。

来源于《类编历举三场文选》的考官批语为元人刘贞编辑,是非常可信的。如果何可明就是我们衡东所说的何克明的话,这些信息告诉我们两个非常重要的结论:何克明的《云梦赋》绝对不是廷试赋第一,而是乡试赋第一;何克明参加元延佑五年的会试、殿试有可能,但应该没有中状元,延佑五年状元榜上已名花有主,难道是把何克明状元名字落下不成?这种概率应该不会有。

清康熙《衡州府县》卷十二里说何克明"试云梦赋,中乡试第一,状元及第",明白说明《云梦赋》为乡试时所作。这"状元及第"是从何而来,疑为后人添加所致。

清道光《衡山县志·卷49艺文》中说何克明的《云梦赋》为"廷试第一赋"。而这"廷试第一赋",可能是从清康熙《衡州府县》卷十二里"状元及第"四字中猜测为"廷试第一",以讹传讹,荒谬万里。

清人彭玉麟修同治《衡阳县志·人物》称:何克明,湖广省臣以《云梦赋》试士,克明又疏壮有奇势,省臣奇之,拔置第一。彭玉麟修的县志里只说《云梦赋》为乡试第一,并没有受前面府县志的影响说何克明中了状元。这也可以佐证何克明并没有考中状元。也说明了前面何克明参加了廷试的推论是成立的。

之所以要考证何克明是不是元代状元,是因为笔者参观广州湛江林召棠状元纪念馆时,在中国状元榜上没有找到何克明状元的名字,让一个衡东人当时很失落。说到衡东出了两位状元,我们很自豪;说衡东人杰地灵,我们很自信,但对于一个只有衡东人自己说是状元的状元,还是缺乏底气。

文化自信,首先要文化可信!没有考中状元硬要说成是状元,并以此为傲,以讹传讹流传下去,不但会让别人笑话衡东人,更会让人瞧不起衡东文化。

如果错了,改正过来,既显示地方的大气,也显示地方的正气。并且,我们这地方实实在在出了状元彭浚,我们完全可以以状元文化自信。

我们可以骄傲地说:衡东有个状元叫彭浚!

我们也可大声地说:衡东还有一个完全具有状元水平的进士何克明!

这样说,别人是不会耻笑衡东人的。

后记

HOUJI

    衡东版图，像一只展翅高飞的雄鹰。西部以湘江与衡山为界，东部以凤凰、蓬源白罩坳等山与株洲、攸县、安仁为邻，洣水贯穿其间，面积 1926 平方公里。这里有山有水有平地，地势东南高，微向西北倾。气候温和，雨量充沛，境内水系发达，多溪、多港、多滩、多洲。

    山山水水隔断出许多地理单元，许多地理单元养育着许多民生大众，许多民生大众形成了衡东丰富的风土人情，创造出了灿烂的衡东地域文化。

    衡东是个好地方，物华天宝，人杰地灵。其山其水，其人其物，被历代墨客骚人所歌咏。

    四方山上，满目葱茏，祥云缭绕；鸡公岩前，半壁千仞，鬼斧神工；东岗山中，漫坡青翠，颐养人寿。东晋诗人谢灵运锡岩题诗："采药衡山人，路迷粮亦绝。过息岩下坐，正见相对说。其书非世故，其人必贤哲。"清代诗人刘振武作《灵山揽胜》："七二名峰外，灵山别有天。古楠寒日色，怪石咽流泉。林密藏精舍，云深隐汉仙。夜来钟欲静，风月满川穹。"

    洣水水质清澈，曲折迂回，逶迤西去，汇入湘江。杨林青山段，两岸群峰簇拥，风光旖旎，宛如一幅神奇而美妙的山水画，有"小桂林"之称。洣水流入湘江，小河入大江，形成水面差，晚上月亮高悬，河面跳跃两个月亮，形成了南岳八景之一的"雷溪双月"。明代兵部尚书茹瑺赞叹："晓入雷家访旧游，雷家市上住人稠。酒旗拂拂招人饮,帆影翩翩背夕收。兜率寺连通济庙,茶陵水合大源流。观之不尽江山景,收拾归吟月上勾。"

衡东山有意,水含情。晴雨风雪,皆入画中。朝晖夕阴,变化万千。春华秋实,夏种冬藏。衡东美景,无处不在,无时不有。

衡东地灵人杰,钟灵毓秀的山水,养育着底蕴深厚的衡岳文化,让这片土地养育出了一代又一代名人。

"唯楚有材,于斯为盛",处于荆楚腹地的衡东,是为文明奥区,人才辈出,群星璀璨。清代状元彭浚、铁面御史陈嘉言、甘肃提督李辉武、兵部尚书茹瑺、白喉医圣李纪方、共和国元帅罗荣桓、兵器专家李待琛、铁路专家刘铁岩、癌症克星刘新垣……地灵有人杰、人杰耀地方。

春夏秋冬走过,文脉源远流长。

习近平指出:"文化自信是更基础、更广泛、更深的自信。"衡东是块沃土,是一个多故事的地方,撷取一个个历史印痕,细细品味,慢慢感悟,油然产生一种自信,一种自豪。《品味衡东》,就如在衡东人的记忆底片上涂抹了一层显影剂,让尘封的影像清晰起来,让衡东故事精彩起来,让衡东人自信起来。

《品味衡东》一书,由于作者才学疏浅,加上出书仓促,许多值得品味的衡东文化元素被遗漏,文字表达甚至修辞手法错误百出。希望衡东人、特别是有志于乡土文化爱好者,多提宝贵意见,为共同繁荣衡东文化献言献策。

本书的出版,得到了衡东县委宣传部、衡东县委党校、潇湘悦读文化研究会的大力支持,在此一并感谢。

王月华
2019 年 12 月 25 日